Excalibur

Herausgegeben von
Melissa Andersson
und
Gerd Rottenecker

Die Obsidian-Chroniken bei Excalibur

Sommer der Drachen
Die Drachenbrüder
Der Drachenorden
Angriff der Drachen

Weitere Bände sind in Vorbereitung.

Über den Autor:

Lawrence Watt-Evans ist seit über zwanzig Jahren als Autor erfolgreich. Er hat bisher mehr als dreißig Romane, Hunderte Kurzgeschichten sowie unzählige Artikel und eine Anthologie – hauptsächlich in den Bereichen Fantasy, Science-Fiction und Horror – veröffentlicht. Seit 1982 ist er Mitglied der *Science Fiction and Fantasy Writers of America.* Er wurde bereits mehrfach für sein Werk ausgezeichnet, beispielsweise mit einer *Nebula Award*-Nominierung und mit dem renommierten *Hugo Award.* Neben seiner literarischen Arbeit war er mehrere Jahre lang Präsident der *Horror Writers Association.* Lawrence Watt-Evans unterrichtet außerdem in verschiedenen Workshops für Kreatives Schreiben. Weitere Informationen finden Sie im Internet auf seiner Homepage: *www.watt-evans.com*

Lawrence Watt-Evans

DIE OBSIDIAN-CHRONIKEN 4

Angriff der Drachen

Aus dem Amerikanischen von
Rainer Zubeil

Knaur

Die amerikanische Originalausgabe erschien 2002 unter dem Titel
The Dragon Society – Part Two
bei DAW Books, New York.

Besuchen Sie uns im Internet:
www.knaur-fantasy.de
www.knaur.de

Deutsche Erstausgabe Oktober 2002

Redaktion: Ralf Reiter
Umschlagkonzept: Melissa Andersson
Umschlaggestaltung: ZERO Werbeagentur, München
Umschlagabbildung: Agentur Schlück, Garbsen
Satz: Ventura Publisher im Verlag
Druck und Bindung: Nørhaven Paperback A/S
Printed in Denmark
ISBN 3-426-70167-7

2 4 5 3 1

Für meinen Sohn
Julian Samuel Goodwin Evans,
der sehr geduldig mit mir gewesen ist.

Was bisher geschah ...

Während eines schwülen Sommers überfallen drei Drachen das Dorf Obsidian. Einziger Überlebender ist der Knabe Arlian, der dabei mit Drachengift in Kontakt kommt.

Eine Gruppe Plünderer unter der Führung von Lord Dragon nimmt den Knaben gefangen und verkauft ihn an eine Mine. Nach Jahren der Qual kann Arlian fliehen, im Gepäck einen Schatz, den ein Mitgefangener ihm vererbte: Amethyste. Die sind in Arlians Welt zwar kaum etwas wert, wohl aber in den magischen Südlanden.

Arlian findet Unterschlupf in einem Bordell, das einige Adlige der Hauptstadt Manfort unterhalten. Arlian verliebt sich in die muntere Sweet, aber er wird entdeckt und muss Reißaus nehmen. Mit tragischen Folgen: Das Bordell war ein Umschlagplatz für Geheimnisse und wird nun, da es aufgeflogen ist, geschlossen. Einige Mädchen werden ermordet, andere unter die adligen Herren verteilt.

Arlian rüstet in Manfort eine Karawane in den Süden aus. Dort wird er durch seine Amethyste zu einem reichen Mann, der bald als »Lord Obsidian« nach Manfort zurückkehrt. Sein Ziel ist die Rache: Rache an seinen Entführern von damals, vor allem an Lord Dragon, Rache auch an den Adligen, die die Mädchen des Bordells so brutal behandelt haben.

Aber Arlian entdeckt Eigenartiges, als er in die höchsten Kreise der Stadt vordringt: Hinter den Kulissen steuert eine

Geheimgesellschaft die Geschicke des Landes, und ihre dominante Figur ist Lord Dragon selbst. Die »Drachen-Gesellschaft« besteht ausschließlich aus Menschen, die zu einem früheren Zeitpunkt ihres Lebens mit Drachengift in Kontakt kamen und dadurch sehr langlebig oder sogar unsterblich geworden sind. Einige der Mitglieder sind Hunderte von Jahren alt. Sie sind die »Drachenherzen«. Arlian, der ebenfalls vom Drachengift gekostet hat, betrifft dies genauso: Er ist fortan zu einem anscheinend ewig währenden Leben verdammt.

Zu Arlians Racheplänen stößt nun ein weiterer hinzu: Rache an den grausamen Drachen für das, was sie seit Jahrtausenden den Menschen antun. Der junge Mann bringt Aufregung in die Drachen-Gesellschaft, und er findet in Lord Dragon, Lord Drisheen und Lord Eisen unversöhnliche Gegner. Lord Obsidian kommt Dragon immer näher, und dieser flüchtet in die südliche Ödnis, anscheinend auf einer geheimnisvollen Mission. Arlian verfolgt ihn, kann ihn in einer verborgenen Drachenhöhle stellen und im Kampf besiegen. Doch vor Arlians Todesstoß richtet der Gegner seine Waffe gegen sich selbst – und aus seiner Brust entspringt ein Jungdrache, der den menschlichen Körper wie eine Schlangenhaut abstreift. Nun begreift Arlian: Die Drachenherzen sind die Brut der Drachen. Die geflügelten Ungeheuer pflanzen sich mittels einer Blutmagie fort, die sie ihren Opfern durch das Drachengift eingeben. Nach tausend Jahren schlüpft der Drache aus dem so infizierten Opfer.

Und Lord Dragon hatte einen Vertrag mit den Drachen geschlossen: Er erpresste die Kreaturen mit seinem Wissen um ihre Fortpflanzung und um die Verletzlichkeit ihrer in Menschenkörpern verborgenen Brut. So hielt er seit Jahrhunderten die Drachenhorden von den Menschenlanden fern.

Arlian tötet den neugeborenen Drachen mit einer Obsidianklinge, dem einzigen Material, das die Kreaturen verletzen kann. Aber mit dem Tod Lord Dragons geht sein Wissen auf Arlian über. Er ist fortan der Hüter des tödlichen Geheimnisses, aber er hat mehr im Sinn, als die Drachen nur zu einem weiteren Stillhalteabkommen zu erpressen: Er will sein Wissen nutzen, um die Ungeheuer zu vernichten.

Arlian kehrt nach Manfort zurück. Zu abgründig sind die Erkenntnisse, die mit dem Tod Lord Dragons einhergehen. Kann er die immer noch feindlich gesinnte Drachen-Gesellschaft vom Wahrheitsgehalt seiner Geschichte überzeugen? Und was werden die Mitglieder wohl davon halten, dass zur Auslöschung der Drachen auch die eigene Vernichtung gehört, da die Drachenherzen die Brut der Drachen sind? Kaum einer glaubt Arlian, aber da ereignet sich etwas, was die meisten Zweifler umstimmt: Lord Nagel, das zweitälteste Mitglied der Gesellschaft nach Lord Dragon, wird schwer krank und gebiert einen Drachen – vor den Augen der versammelten Drachenherzen. Nach der Vernichtung der Kreatur ist nun jedem klar, dass Lord Obsidians Geschichte der Wahrheit entspricht. Während ein Lord Wither davon so schockiert ist, dass er sich selbst tötet, reift in weniger sensiblen Drachenherzen ein gänzlich anderer Plan: Sie wollen ihrer Natur gemäß handeln und sich im kommenden Konflikt auf die Seite der Drachen schlagen ...

ERSTES BUCH
ENTHÜLLUNGEN

1
Gekreuzte Klingen

Du bist wirklich verrückt«, sagte Black, als er Arlian das hölzerne Übungsschwert reichte. »Du hast seit Monaten, seit Enziets Tod nicht mehr mit dem Schwert gckämpft! Eine Stunde Training wird das nicht ausgleichen.«

»Ich bezweifle, dass Toribor mehr Gelegenheit zum Training hatte als ich«, erwiderte Arlian und nahm die Übungswaffe – doch während er sprach, stieg eine Erinnerung in ihm hoch. Hatte Lord Hardior nicht gesagt, dass Toribor seine ganze Zeit mit Schwertkämpfen verbrachte?

»Ich wäre mir dessen nicht so sicher«, meinte Black. »Woher willst du wissen, dass er dies nicht plant, seit er nach Manfort zurückgekehrt ist?«

»Black, ich habe ihn herausgefordert«, sagte Arlian. »Er hätte, wenn er wollte, jederzeit seine eigene Herausforderung aussprechen und sich mir vor den Toren stellen können. Er hat es nicht getan.«

Doch noch während er sprach, fragte Arlian sich, ob Toribor ihn vielleicht absichtlich zu dieser Herausforderung provoziert hatte, um nicht andere Mitglieder der Gesellschaft gegen sich aufzubringen. Es schien nicht zu ihm zu passen, aber Toribor war ein Drachenherz, Jahrhunderte älter als Arlian – es konnte durchaus sein, dass sein Charakter Abgründe hatte, die Arlian bisher entgangen waren.

»Und was ist, wenn er dachte, dass du Tag und Nacht trainierst und dich genau auf ein derartiges Duell vorbereitet hast?«, fragte Black. »Hätte er nicht versucht, in Form zu bleiben, um für den Tag gerüstet zu sein, an dem er die Stadt verlassen muss?«

Lord Hardior hatte gesagt, dass Toribor trainiert hatte, dessen war sich Arlian jetzt sicher – aber es gab wenig, das er dagegen tun konnte. »Dann ist er eben besser vorbereitet als ich«, meinte Arlian schulterzuckend. »Ich muss einfach einen Weg finden, mit ihm fertig zu werden. Ich bin jünger und leichter als er und ihm nicht so unterlegen; ich habe nicht die Absicht, heute zu sterben.«

»Was wir wollen und was wir erhalten, ist oft nicht dasselbe«, wandte Black ein und hob sein eigenes Holzschwert. Dann, ohne Vorwarnung, griff er an.

Arlian parierte unbeholfen, und der Trainingskampf begann.

Am Ende der Stunde waren beide Männer erschöpft und schwitzten, und Arlian war besorgt.

»Du bist nicht so eingerostet, wie ich befürchtet hatte«, bemerkte Black, als er die Schwerter zurück ins Regal legte.

»Ich bin schlechter, als ich dachte«, entgegnete Arlian. »Wären diese Klingen aus Stahl gewesen, hättest du mich nach wenigen Sekunden getötet.«

»Aber ich bin ein besserer Schwertkämpfer als Lord Toribor«, wandte Black ein. »Es ist mein Beruf.«

»Nein, dein Beruf ist es, meinen Haushalt zu beaufsichtigen«, sagte Arlian. »Du hast seit über einem Jahr nicht mehr als Wächter gearbeitet.«

»Ich bin trotzdem besser mit einer Klinge als er.«

»Nun, das stimmt«, gestand Arlian – und er fügte es nicht laut hinzu, dachte aber: »Wenn auch nicht viel.« Er hatte mit Black trainiert und er hatte mit Toribor gekämpft, und deshalb kannte er die Fähigkeiten beider Männer; Black hatte diese direkte Kenntnis nicht, und Arlian glaubte, dass Black Toribor unterschätzte.

Entweder das, oder Black versuchte ihm Mut zu machen, um Arlians Kampfgeist zu stärken.

»Und du wurdest zum Ende hin immer besser«, fügte Black hinzu.

Black versuchte tatsächlich ihm Mut zu machen. Arlian schnaubte, erwiderte aber nichts. Er wusste zwar, dass er zum Ende hin tatsächlich besser geworden war, aber er war überzeugt, dass dies vor allem auf Blacks zunehmende Ermüdung zurückzuführen war – Drachenherzen waren ausdauernder als normale Menschen. Diesen Vorteil würde er gegen Toribor nicht haben.

Außerdem bezweifelte er jetzt, dass er lange genug leben würde, um sein Durchhaltevermögen zur Geltung zu bringen. Er musste sich irgendeine Taktik einfallen lassen; in einem direkten und fairen Duell würde Toribor ihn in kurzer Zeit besiegen.

Natürlich, er war auch Horim nicht gewachsen gewesen und hatte trotzdem diesen Kampf gewonnen. Das Schicksal schien oft auf seiner Seite zu sein.

Doch es wäre töricht, sich zu sehr auf das Schicksal zu verlassen. Das Schicksal mochte eine Aufgabe für ihn haben – aber wenn diese Aufgabe Enziets Tod oder der Tod von Nagels Drachen oder die Aufklärung der Drachen-

Gesellschaft über die Geheimnisse gewesen war, dann war sie jetzt erfüllt und das Schicksal war fertig mit ihm. Es war durchaus möglich, dass er sterben würde.

Er hatte mit der Möglichkeit seines plötzlichen Todes gelebt, seit er ein Junge von elf Jahren gewesen war, doch jetzt, da die Drachen-Gesellschaft über ihre Zukunft debattierte und vielleicht ein Angriff der Drachen bevorstand, schien nicht der richtige Zeitpunkt zum Sterben zu sein.

Als er seine Herausforderung ausgesprochen hatte, hatte er nicht an die Möglichkeit seines Todes gedacht, doch jetzt war er anderer Ansicht und bedauerte allmählich seinen Entschluss, mit Toribor zu kämpfen. Er hatte geglaubt, dass dies der offensichtliche Weg war, um den Letzten der sechs Lords zu beseitigen, die er zu töten geschworen hatte, um seinen größten Gegner in der Drachen-Gesellschaft auszuschalten, die Zahl der ungeborenen Drachen zu verringern und ganz allgemein mehrere andere alte Angelegenheiten zu erledigen, damit er seine ganze Aufmerksamkeit auf die Möglichkeit eines offenen Krieges mit den Drachen konzentrieren konnte, aber all diese Dinge setzten voraus, dass er das Duell überlebte.

Und im Moment kam ihm dies unwahrscheinlich vor.

Alles schien in der letzten Zeit schief zu gehen. Er hatte eine Zeit lang außergewöhnliches Glück gehabt, von dem Moment, da er Bluthands Leben gerettet, bis zu dem Moment, da er den Drachen erschlagen hatte, zu dem Enziet geworden war; er hatte sich vom Sklaven zu einem der reichsten Männer der Welt hochgekämpft und die meisten seiner Feinde aufgespürt und besiegt. Er hatte Geheimnisse erfahren, die jahrhundertelang gehütet worden waren. Oh, zweifellos hatte es bei seinem Aufstieg Rückschläge und Tragödien gegeben, doch im Allgemeinen war für ihn alles gut gegangen. Er hatte gewusst, was er wollte, und er hatte stetig darauf hingearbeitet.

Aber seit seiner Rückkehr nach Manfort war ihm die Kontrolle über die Ereignisse entglitten. Er hatte nicht mit Drisheens Meuchelmörder gerechnet, hatte nicht Nagels Tod erwartet, hatte Withers Absichten missverstanden, und jetzt schien es, dass er sich womöglich selbst zum Tode verurteilt hatte, indem er eine Herausforderung ausgesprochen hatte, auf die er nicht vorbereitet war.

Falls das Schicksal ihn in der Tat im Stich ließ und er sterben würde, gab es Dinge, die er vorher noch klären musste.

»Hör zu«, sagte er, als er sich mit einem Handtuch den Schweiß vom Nacken wischte, »du weißt, dass ich dich zu meinem Erben eingesetzt habe. Ich vertraue darauf, dass du alles zu meiner Zufriedenheit regelst und dich um die Frauen kümmerst, wenn ich heute sterbe. Allerdings möchte ich auch sicher sein, dass du zumindest den Versuch machst, mein Werk fortzusetzen, und dafür sorgst, dass die Geheimnisse der Drachen nicht geheim bleiben, und jeden Versuch vereitelst, erneut ihre Herrschaft zu errichten. Ich habe der Drachen-Gesellschaft gesagt, was ich weiß, aber ich bin nicht überzeugt, dass einer von ihnen den Mumm hat, an meine Stelle zu treten. Wenn die Drachen kommen, will ich, dass den Männern des Herzogs Obsidianwaffen zur Verfügung stehen. Ich will nicht, dass die Drachenherzen auf Kosten der Menschheit Frieden mit ihnen schließen, um ihre eigene Haut zu retten. Ich will nicht, dass weitere Drachen geboren werden und überleben. Ich denke, du kannst Reif vertrauen und vielleicht auch Trümmer und Hardior und Pforte, aber Lady Pulzera würde dich eher tot und die Drachen triumphieren sehen, als eins ihrer eigenen Privilegien aufzugeben.«

»Bittest du mich, deinen Wahnsinn fortzusetzen?«

Arlian lächelte schurkisch.

»Das erwarte ich keineswegs«, erwiderte er. »Du bist viel zu vernünftig, um dein Leben auf diese Weise zu verschwenden. Ich bitte dich nur, wachsam zu bleiben und immer zu wissen, auf welcher Seite du stehst – auf der Seite der Menschheit. Die Drachen werden vielleicht Versprechungen machen, einige von ihnen vielleicht sogar erfüllen, aber sie bleiben ein Schandfleck auf dem Antlitz der Welt, ein Schandfleck, der ausgemerzt werden sollte.«

»Das werde ich schwerlich vergessen können«, erklärte Black.

»Natürlich«, sagte Arlian. »Aber du wirst vielleicht vergessen, dass – trotz des äußeren Anscheins – die Mitglieder der Drachen-Gesellschaft und jeder andere mit dem Herzen des Drachen nicht wirklich menschlich sind. Sie sind teilweise Drachen, und ihnen kann man in einem Konflikt zwischen den Menschen und Drachen nicht trauen. Denk immer daran. Lass dich nicht von ihren Worten täuschen.«

»Ich werde daran denken«, versicherte Black leise, mit einem Seitenblick zu Arlian.

Sie nahmen eine leichte Mahlzeit zu sich und trennten sich dann. Arlian zog sich eilig an, wählte ein weites

Hemd, das seine Arme nicht einengte, und wickelte trotz der Wärme des Tages einen Seidenschal um seinen Hals in der Hoffnung, dass er einen Schwertstoß vielleicht etwas dämpfte.

Als er sich auf den Weg zum Tor machte, Schwert und Schwertgürtel in der Hand, wartete Black neben der Kutsche – und Brooke und Kitty warteten im Innern. Als er die Frauen sah, warf er Black einen Blick zu.

»Stammel ist bereits hinunter zum Tor gegangen«, erklärte Black, »und ich glaube, ein paar von den anderen Dienern ebenfalls. Hasty ist mit Vanniari zu Hause geblieben – ein Baby hat bei einem derartigen Ereignis nichts zu suchen. Lily wollte kommen, doch Musk konnte den Gedanken nicht ertragen, dich womöglich sterben zu sehen, und bat Lily, bei ihr zu bleiben. Lara konnte sich nicht entschließen, und ich habe ihr schließlich gesagt, dass in der Kutsche nicht genug Platz ist.«

»Oh«, machte Arlian.

Er hatte nicht an die Auswirkungen gedacht, die das Duell auf die anderen in seinem Haushalt haben würde; er war viel zu sehr mit sich und seinen Plänen beschäftigt gewesen. Aber natürlich waren auch die Frauen betroffen, wenn das Leben ihres Gastgebers in Gefahr war.

Arlian betrachtete die beiden Gesichter, die ihn durch das Kutschenfenster ansahen; Kitty war offen besorgt, während Brookes Miene undurchdringlich war. Es war keine angenehme Aussicht, zum Tor zu fahren, während ihm diese beiden gegenübersaßen, aber er hatte keine andere Wahl; man konnte von ihnen schwerlich erwarten, dass sie zu Fuß gingen, und er hatte nicht die Absicht, einen ermüdenden Fußmarsch zu machen, und es wäre unfreundlich, sie zurück in den Alten Palast zu schicken.

Er seufzte, stieg in die Kutsche, setzte sich auf die Bank und legte sein Schwert quer über seinen Schoß. Black schloss die Tür und kletterte auf den Kutschbock.

»Wirst du ihn diesmal töten?«, fragte Kitty, als die Kutsche losfuhr.

»Ich hoffe es jedenfalls«, erwiderte Arlian. »Die Alternative wäre, dass er mich tötet, und dies wäre wohl kaum ein wünschenswertes Ergebnis.«

»Kannst du ihn nicht wieder nur verwunden?«

»Ich glaube nicht«, sagte Arlian. »Ich bezweifle, dass sich Toribor damit begnügen wird. Ich denke, es ist Zeit, die Sache zu klären.«

Kitty nickte.

»Ist Lord Toribor eigentlich ein guter Schwertkämpfer?«, fragte Brooke. »Das Thema kam in der Zeit, als ich ihm gehörte, nie zur Sprache.«

Arlian zögerte. Er könnte sie mit gespieltem Wagemut beruhigen, aber hatten sie das verdient? Wäre es nicht besser, ihnen die Wahrheit zu sagen und sie auf das vorzubereiten, was wahrscheinlich passieren würde?

»Er ist besser als ich«, sagte er, »wenn auch nicht viel.«

»Du hast ihn schon einmal besiegt«, erinnerte Brooke. »In Korkbaum.«

»Im Dunkeln, wo er mit seinem einen Auge im Nachteil war«, entgegnete Arlian. »Er hat aus diesem Grund die Mittagszeit gewählt.«

»Aber wie willst du dann gewinnen?«

Arlian zuckte die Schultern. Kitty sah von ihm zu Brooke und wieder zurück, und ihre Besorgnis verwandelte sich in Furcht.

»Er war nicht besonders unfreundlich zu Lara und mir«, sagte Brooke. »Müsst ihr denn bis zum Tod kämpfen?«

»Er war einer der sechs, denen das Haus der Fleischeszunft gehörte«, sagte Arlian mehr zu sich als zu Brooke. »Er ließ euch alle verstümmeln. Er ließ Rose und Silk und Amber und Velvet ermorden. Er hat Enziet bei der Flucht geholfen.« Er wollte sich in Rage versetzen, damit sein Herz hämmerte und ihm die Kraft und Schnelligkeit und Entschlossenheit verlieh, die er brauchen würde.

»Aber er selbst hat uns nicht getötet oder verstümmelt. Er hat nur getan, was Enziet von ihm verlangte – er ist willensschwach, nicht böse. Und du sagst, er ist ein besserer Schwertkämpfer als du – ist es das wirklich wert, dein Leben in Gefahr zu bringen?«

Arlian unterdrückte seinen Ärger – sie verdarb seine Vorbereitungen. »Ich denke schon«, antwortete er. »Ich habe einmal versucht, Frieden mit ihm zu schließen, und er weigerte sich. Es ist mein Leben, das ich riskiere, und ich habe geschworen, Rose und die anderen zu rächen.«

Selbst jetzt, Jahre später, erinnerte er sich noch deutlich, wie er Rose zum letzten Mal gesehen hatte – leblos auf ihrem Bett ausgebreitet, die Kehle auf Enziets Befehl hin durchgeschnitten, in einem Raum, der sich schnell mit Rauch füllte. Silk hatte ein paar Kammern weiter auf dem Boden gelegen, wo sie in einer Pfütze ihres eigenen Blutes zusammengebrochen war. Er hatte Amber oder Velvet nicht gefunden, obwohl sie zur selben Zeit gestorben waren; die Flammen und der Rauch waren zu dicht gewesen, um die Suche fortzusetzen.

Er hatte geschworen, sie zu rächen, und so viele von den anderen zu retten, wie er konnte – was nicht genug gewesen war.

Enziet hatte später Möwe aus reinem Vergnügen getötet und Sweet vergiftet – und er war jetzt tot, obwohl es fraglich war, ob Arlian ihn getötet hatte.

Horim hatte Zweig und Sisal getötet, als er ihrer überdrüssig geworden war, und Arlian hatte Horim getötet. Dies war nur gerecht gewesen.

Drisheen hatte Diamant und Nerz gehängt, bevor Arlian sie retten konnte, und Arlian hatte Drisheen getötet, nicht in einem Duell, sondern er hatte ihn einfach in einer Schänke in Korkbaum ermordet; auch das war gerecht gewesen.

Kuruvan hatte Hasty und Kitty nichts zu Leide getan, aber Arlian hatte trotzdem mit ihm gekämpft und ihn in einem Duell verwundet; er war an seinen Verletzungen gestorben.

Stiam hatte Lily und Musk freigelassen, als er darum gebeten worden war, und Arlian hatte ihm erlaubt, seine wenigen verbleibenden Tage zu Ende zu leben.

Damit blieb nur noch Toribor, der Brooke und Lara erst unter Androhung von Waffengewalt freigelassen hatte, und seitdem arbeitete er gegen Arlian. Er war kein Ungeheuer vom Format Drisheens, aber es war Zeit, die Sache zu Ende zu bringen, und der heutige Kampf würde dies tun. Arlian hoffte, dass er nie wieder dieses Bild von Roses Leiche sehen würde, wenn er dieses Duell überlebte.

Offenbar verriet seine Miene, welche Gedanken ihn bewegten; Brooke sah ihm ins Gesicht, wandte dann den Blick ab und machte keinen weiteren Versuch, ihn von seinem Vorhaben abzubringen.

2
Das Duell beginnt

Niemand in der Kutsche sprach ein weiteres Wort, während sie durch die gewundenen Straßen fuhren, und als sie sich den Toren näherten, erhob sich Arlian und steckte den Kopf aus dem Fenster, vorgeblich, um die Lage zu begutachten, aber zum Teil auch, um sich nicht erneut in ein Gespräch verwickeln zu lassen.

Die Tore waren weit offen, und ein halbes Dutzend herzoglicher Wachen verfolgte die Ankunft der Kutsche. Das Zentrum des Platzes hinter dem Tor war leer, doch an den Rändern drängten sich die Schaulustigen wie vor einem Jahr, als er mit Lord Horim gekämpft hatte. Die meisten dieser Zuschauer waren Fremde, irgendwelche Leute, die gehört hatten, dass zwei mächtige Lords ein Duell austragen würden, aber Arlian entdeckte Stammel und Wolt und ein paar andere vertraute Gesichter in der Menge.

Außerdem waren mehrere Mitglieder der Drachen-Gesellschaft gekommen. Als die Kutsche das Tor passierte, fiel Arlians Blick auf Zaner, der unweit von ihm an einer Mauer lehnte; Flöte und Trümmer standen bei ihm, während Spinne und Scherbe auf der anderen Seite des Platzes warteten.

Weder Lady Reif noch Lord Hardior waren zu sehen, was Arlian enttäuschte. Er hatte gehofft, dass sich die rechte Hand des Herzogs für dieses unerfreuliche Ereignis interessierte, und Reif ... nun, er hatte gedacht, dass Reif an seinem Schicksal interessiert war. Er fragte sich, welche dringenden Angelegenheiten sie am Kommen gehindert hatten.

Er trug dieses Duell hauptsächlich aus, um die Drachen-Gesellschaft zu vereinigen, damit die Drachenherzen gemeinsam gegen die Drachen vorgingen; es war kein gutes Zeichen, dass zwei der einflussreichsten Mitglieder der Gesellschaft nicht anwesend waren.

Natürlich konnte es sein, dass Lady Pulzeras Worte eine weit größere Wirkung gehabt hatten als seine Auseinandersetzung mit Toribor. Er fragte sich, was sie in der Halle der Gesellschaft gesagt hatte, nachdem er in der vergangenen Nacht gegangen war; hatte man Pulzera zum Schweigen gebracht, ihre Vorschläge zurückgewiesen?

Arlian hoffte es; denn sonst konnte es durchaus sein, dass dieses ganze Duell eine Verschwendung seiner Zeit und vielleicht seines Lebens war.

Arlian verdrängte diese Gedanken, als er die Menge betrachtete und Toribor entdeckte, der bereits auf ihn wartete; Arlian hatte ihn zuerst nicht bemerkt, aber jetzt trat der große, kahlköpfige Mann aus der Menge und auf den leeren Platz.

Er hatte seine Augenklappe abgenommen und die zernarbte Höhle entblößt, wo sein linkes Auge vor Jahrhunderten von Drachengift verbrannt worden war; er trug ein Hemd, wie Arlian es bisher nur auf alten Gemälden gesehen hatte, mit Ärmeln, die dicht über dem Ellbogen schmaler wurden und vom Ellbogen bis zum Handgelenk hauteng anlagen.

Diese Ärmel waren zweifellos für Duelle geeignet – eine

Klinge würde sich in diesen engen Manschetten nicht verfangen, während der weite obere Teil dem Arm erlaubte, sich frei zu bewegen, und die Schultern schienen wattiert zu sein, was zusätzlichen Schutz bot.

Die Kutsche hielt, und Arlian öffnete die Tür, bevor Black nach dem Riegel greifen konnte. Er sprang hinaus, zog Schwert und Schwertbrecher aus ihren Scheiden und warf den Gürtel fort – er glaubte nicht, dass er ihn brauchen würde, bevor dieser Kampf vorbei war, und er würde ihm nur im Weg sein.

Er drehte sich um, beide Klingen stoßbereit, und stellte sich seinem Gegner auf der anderen Seite des Platzes.

Toribor stand wartend da.

Ohne die Augen von seinem Gegner zu wenden, fragte Arlian Black: »Hast du noch irgendeinen Rat für mich?«

»Lass dich nicht umbringen«, sagte Black.

»Darauf bin ich selbst schon gekommen«, meinte Arlian.

»Er ist noch immer blind auf seiner linken Seite. Vielleicht hilft dir das.«

Arlian nickte.

»Ari, noch etwas ...«

Arlian wartete und rechnete mit einem aufmunternden Wort. Stattdessen sagte Black: »Es sind Bogenschützen auf den Wällen postiert.«

Überrascht riskierte Arlian einen Blick zu den Stadtmauern und bemerkte sofort, dass Black Recht hatte – auf den Zinnen standen ein halbes Dutzend Bogenschützen in der Livree des Herzogs von Manfort. Sie hatten ihre Waffen angelegt, aber kein bestimmtes Ziel im Visier.

»Was wollen sie hier?«, murmelte Arlian.

Ihm kam der Gedanke, dass sie vielleicht in Drisheens Auftrag handelten, aber Drisheen hatte sicherlich nur Zeit gehabt, die beiden Brüder anzuheuern, nicht dieses halbe Dutzend Männer – und würden es Drisheens Meuchelmörder wagen, die Uniform des Herzogs zu tragen? Natürlich konnte es sein, dass Männer, die ein Recht auf diese Uniformen hatten, sich als Meuchelmörder dingen ließen, aber hätte Drisheen so etwas getan?

Gewiss, es gab noch andere Leute, die Meuchelmörder dingen konnten. Arlian hatte nicht geglaubt, dass irgendjemand, der noch lebte, zu einer derartigen Maßnahme greifen würde, um ihn zu töten, aber vielleicht hatte er Lady Opal, Lord Zaner oder Lord Ticker falsch eingeschätzt.

Aber sicherlich steckte nicht Toribor dahinter. Von einem Mann wie Toribor erwartete Arlian keinen derartigen Verrat.

Aber die Livree des Herzogs ... sie waren wahrscheinlich keine Meuchelmörder. Der Herzog würde es bestimmt missbilligen, wenn seine Männer in fremdem Auftrag handelten, während sie seine Uniform trugen, vor allem an einem derart öffentlichen Ort.

Natürlich hatte der Herzog selbst die Macht, jeden nach Gutdünken zum Tode zu verurteilen – aber dem Herzog fehlte nach Arlians Meinung der Mut, sich in diese Sache verwickeln zu lassen. Vielleicht hatte Lord Hardior als oberster Ratgeber des Herzogs entschieden, dass er ein Interesse am Ausgang des Duells hatte, und diesen Männern Befehle gegeben – aber welche Befehle und welches Interesse und warum? Wen sollten die Bogenschützen töten und unter welchen Umständen?

Warum war Lord Hardior nirgendwo zu sehen?

Was war in der Halle der Drachen-Gesellschaft geschehen, nachdem Arlian gegangen war?

Er bemerkte, dass er das Schwert gesenkt hatte, und entschied, dass er in diesem Moment keine Ablenkung gebrauchen konnte. Er zwang sich, die Bogenschützen zu ignorieren, und konzentrierte sich auf seinen Gegner.

Toribor stand noch immer auf dem Platz und wartete. Arlian trat vorsichtig vor und entfernte sich von der Kutsche.

Toribor hob sein Schwert, und Arlian machte es ihm mit seinen beiden Klingen nach. Die beiden Männer waren noch immer über sieben Meter voneinander entfernt, aber Arlian wusste, dass sie diese Distanz binnen eines Herzschlags überwinden konnten. Er behielt Toribor wachsam im Auge – aber er fragte sich wieder, auf wen die Bogenschützen wohl zielen mochten.

Toribor war gestern in der Versammlungshalle geblieben und hatte wahrscheinlich die gesamte Debatte verfolgt. Er wusste vielleicht, was Hardior im Schilde führte oder was aus Lady Pulzeras obszönen Vorschlägen geworden war.

»Befriedigt meine Neugierde, mein Lord«, sagte Arlian, als er nach vorn und nach rechts trat. Er war Toribor jetzt näher als jeder der Schaulustigen und glaubte, mit seinem Gegner reden zu können, ohne belauscht zu werden. »Was haben Eure Kameraden entschieden, nachdem ich gestern ging?«

»Nichts«, sagte Toribor angewidert, als er sich drehte, um Arlian mit seinem gesunden Auge zu fixieren. »Sie streiten endlos und kommen zu keinem Ergebnis. Sie können sich auf nichts einigen. Sie haben dank Euch keinen Führer.«

»Ihr wart dort«, erinnerte Arlian.

»Ich habe nie behauptet, ein Führer zu sein, und ich bin schwerlich alt genug für diese Position. Ich habe mir lediglich alles angehört. Nun, wollen wir reden oder kämpfen?«

»Warum nicht beides?«, fragte Arlian, als er plötzlich nach rechts fintierte. Toribor reagierte kaum; halbherzig hob er seinen Schwertbrecher, um zu parieren, aber er hatte die Finte zweifellos durchschaut.

»Was ist mit Trümmer?«, fragte Arlian, während er näher trat. »Er ist der Älteste.«

»Er kann sich zu keinem Entschluss durchringen.«

»Und Hardior? Ich habe die Bogenschützen bemerkt.« Er nickte in Richtung Wälle.

»Bogenschützen?« Toribor behielt ihn weiter im Auge. »Sind Bogenschützen auf den Mauern?«

»In der Livree des Herzogs«, bestätigte Arlian.

Toribor machte einen blitzschnellen Ausfall, den Arlian mühelos abwehrte.

»Ich nehme an, Hardior hat sie geschickt«, sagte Arlian, nachdem sich die Klingen wieder voneinander gelöst hatten. »Kennt Ihr vielleicht den Grund?«

»Hardior hat nicht viel gesagt, als Ihr fort wart«, erwiderte Toribor. »Ich habe keine Ahnung, was er geplant hat.«

»Wer hat dann gesprochen?«, fragte Arlian und griff an.

Stahl traf klirrend aufeinander, und einen Moment waren beide Männer viel zu sehr beschäftigt, um etwas zu sagen, als sie aufeinander einschlugen und einstachen. Toribors Schwertklinge zerfetzte Arlians rechten Ärmel, aber kein Blut floss, als sie sich wieder trennten.

»Pulzera hat gesprochen«, sagte Toribor. »Und Ticker wollte nicht den Mund halten. Reif und Spinne – jeder hatte ein paar Worte beizusteuern, wie es schien, aber die meisten hätten sich die Mühe sparen können.«

»Und es wurde nichts entschieden?« Die Erwähnung von Pulzera war nicht ermutigend.

»Nicht zu dem Zeitpunkt, als ich ging«, erwiderte Toribor. »Sie palaverten noch immer, aber ich brauchte meinen Schlaf, um Euch entgegenzutreten.« Er machte einen schnellen Ausfall, den Arlian für eine Finte hielt, bis es fast zu spät war; die Spitze von Toribors Schwert verfehlte seine Wange nur um zwei Zentimeter, bevor Arlians Schwertbrecher die Klinge zur Seite drückte. Arlian konterte, aber Toribors Schwertbrecher war bereit, und Arlian wich wieder zurück.

Er hatte sich ablenken lassen, sagte sich Arlian. Reden war doch keine so gute Idee; er konnte seine Neugierde später befriedigen, sofern er dies überlebte. Selbst wenn Toribor tot war, würde ihm sicherlich Reif erzählen können, was passiert war. Er konnte sich später darum kümmern.

Zuerst musste er das Duell überleben.

3
Blutige Klingen

Obwohl das Duell gerade erst begonnen hatte, war es beiden Beteiligten bereits klar, dass Toribor trotz seines fehlenden Auges, trotz des Ausgangs ihres früheren nächtlichen Kampfes bei Tageslicht der erfahrenere, besser ausgebildete Schwertkämpfer war. Darüber hinaus hatte er offenbar länger trainiert als Arlian, was sein größeres Gewicht und höheres Alter ausglich, Faktoren, die ihm eigentlich hätten zum Nachteil gereichen müssen. Seine Reichweite war etwas geringer als Arlians, doch sein Schwert war etwas länger, so dass sich die beiden Männer auch in diesem Punkt ebenbürtig waren.

Arlian musste irgendeine Taktik entwickeln, irgendeinen Trick einsetzen, wenn er diesen Kampf gewinnen wollte.

Es gab keine Schatten, die er nutzen konnte, und Toribor hatte, von seinem fehlenden Auge abgesehen, keine alten Wunden. An seinem Fechtstil war nichts Ungewöhnliches, sah man davon ab, dass er den Kopf halb gedreht hielt, um sein begrenztes Sichtvermögen auszugleichen. Obwohl schwer und bei weitem nicht mehr jung, war er weder schwach noch krank. Arlian hatte keine Schwächen in seiner Fechtkunst entdecken können.

Aber er musste irgendetwas finden. Arlian duckte sich und versuchte einen Angriff von unten – in Korkbaum hatte er auf diese Weise Toribors Oberschenkel verletzt.

Diesmal wurde sein Schwert mit dem Schwertbrecher zur Seite gedrückt, während Toribor das eigene Schwert nach Arlians Schulter schwang, so dass Blut hervorquoll.

Es war bloß ein winziger Kratzer, aber es tat weh – und es war kein gutes Zeichen. Arlian wich zurück, um sich von ihm zu lösen, aber Toribor folgte ihm und trieb ihn drei Schritte zurück, bevor er sich wieder fing.

So würde er nicht siegen.

Arlian sagte sich, dass er im Recht war, dass die Gerechtigkeit Toribors Tod verlangte; er erinnerte sich an Rose und Silk und die anderen, und er erinnerte sich, wie Toribor in Korkbaum versucht hatte, ihn aufzuhalten oder zu töten ...

Und er erinnerte sich, wie Toribor, als er seiner Gnade ausgeliefert gewesen war, nicht um sein eigenes Leben, sondern um Enziets gefleht hatte, damit die Drachen in ihren Höhlen blieben. Der Mann hatte Mut – und er hasste und fürchtete die Drachen. Er hatte die Sklavinnen im Haus der Fleischeszunft wie Gegenstände, nicht wie Menschen behandelt, aber er war nicht absichtlich grausam gewesen.

Vielleicht hatte er unter Enziets Einfluss gestanden. Enziet konnte sehr überzeugend sein.

Dennoch war er einer der sechs Lords gewesen und hatte sich Arlian ständig in den Weg gestellt. Er musste dafür sterben. Arlian griff wieder an, stieß zuerst nach Toribors Linker, als wollte er ihn auf seiner blinden Seite attackieren, änderte dann abrupt die Richtung und schlug nach Toribors Rechter.

Dies überrumpelte Toribor – eine halbe Sekunde lang. Arlian gelang es, das rechte Handgelenk seines Gegners aufzuschlitzen, so dass Blut den hautengen weißen Ärmel fleckte, verfehlte aber die Innenseite des Ellbogens, nach der er gezielt hatte, um Toribor kampfunfähig zu machen.

Toribor konterte mit einem Stoß nach Arlians Brust, der den Seidenschal durchbohrte, den er sich ins Hemd gestopft hatte. Als Arlian seinen Schwertbrecher hob und hoffte, die Schwertklinge zu beschädigen, bevor Toribor sie von dem Seidenstoff befreien konnte, riss Toribor sie hoch, zerfetzte den Schal und zog eine blutige Linie von Arlians rechter Augenbraue bis zum Haaransatz.

Keiner der Männer hatte jetzt noch Zeit zum Reden; sie waren viel zu sehr mit ihren Klingen beschäftigt. Stahl traf klirrend auf Stahl, als sie erneut angriffen.

Arlian kämpfte jetzt, da sein Leben auf dem Spiel stand, automatisch, wie Black es ihm bei dem langen, harten Training beigebracht hatte; er spürte, was Toribor vorhatte, und reagierte, bevor die Streiche ihn treffen konnten.

Unglücklicherweise konnte Toribor dasselbe tun, ebenso wirksam.

Die gaffende Menge um sie herum johlte und pfiff und klatschte, während die Schwertkämpfer miteinander rangen; jeder Angriff, jeder Rückzug löste kollektives Keuchen, laute Kommentare und ermunternde Worte aus.

Die beiden Männer umkreisten sich, und als sich Arlian unter einem hohen Angriff duckte und mit seiner Klinge nach Toribors Schmerbauch stieß, sah er direkt über Toribors Schulter zu den Bogenschützen auf der Stadtmauern hinauf.

Jemand, der keine Uniform trug, sprach auf zwei von

ihnen ein, und jeder Bogenschütze hielt einen Pfeil in der Hand, bereit ihn anzulegen und abzuschießen.

Aber dann drehte sich Toribor, um Arlians Stoß auszuweichen, und schlug mit seinem Schwert nach Arlians Hals, und Arlian war zu sehr damit beschäftigt, seinen Schwertbrecher hochzureißen und den Angriff zu parieren, um weiter zu beobachten, was auf den Zinnen vorging.

Selbst mitten im Kampf fragte sich Arlian erneut, wer die Bogenschütze dort postiert hatte und warum.

Vielleicht war es diese Ablenkung, die ihn seinen Fehler machen ließ – oder vielleicht lag es auch nur an Toribors größerem Geschick. Toribors Schwert traf die Innenseite von Arlians Handgelenk, und Arlians Hand verkrampfte sich kurz – genug, um seinen Griff um den Knauf seines Schwertes zu lockern und ihn einen Sekundenbruchteil wehrlos zu machen. Toribor riss abrupt seine Klinge herum, stieß zu und rammte die Spitze in Arlians Arm.

Arlians Finger zuckten, und Toribor ließ seinen Schwertbrecher auf Arlians Klinge niedersausen.

Das Schwert zerbrach nicht, flog aber aus Arlians Griff und landete klirrend auf dem Pflasterstein.

Die Zuschauer verstummten abrupt.

Arlian riss blitzschnell seinen Schwertbrecher hoch und konterte Toribors ersten Schlag, aber er wusste, dass er verloren war. Er würde sterben, ohne seine Rache zu Ende zu führen; die Drachen, die seine Familie massakriert hatten, würden überleben und neue Drachen in den Herzen ahnungsloser Menschen ausbrüten ...

Oder vielleicht nicht so ahnungsloser Menschen.

»Toribor«, sagte er, als Toribor seine Klinge von dem

Schwertbrecher löste und erneut zum Angriff ansetzte, »lasst nicht zu, dass sie sich auf die Seite der Drachen schlagen.«

Toribor hielt inne.

»Was?«

»Die anderen. Die Gesellschaft. Lasst nicht zu, dass sie sich auf die Seite der Drachen schlagen. Hört nicht auf Pulzera. Ihr könnt sie vernichten, wenn ihr zusammenhaltet und die Obsidianwaffen benutzt.«

»Hört auf mit dem Geschwätz!«

»Aber es ist wichtig! Ihr werdet mich töten, bevor ich die Drachen erledigen kann, also muss es ein anderer tun, und nur die Gesellschaft ...«

»Haltet das Maul!«, schrie Toribor, während er mit seiner Klinge zustach, vorbei am Schwertbrecher, und die Spitze gegen Arlians Kehle drückte.

»Aber Ihr dürft die Drachen nicht gewinnen lassen! Begreift Ihr denn nicht ...«

»Ich begreife durchaus«, unterbrach Toribor. »Ihr habt mich letztes Jahr in Korkbaum am Leben gelassen, weil ich mehr um Enziet als um mich besorgt war, und jetzt versucht Ihr, Euer eigenes elendes Leben zu retten, indem Ihr vorgebt, dass es Euch nur um die Gesellschaft geht.«

»Es geht mir um die Drachen und was sie der Menschheit antun können, wenn sich die Gesellschaft auf ihre Seite schlägt. Ich weiß, dass Ihr mich töten werdet ...«

»Fleht um Euer Leben, verdammt!«

Arlian blinzelte ihn verblüfft an. »Ihr solltet mich eigentlich besser kennen, nicht wahr?«

Toribors Gesicht war purpurrot vor Zorn, und die Spitze

des Schwertes hatte Arlians Schal durchbohrt und ritzte die Haut an seiner Kehle; ein roter Tropfen erschien auf der weißen Seide.

»Ihr soll verdammt sein, Obsidian!«, grollte Toribor. »Wenn ich Euch jetzt töte, vor all diesen Leuten – sie wissen, dass Ihr bei unserem letzten Kampf mein Leben verschont habt. Wenn ich Euch töte, werdet Ihr für immer der bessere Mann sein!«

Arlian fiel darauf keine kluge Antwort ein und sah Toribor schweigend an.

»Man könnte fast denken, Ihr habt Euer Schwert absichtlich fallen gelassen.«

Arlian verzog den Mund.

»Dann müsste ich Euch schon für einen besseren Mann als mich halten, sonst wäre es Selbstmord«, gab Arlian zurück. »Und wenn ich Euch für einen besseren Mann halte, warum sollten wir dann kämpfen?«

»Ihr habt ein Schwert an der Kehle, und dennoch schwatzt und streitet und ködert Ihr mich? Ihr seid verrückt, Obsidian.« Das Schwert bewegte sich einen Zentimeter nach rechts und ritzte die Haut von Arlians Kehle.

»Dann macht weiter und befreit die Welt von einem Verrückten, Toribor, aber vergesst nicht, dass ich, ob nun verrückt oder nicht, genau weiß, dass ich ein Mann und nicht nur ein Drache oder der Sklave der Drachen bin. Ihr müsst dafür sorgen, dass auch die anderen es erkennen!«

Einen Moment starrte Toribor ihn schweigend an; dann stieß er zwischen den zusammengebissenen Zähnen hervor: »Hebt Euer Schwert auf.«

Arlian starrte zurück.

Toribor würde ihn nicht einfach töten. Nach alter Tradition hatte Toribor jedes Recht, ihn hier und jetzt niederzustrecken – aber Toribor würde es nicht tun.

Enziet hätte keinen Augenblick gezögert. Ihn hätte es nicht gekümmert, was andere über ihn dachten. Drisheen hätte jede Sekunde genossen und einen Weg gefunden, Arlian langsam zu töten. Aber Toribor gab ihm eine weitere Chance.

Arlian war nicht ganz sicher, ob er ebenso gehandelt hätte, wären die Rollen vertauscht gewesen. Schließlich hatte er Drisheen kaltblütig getötet, und Latsche – er hatte Latsche das Schwert an den Hals gedrückt, wie Toribor es jetzt bei ihm tat, und dem Mann die Kehle durchgeschnitten.

Aber Toribor würde ihn nicht umbringen. Toribor wollte nicht einmal in die Stadt zurückkehren und die Angelegenheit ungeklärt lassen – er wollte eine Lösung.

»Wenn Ihr so um Euren Ruf besorgt seid, mein Lord«, sagte Arlian, »dann könntet Ihr Eure Klinge einen Moment zurückziehen und mich dann niederstrecken und behaupten, ich hätte mit meinem Schwertbrecher angegriffen. Ich werde es vielleicht auch tun. Ich bin nicht wehrlos, nicht unbewaffnet.«

»Ich bin um meine Ehre besorgt, Obsidian, nicht um meinen Ruf.«

»Und wenn es hier keine Zuschauer gäbe, würdet Ihr mich dann immer noch auffordern, mein Schwert aufzuheben?«

Toribor zögerte. Sein Zorn verrauchte.

»Ich hoffe es«, sagte er schließlich.

»Eine ehrliche und ehrenwerte Antwort«, meinte Arlian. »Dann sagt mir, was werdet Ihr tun, wenn ich mich entschließe, nicht nach meiner Klinge zu greifen?«

»Ich weiß es nicht. Vielleicht werde ich Euch töten. Warum solltet Ihr das riskieren?«

»Weil einer von uns sterben wird, wenn ich nach meiner Waffe greife und wir unser Duell fortsetzen, und ich denke, die Chance ist groß, dass ich es sein werde. Wenn ich nicht nach der Waffe greife und wir reden, werde entweder ich sterben oder keiner von uns – und ich denke, dass ich diesen Ausgang vorziehe. Ich habe schon einmal versucht, Frieden mit Euch zu schließen, und Ihr habt Euch geweigert – aber ich wünschte, ich hätte es erneut versucht, statt Euch herauszufordern. Jetzt versuche ich es wieder. Können wir dies nicht beenden, ohne dass es einen Toten gibt?«

»Und was ist mit Eurem berühmten Schwur, mich zu töten oder bei dem Versuch zu sterben?«

»Ich denke, es ist vielleicht die Zeit gekommen, diesen Schwur zurückzunehmen, mein Lord. Ich habe diesen Schwur mir selbst geleistet und kann mich deshalb selbst von ihm entbinden.«

»Und Ihr würdet dies tun, um Euer Leben zu retten? Ist Euch Euer Versprechen, lieber zu sterben als auf Eure Rache zu verzichten, so wenig wert?«

»Ich würde dies tun, um Euer Leben zu verschonen, mein Lord. Ihr habt meins in der Hand und könnt es nehmen, wenn Ihr wollt.«

»Wenn überhaupt, dann werde ich es Euch auf ehrenvolle Art nehmen, Obsidian. Hebt Euer Schwert auf. Ihr habt mein Leben verschont, ich habe Eures verschont – wir sind quitt. Lasst uns jetzt die Sache zu Ende bringen.«

»Ich werde gehorchen, wenn Ihr darauf besteht, aber mir wäre es viel lieber, wenn wir unseren Streit friedlich beilegen könnten. Ihr habt bewiesen, dass Ihr ein besserer Mann seid, als ich dachte.«

»Und Ihr habt ... ich weiß nicht, was Ihr getan habt. Hebt Euer Schwert auf!«

Widerwillig trat Arlian zurück, außer Reichweite von Toribors Schwert, bückte sich, ohne die rechte Hand seines Gegners aus den Augen zu lassen, und griff nach seiner Klinge.

Die Menge, von denen sie die ganze Zeit bejubelt und angefeuert worden waren, bis Arlian sein Schwert verloren hatte, sah schweigend zu.

4
Ein neuer Schwur

Toribor wich zurück, als Arlian sein Schwert aufhob; er wartete, bis sich Arlian mit der Klinge wieder aufgerichtet hatte, bevor er angriff.

Arlian verteidigte sich, versuchte aber keine Riposte; er verspürte nicht mehr den Wunsch, Toribor zu töten. Er würde es tun, um sein eigenes Leben zu schützen, aber er glaubte nicht mehr, dass die Gerechtigkeit es verlangte.

Toribor war einer der Männer gewesen, denen das Bordell in Westwacht gehört hatte; er hatte zugelassen, dass die sechzehn Sklavinnen, die dort gefangen waren, verstümmelt und vier von ihnen ermordet wurden. Er hatte zwei der Frauen als seinen Anteil am Geschäft mitgenommen, als Lord Enziet das Haus geschlossen hatte.

Aber er hatte diesen beiden nichts zu Leide getan. Er hatte niemandem etwas zu Leide getan, soweit Arlian wusste. Er hatte sich mit Enziet und Drisheen und den anderen verbündet, aber sich nicht an ihrem bösen Treiben beteiligt.

Und er hatte in Korkbaum nicht um sein eigenes Leben gefleht, sondern sich für das größere Wohl der Menschheit eingesetzt. Er hatte Arlians Leben hier und jetzt verschont. Er neigte zum Jähzorn und zur Gedankenlosigkeit, aber er hatte auch einen Sinn für Ehre, etwas, das Enziet, Drisheen und Horim für überflüssig gehalten hatten.

Und er war ein Gegner der Drachen. Dies war gewiss ein Punkt, der zu seinen Gunsten sprach. Früher hätte Arlian dies für selbstverständlich gehalten, aber inzwischen wusste er es besser – Lady Pulzera hatte ihm die Augen geöffnet.

Toribor verdiente sicherlich eine Strafe für seine Verbrechen. Er stand bei den überlebenden verstümmelten Frauen in einer Schuld, die niemals zu tilgen war. Arlian glaubte aber nicht mehr, dass er den Tod verdiente.

Um sie herum johlte die Menge wieder, aber mit weniger Begeisterung als zuvor; die Stimmung war gedämpft. Stahl klirrte, und Arlian sah eine Öffnung, stieß aber nicht zu; stattdessen trat er zurück und hielt seine Klingen schützend vor sich.

Es konnte durchaus sein, dass dieser Kampf nur mit dem Tod enden konnte, doch Arlian war noch nicht davon überzeugt.

Natürlich, Toribor war ein Drachenherz, sein Blut giftig, und ein Ungeheuer wuchs in seinem Herzen heran. Er mochte jetzt noch immer menschlich genug sein, um Gnade und Ehre zu kennen, doch er war Jahrhunderte jünger, als Enziet es gewesen war. Was würde mit der Zeit aus ihm werden, wenn Arlian ihn am Leben ließ?

Und was würde aus dem Drachen in seinem Herzen werden?

Vielleicht war es am Ende doch das Beste, wenn Toribor starb. Arlian parierte einen Stoß, und diesmal schlug er zurück, überrumpelte Toribor und ritzte mit der Spitze seines Schwertes Toribors Schulter auf, bevor dieser die Attacke abwehren konnte.

Aber es gab Drachen in so vielen Herzen – achtunddreißig, Arlians mitgerechnet.

Und sie zu töten würde die Gefahr nicht beseitigen; die Drachen würden neue Menschen verseuchen, wenn man sie nicht vorher vernichtete.

Und die Leute, die fähig waren, die Drachen zu vernichten, waren die Drachenherzen. Toribors Tod würde nicht weiterhelfen. Toribors Tod würde es nur wahrscheinlicher machen, dass die anderen Drachenherzen Arlian misstrauten, auf Pulzera hörten und sich mit den Drachen gegen ihn verbündeten.

Toribor schwang sein Schwert in einem niedrigen Bogen, und Arlian war gezwungen, sich auf den Kampf zu konzentrieren. Stahl blitzte und klirrte, die vier Klingen verhakten sich einen Moment; dann sprangen beide Männer zurück und lösten sich voneinander. Sie standen da, jeder außer Reichweite des anderen, und beobachteten sich wachsam. Der Lärm der Menge war zu einem Murmeln herabgesunken.

Toribor würde irgendwann sterben müssen, aber die Drachen mussten vorher sterben.

»Toribor«, sagte Arlian, »ich würde vor Euch einen neuen Eid schwören, bei den toten Göttern oder bei wem auch immer Ihr wollt. Ich kann es nicht tun, bis wir diesen Kampf beendet haben, aber wenn Ihr es erlaubt, werde ich schwören, Euch nicht zu töten, weder in Manfort noch an einem anderen Ort, solange noch ein einziger Drache am Leben ist.«

»Was?« Toribor starrte ihn an, als wäre er verrückt – und natürlich, sagte sich Arlian, Toribor hielt ihn für verrückt.

»Ich will die Drachen tot sehen. Das ist für mich viel wichtiger, als Euch etwas zu Leide zu tun«, erklärte Arlian. »Können wir dieses Duell nicht mit einem Waffenstillstand beenden und unsere ganze Aufmerksamkeit auf die Vernichtung der Untiere richten, von denen wir beide wissen, dass sie den Tod verdient haben?«

»Womit wollt Ihr sie töten, etwa mit Euren Steinmessern? Niemand hat je einen Drachen erschlagen – keinen erwachsenen.«

»Ja, mit Obsidian – oder was wir sonst finden können. Und wenn wir nie einen Weg finden, sie zu töten, dann werde ich nie wieder versuchen, Euch zu töten.«

»Sofern Ihr nicht erneut Eure Meinung ändert.« Toribor fintierte kurz.

»Ich ändere meine Meinung nicht so schnell.«

»Ihr habt Euren Namen geändert, Triv, und Euer Aussehen und alles andere.«

»Nicht alles. Niemals alles. Ich stehe zu meinem Wort.«

»Oh, natürlich tut Ihr das.« Toribors Klinge stieß zu, und Arlian wehrte sie ab.

Worte allein würden diesen Kampf nicht beenden, erkannte er – aber er wusste, was ihn beenden würde. Er wagte einen plötzlichen flinken Angriff, eine blitzschnelle Serie von Stößen, die nicht wirklich töten oder ernsthaft verletzen, sondern Toribor einen Moment beschäftigen sollten.

Toribor wich einen Schritt zurück, und Arlian sprang ebenfalls zurück, außer Reichweite.

Und sobald die beiden Männer zu weit voneinander entfernt waren, um sich mit den Schwertern erreichen zu können, warf Arlian seine Klinge und den Schwertbrecher weg. Stahl klirrte auf dem Pflaster, und das Murmeln der Menge verstummte erneut abrupt.

»Unser Streit ist zu Ende«, erklärte er. »Tötet mich, wenn Ihr müsst, aber ich werde nicht mehr kämpfen.«

»Oh, jetzt macht Ihr es freiwillig?«, schrie Toribor. »Denkt Ihr, weil ich Euch einmal verschont habe, werde ich es wieder tun?« Er trat vor und hob sein Schwert, schlug aber nicht zu.

»Ja«, sagte Arlian und breitete seine leeren Hände aus. »Ihr habt mir bewiesen, dass Ihr ein besserer Mann seid, als ich dachte, dass es falsch war, Euren Tod zu wollen. Ich schwöre, Lord Toribor, dass ich ab heute nicht mehr mit Euch kämpfen, dass ich nicht versuchen werde, Euch zu töten, solange noch ein einziger Drache am Leben ist. Mein Racheschwur galt mir selbst, und ich habe mich von ihm losgesagt; diesen Schwur leiste ich Euch.«

Toribor zögerte.

»Ihr könnt noch immer beweisen, dass ich mich irre«, erklärte Arlian. »Stoßt mir Eure Klinge ins Herz, und wir werden beide sehen, dass Ihr weniger ehrenhaft, weniger vertrauenswürdig seid, als ich dachte. Ich glaube nicht, dass einer von uns dies will.«

Toribor grollte und sagte dann: »Ihr seid ein vermaledeiter Kerl, Obsidian.«

Er senkte sein Schwert.

Dann, zum ersten Mal, seit Arlian aus seiner Kutsche gestiegen war, löste Toribor seine Augen von seinem Gegner und musterte die Menge der Schaulustigen. Er blickte hinauf zur Stadtmauer.

»Keine Bogenschützen«, stellte er fest. »Der Trick war nicht besonders gerissen.«

Verblüfft drehte sich Arlian um. Tatsächlich, die Bogenschützen waren verschwunden.

»Sie waren da«, sagte er.

Toribor schnaubte.

»Man weiß nie, woran man bei Euch ist«, sagte er. »Ihr lügt so mühelos, wie die meisten Menschen atmen, und Eure Loyalität gilt allein Euch selbst. Ich traue Euch durchaus zu, dass Ihr Eure Klingen aufhebt und mich trotz Eures neuen Schwures erschlagt.«

Gekränkt sagte Arlian: »Die Bogenschützen waren da, und ich werde meinen Schwur nicht brechen.« Er trat zurück, fort von seinen weggeworfenen Waffen.

»Ihr werdet den Kampf nicht wieder aufnehmen und der Sache ein Ende machen?«

»Ihr habt meinen Schwur gehört. Für mich ist die Sache erledigt.«

»Und ich muss dies akzeptieren?«

»Ihr habt Euer Schwert, mein Lord; ich bin Euch auf Gnade und Ungnade ausgeliefert.«

»Nein, das seid Ihr nicht. Ich glaube nicht einmal, dass Ihr das Konzept versteht. Habt Ihr denn vor nichts Angst, Obsidian?«

Arlian blinzelte überrascht. »Ich bin nicht furchtloser als Ihr.«

»Ihr lügt so mühelos, wie andere atmen. Ihr behauptet, Eurem Racheschwur zu folgen, von dem Euch nichts abbringen kann, und dennoch sagt Ihr jetzt, dass es vorbei und unser Streit beigelegt ist. Verzeiht mir, wenn ich nicht sofort zustimme – ich möchte Euch daran erinnern, dass ich zwar Frauen geschändet habe, die in meinem Besitz waren, Ihr aber drei von meinen Kameraden getötet habt, von denen ich zwei seit Jahrhunderten kannte. Horim und Kuruvan starben in ehrenvollen Duellen, aber Ihr habt Drisheen ermordet. Die Umstände von Enziets Tod bleiben unklar, trotz Eurer Behauptungen, und ich habe guten Grund zu der Annahme, dass Ihr ihn ebenfalls erschlagen habt. Ihr habt Wither nicht getötet, aber ihn zu seinem Selbstmord ermuntert. Soll ich all das einfach vergessen, all meine Freunde? Habe ich kein Recht, an ihrem Mörder Rache zu nehmen?«

»Ich bin hier, unbewaffnet«, erklärte Arlian. »Wenn Ihr denkt, dass Drisheen eine derartige Rache verdient, streckt mich nieder – aber bedenkt zuerst, was für eine Sorte Mensch Drisheen war. Wisst Ihr, was er Nerz und Diamant angetan hat? Und was Horim Zweig und Sisal angetan hat?«

»Den Frauen? Ihr kennt all ihre Namen? Und wisst, was aus ihnen geworden ist?« Toribor klang ehrlich überrascht.

»Natürlich«, bestätigte Arlian erstaunt. »Denkt Ihr, es war nur ein Vorwand? Ich habe sie alle geliebt. Sie hatten ein weit besseres Schicksal verdient. Ihr und Nagel und Kuruvan habt jene, die in Eurer Gewalt waren, nicht schlechter behandelt als Eure anderen Sklaven, aber die anderen – wisst Ihr, was Enziet mit Möwe gemacht hat? Wusstet Ihr, dass er Madame Ril auf offener Straße die Kehle durchgeschnitten hat? Sie war eine freie Frau!«

Arlian erwähnte Sweet nicht, die von Enziet vergiftet worden war; dieser besondere Todesfall gehörte nicht zu den Dingen, die er mit Toribor teilen wollte.

»Ich wusste es«, räumte Toribor ein.

Einen Moment standen die beiden Männer schweigend da und sahen sich an; dann sagte Toribor: »Ihr habt geschworen, mich nicht zu töten, solange die Drachen leben – glaubt Ihr im Ernst, dass Ihr sie erschlagen könnt?«

»Ja«, antwortete Arlian schlicht.

»Ich nicht«, sagte Toribor. »Ich glaube, dass Ihr ein außergewöhnlicher Mann seid, Obsidian, aber nicht derart außergewöhnlich. Einen weichhäutigen jungen Drachen zu töten ist etwas anderes, als einen gepanzerten, achtzehn Meter langen erwachsenen zu erschlagen.«

»Ich weiß«, sagte Arlian.

»Ich bin nicht so närrisch und selbstsüchtig, um auf Pulzeras Unsinn zu hören – aber Euren kann ich auch nicht glauben. Ich finde Pulzeras Argumente viel glaubwürdiger, doch ich finde Eure weitaus ansprechender. Wenn Ihr die Drachen wirklich töten könntet ...«

Er brach ab; dann, plötzlich, schob er seinen Schwertbrecher in die Scheide.

»Nun gut«, knurrte er. »Unser Kampf ist beendet, bis Ihr mir etwas Gegenteiliges sagt, aber Ihr werdet mir vergeben, wenn ich es ablehne, meine andere Klinge in die Scheide zu stecken oder Euch den Rücken zuzudrehen, bis wir sicher innerhalb der Mauern sind.«

Arlian verbeugte sich. »Ich werde meine Klingen dann von meinem Haushofmeister holen lassen.«

»Das würde mir passen.«

Toribor blieb auf dem Platz stehen und verfolgte, wie Arlian zu seiner Kutsche zurückkehrte.

»Wo sind die Bogenschützen hin?«, flüsterte Arlian Black zu, als er sich dem Gefährt näherte.

»Sie haben vor ein paar Momenten neue Befehle bekommen und sich zurückgezogen«, erwiderte Black. »Hat es Sinn, dich zu fragen, was dort draußen passiert ist?«

»Du konntest es nicht hören?«

»Nur als Toribor brüllte.«

»Ich werde es dir später erzählen.« Er winkte Brooke und Kitty zu, die sich aus den Kutschenfenstern lehnten. »Wenn alle es hören können. Wärest du jetzt so freundlich und holst mein Schwert und meinen Schwertbrecher? Lord Toribor vertraut mir noch nicht ganz.«

»Ich kann es ihm nicht verdenken«, meinte Black. »Ich kann es ihm ganz und gar nicht verdenken.« Er ging zu den Klingen.

Arlian drehte sich um, als er in die Kutsche gestiegen war, und sah, dass Toribor endlich sein eigenes Schwert in die Scheide gesteckt hatte und sich Richtung Stadttor entfernte.

Toribors letzte Worte nagten an Arlian. Toribor glaubte nicht, dass die Drachen getötet werden konnten?

Toribor war viel älter als er und hatte wahrscheinlich mehr von den Drachen gesehen – Arlian war bei dem Angriff auf sein Dorf in einem Keller eingesperrt gewesen. Wenn Toribor glaubte – selbst nachdem er gehört hatte, was aus den Drachen geworden war, die aus Enziet und Stiam entsprungen waren –, dass ein erwachsener Drache nicht getötet werden konnte, wie konnte Arlian dann sicher sein, dass er sich irrte?

Glaubte der Rest der Gesellschaft auch, dass jeder Versuch, die Drachen zu bekämpfen, sinnlos war, trotz der Obsidianklingen? Wenn dem so war, dann war es kein Wunder, dass sie Pulzeras Worte ernst genommen hatten.

Arlian sah sich nachdenklich auf dem Platz um.

Die Menge, die den Kampf beobachtet hatte, zerstreute sich allmählich; viele von ihnen waren sichtlich enttäuscht, dass es keine Toten, keine verstümmelnden Verletzungen gegeben hatte. Während Arlian in der Tür der Kutsche stand, bahnte sich Lord Zaner einen Weg durch die Menge und wollte offenbar ein paar Worte mit ihm wechseln.

Vielleicht, dachte Arlian, konnte ihm Lord Zaner mehr darüber erzählen, was gestern in der Straße des Schwarzen Turms gesprochen worden war.

Stammel hatte sich zögernd ebenfalls der Kutsche genähert, aber als sich Zaner an ihr vorbeidrängte, blieb sie stehen, runzelte die Stirn, winkte und wandte sich dann zum Tor, überließ Arlian und seiner Begleitung dieser bedeutenderen Persönlichkeit.

Höflich wartete Arlian, während Zaner näher kam. Mehrere andere Zuschauer drehten sich um und verstummten, neugierig auf das, was der eine Lord dem anderen zu sagen hatte.

Zaner blieb ein paar Schritte vor der Kutsche stehen und sagte ohne Umschweife: »Lord Obsidian, ich wusste nicht, dass Ihr ein Feigling seid und Euer Schwert wegwerft, wenn Ihr Euch bedrängt fühlt.«

Damit hatte Arlian nicht gerechnet. Er wusste, dass Zaner Toribors Freund war, und hatte halb erwartet, dass Zaner ihm dafür danken wollte, nicht bis zum Tod gekämpft zu haben.

Offenbar glaubte Zaner, keinen Grund für Dankbarkeit zu haben; offenbar war er davon überzeugt, dass es Arlians Tod, nicht Toribors, gewesen war, der hier abgewendet worden war.

Dennoch schien seine Bemerkung unvernünftig zu sein. »Ihr denkt, ein Feigling stellt sich unbewaffnet vor einen Gegner?«, fragte Arlian sanft.

»Ihr wusstet, dass Toribor Euch nicht töten würde! Hätte ich Euch dort gegenübergestanden, ich hätte Euch nicht getötet, aber bei den toten Göttern, ich hätte Euch wenigstens Euer hübsches Gesicht zerschnitten!«

Arlian tupfte sich das Blut ab, das von dem Schnitt über seinem Auge an seiner Wange hinunterrann, und erwiderte ruhig: »Ich werde mir dies merken für den Fall, dass wir uns jemals mit Schwertern gegenübertreten sollten, mein Lord.«

Black war hinter Zaner aufgetaucht, während sie sprachen, drängte sich nun an dem Drachenherzen vorbei und unterbrach Zaner, als der mehr sagen wollte.

»Verzeiht mir, mein Lord«, murmelte er, als er Arlian mit dem Knauf zuerst das Schwert reichte. »Ihr werdet das Blut abwischen wollen, bevor Ihr es in die Scheide steckt«, fügte er hinzu.

»Danke«, sagte Arlian und nahm die Waffe an sich. Er war sowohl für die Erinnerung als auch die Störung dankbar; der Wortwechsel mit Lord Zaner schien nirgendwohin zu führen. Er zog ein Taschentuch heraus und wischte demonstrativ das Blut von dem Stahl.

Zaner sah von Arlian zu Black und wieder zurück, schnaubte dann und wandte sich zu Arlians Erleichterung ab.

Einen Moment später waren die Klingen gesäubert und wieder in ihren Scheiden, und Arlian saß in der Kutsche, die Tür geschlossen und abfahrbereit. Doch bevor er den Befehl geben konnte, hörte er eine Frauenstimme rufen. »Lord Arlian!« Er drehte sich um und beugte sich aus dem Fenster.

Der Platz war nun kein menschenleerer, von Schaulustigen umringter Steinkreis mehr, sondern diente wieder seinem ursprünglichen Zweck als Markt und Treffpunkt; das Duell war definitiv vorbei, und seine Spuren verblassten – zumindest die Spuren außerhalb der Kutsche; Arlians Taschentuch war blutig, sein Hemd und Schal waren zerfetzt und wiesen an mehreren Stellen Blutflecken auf und die Wunden an Arm, Schulter, Stirn und Hals schmerzten.

Lady Reif drängte sich humpelnd durch die wogende Menge und schwenkte den Knochen, den sie stets mit sich führte, wohin sie auch ging.

»Arlian!«, rief sie wieder.

»Meine Lady«, rief er zurück. »Möchtet Ihr Euch zu mir gesellen? Es ist ein langer Weg zur Oberstadt.«

»Natürlich möchte ich das«, versicherte sie. »Und Ihr könnt mir erzählen, wie es kommt, dass Ihr und Toribor noch am Leben seid.«

Arlian öffnete die Kutschentür und wartete, und einen Moment später half er ihr in die Kutsche und auf die Bank, wo sie sich neben Brooke niederließ, Arlian und Kitty gegenüber. Black verfolgte es vom Kutschbock aus, und als die Tür wieder geschlossen war, schüttelte er die Zügel und trieb die Pferde an.

Kitty tupfte bereits Arlians Wunden mit ihrem feinen kleinen Taschentuch ab, entfernte Blut und Gewebe.

»Nun«, sagte Reif, »mir scheint das Wichtigste entgangen zu sein, also erzählt mir bitte, Ari, was soeben passiert ist.«

»Black wollte es auch hören«, warf Brooke ein, bevor Arlian antworten konnte.

»Das wollte er in der Tat«, bestätigte Arlian, »und ich bin sicher, dass auch noch andere die Einzelheiten hören wollen, sobald wir zu Hause sind, so dass er die Geschichte dann erfährt. Im Moment möchte ich Lady Reif nicht auf die Folter spannen, sondern ihr sagen, dass wir gekämpft haben. Lord Toribor gelang es schließlich, mir mein Schwert aus der Hand zu schlagen und seine Klinge an meine Kehle zu setzen. Er verzichtete darauf, mich auf der Stelle zu töten – ich glaube, die Parallele zu unserem früheren Treffen in Korkbaum, als ich ihn verwundete, aber am Leben ließ, war verantwortlich dafür, denn er wollte nicht weniger gnädig sein als ich. Er wollte den Kampf bis zum Tode fortsetzen, sobald ich mein Schwert aufgehoben hatte, doch ich war anderer Ansicht. Toribor ist ein weitaus tapfererer und ehrenwerterer Mann, als ich dachte, und deshalb entschloss ich mich, nicht weiter seinen Tod zu verfolgen; ich warf meine Waffen weg und bot ihm an, mich entweder zu töten oder unseren Streit friedlich beizulegen. Ich bin froh, dass er sich für das Letztere entschieden hat.«

»Lord Zaner nannte dich einen Feigling«, bemerkte Brooke. »Ich dachte, er wollte dich auf der Stelle herausfordern.«

Arlian öffnete den Mund und schloss ihn dann wieder. Er zögerte und sagte dann: »Weißt du, ich glaube, er hat es getan.«

Er hatte diese Möglichkeit nicht bedacht, als er mit Zaner gesprochen hatte; er war erschöpft und blutig gewesen und hatte sich nur setzen und ausruhen wollen, statt sich zu fragen, was Zaner mit seinen Beleidigungen bezweckte. Zaner hatte wahrscheinlich erwartet, dass er sich in seiner Ehre gekränkt fühlen würde, wenn er ihn als Feigling beschimpfte und drohte, ihm das Gesicht zu zerschneiden. Der Wortwechsel hätte durchaus zu etwas Unwiderruflichem eskalieren können. Er hatte den Köder nicht geschluckt, und Black hatte sich eingemischt, bevor Zaner es erneut versuchen konnte.

Arlian hatte einfach nicht über die Bedeutung des Wortwechsels nachgedacht. Man hatte ihn oft genug in den Minen von Tiefgraben ungerechtfertigterweise einen Feigling genannt, so dass ihn dieses Wort nicht sonderlich traf, obwohl er wusste, dass es unter Adligen als tödliche Beleidigung galt; er war in den Minen ein Sklave gewesen, kein Lord, und ein Sklave hatte keine Ehre, die er gegen derartige Anschuldigungen verteidigen musste, so dass er oft das Ziel übler Beschimpfungen gewesen war.

In seiner Zeit in Manfort hatte man ihn so oft einen Verrückten genannt, dass es langweilig geworden war, aber niemand hatte ihn je als Feigling bezeichnet. Schließlich hatte er allein die Träumenden Berge überquert und war nach Arithei gereist. Er hatte sich mit Lord Kuruvan und Lord Horim, genannt Eisen, duelliert, Männer, die älter und erfahrener waren als er, und er hatte beide getötet. Er hatte offen den gefürchteten Lord Enziet herausgefordert und ihn in die Ödnis verfolgt und bis zum Tod mit ihm gekämpft. Er hatte Drachen bezwungen. Seine geistige Gesundheit mochte zweifelhaft sein, aber sein Mut war es nie gewesen.

Bis jetzt.

Hatte Zaner ihn wirklich für einen Feigling gehalten, oder hatte er ihn nur provozieren wollen? Wollte Zaner ihn tot sehen? Er wusste, dass Zaner ihn nicht mochte, aber er hatte dies auf seinen Streit mit Toribor zurückgeführt, was schwerlich eine Herausforderung rechtfertigte, da er und Toribor gerade Frieden geschlossen hatten. Er hatte Zaner nie etwas Unrechtes getan; er kannte den Mann kaum.

»Zaner?«, sagte Reif. »Ich frage mich, ob das Hardiors Werk war.«

Jetzt war Arlian nicht nur verwirrt, sondern völlig überrascht. »Hardior?«, wiederholte er.

»Ja, Hardior«, bestätigte Reif.

»Er war nicht einmal hier, soweit ich dies feststellen konnte«, sagte Arlian. »Ebenso wenig wie Ihr.«

»Weil wir beide mit dem Herzog in der Zitadelle waren und über unsere jeweiligen Positionen gestritten haben. Ich fürchte, dass Hardior ein Hühnchen mit mir zu rupfen hat.« Sie klopfte mit ihrem Beinknochen an den Fensterrahmen und lächelte schurkisch. »Es ist durchaus möglich, dass ich ihn, zumindest im Moment, in der Gunst des Herzogs verdrängt habe.«

»Wirklich?«, sagte Arlian. »Darf ich fragen, wie?«

»Weil der Herzog Euch mag, Arlian, oder zumindest mag er es, von Euren Abenteuern zu hören, und Lord Hardior wollte Euch töten lassen.«

5
Die Gunst des Herzogs

Arlian strich sich mit der linken Hand über den Bart und sah in Reifs ausdrucksloses Gesicht; Kitty hielt seine rechte Hand, während sie die Schnitte an seinem Handgelenk und Unterarm versorgte.

»Warum sollte Lord Hardior mich tot sehen wollen?«, fragte er.

»Ich weiß es nicht mit Sicherheit, aber ich nehme an, weil Ihr, wenn Ihr weiterlebt, auf die eine oder andere Weise die Drachen-Gesellschaft vernichten werdet.«

Kitty blickte erstaunt auf und wechselte einen Blick mit Brooke. Arlian musterte Reif nachdenklich.

»Euer Ton verrät, dass auch Ihr es glaubt«, stellte Arlian fest.

»Oh, natürlich glaube ich es«, bestätigte Reif. »Ihr mögt sagen, dass Ihr Euch noch nicht entschieden habt, aber ich denke, ich weiß, wie Eure Entscheidung aussehen wird, wenn ich Euren gerechten Hass auf die Drachen bedenke, und dass Ihr am Ende beabsichtigt, uns alle systematisch zu ermorden. Selbst wenn Ihr es nicht tut, habt Ihr zweifellos dafür gesorgt, dass die Gesellschaft zerstritten ist, und zwar auf eine Art, die ich nicht für möglich gehalten hätte.«

»Habe ich das? Ich hatte gehofft, die Gesellschaft zum Handeln zu bewegen, nicht für Streit zu sorgen.«

»Arlian, Ihr habt den Hass auf die Drachen gegen den

Wunsch zu leben ausgespielt. Pulzera ist nicht die Einzige, die sich für das Leben entschied – aber nicht alle von uns teilen ihre Ansicht. Die Gesellschaft ist zerstritten.«

»Euch scheint dies überraschenderweise nicht zu beunruhigen«, bemerkte Arlian.

»Es gibt zwei Gründe dafür«, sagte Reif. »Der erste ist, dass ich glaube, dass der Schaden bereits angerichtet wurde, und der Graben kann nicht mehr zugeschüttet werden, ganz gleich, ob Ihr nun lebt oder sterbt; angesichts dieser Tatsache würde ich es vorziehen, Euch am Leben zu sehen.«

Die Kutsche schaukelte plötzlich, als ein Rad über eine Unebenheit holperte, und Arlian hielt sich am Fensterrahmen fest. »Vielen Dank«, sagte er. »Und der zweite?«

»Ich denke, Ihr habt Recht, uns zu vernichten«, erwiderte Reif. »Ich denke, dass wir es verdienen. Wir können uns schwerlich beklagen, dass unser Tod zu früh kommt; ich lebe seit über vierhundert Jahren, fünfmal länger, als es jede normale Frau erwarten kann, und mindestens die Hälfte der Gesellschaft ist älter als ich. Wenn unser Tod notwendig ist, um die Gefahr zu bannen, die von den Drachen ausgeht, dann lasst uns sterben. Wither glaubte dies und handelte entsprechend. Ich bin nicht so selbstlos wie er und habe nicht die Absicht, mir das Leben zu nehmen, aber ich habe noch fünf weitere Jahrhunderte vor mir, um meine Meinung zu ändern. Wenn Ihr mir eines Tages die Kehle durchschneidet, werde ich keinen Widerstand leisten.«

Arlian starrte sie an und lächelte dann schurkisch.

»Und ich hatte bereits entschieden, dass ich nicht guten Gewissens die ganze Gesellschaft ermorden kann«, sagte Arlian. »Als ich meine Waffen wegwarf, war dies nicht bloß eine Taktik, um mein Leben zu retten; ich wollte Toribor wirklich nicht mehr töten. Und wenn ich es schon nicht über mich bringen kann, ihn zu töten, wie könnte ich dann Euch oder die anderen niederstrecken?«

»Ich habe mich schon gefragt, warum Ihr das getan habt«, gestand sie. »Habt Ihr Euch demnach doch entschlossen, Euch auf die Seite der Drachen zu schlagen? Hat Pulzera Euch überzeugt?«

»Nein!« Arlian war von der Unterstellung ehrlich schockiert. »Die Drachen müssen vernichtet werden – aber die Menschen zu töten, die unfreiwillig ihre Jungen austragen, ist ungerecht. Es muss eine andere Möglichkeit geben – vielleicht genügt es, sie sorgfältig zu beobachten und jeden Drachen bei der Geburt zu töten.«

»Ah«, machte Reif. »Und wer würde diese Aufgabe übernehmen? Es wird tausend Jahre dauern, bis das letzte Drachenherz – das heißt, Ihr – sterben wird, und selbst das setzt voraus, dass die Drachen vorher nicht neue erschaffen. Wie könnt Ihr hoffen, diese Wache über eine derart lange Zeitspanne aufrechtzuerhalten?«

»Als jüngster der Drachenherzen würde ich sagen, dass die Last auf mich fällt.«

»Ihr wollt also den Rest Eures Lebens dieser Aufgabe opfern?«

»Es gibt nur achtunddreißig von uns, meine Lady. Verteilt diese Zahl über tausend Jahre, und es ist keine schwere Aufgabe.«

»Sofern Ihr keine Widersacher habt.«

Bevor Arlian antworten konnte, bemerkte er Kittys Gesichtsausdruck; sie starrte ihn mit aufgerissenen Augen und offenem Mund an und schien seine Wunden vergessen zu haben. Brooke hatte es geschafft, ihr Gesicht besser unter Kontrolle zu halten, aber auch sie starrte ihn an und war von dem Gehörten sichtlich schockiert.

»Ich sehe, dass keiner von uns großen Wert auf Geheimhaltung legt«, sagte er. »Mir scheint, dass wir vor diesen beiden soeben Dinge enthüllt haben, die sie nicht wussten.«

»In der Tat«, bestätigte Reif mit einem Blick zu den verblüfften Frauen. »Ich musste davon ausgehen, dass Ihr Euren gesamten Haushalt über die Lage aufgeklärt habt und nichts mehr zu verbergen ist; offenbar habe ich mich geirrt.«

»Ich bin in diesen Angelegenheiten nicht sehr redselig gewesen«, erklärte Arlian.

»Du wirst tausend Jahre leben?«, fragte Kitty.

»Mehr oder weniger, wenn ich nicht getötet werde«, sagte Arlian.

»Und Ihr seid vierhundert Jahre alt?«, fragte Brooke Reif.

»Vierhundert und ein paar, ja. Ich kann mich an die genaue Zahl nicht mehr erinnern.« Sie erwiderte ruhig Brookes Blick.

Brooke rutschte auf der Bank von Reif weg.

»Und das bringt uns wieder zu Eurem Treffen mit dem Herzog«, sagte Arlian. »Ich bin sicher, dass Ihr und Hardior zu Seiner Hoheit nicht so offen wart wie wir hier.«

»Das waren wir tatsächlich nicht.«

»Und was habt ihr ihm erzählt? Wie hat sich Hardior für meinen Tod eingesetzt und Ihr Euch für mein Leben?«

»Oh, das war einfach«, erwiderte Reif. »Hardior meinte,

dass Ihr Drisheen und Enziet ermordet habt, dass Ihr vorhabt, Toribor mit fairen oder unfairen Mitteln zu töten, und dass Ihr auch ihn, Hardior, bedroht habt. Er beschuldigte euch der Verschwörung, alle Ratgeber des Herzogs und andere mächtige Persönlichkeiten zu beseitigen, die Eure Pläne bedrohen. Dies war natürlich alles Unsinn, was Hardior ebenso gut wusste wie wir, aber er trug es sehr überzeugend vor – Hardior kann sehr bestechend sein, wenn er will. Er erklärte dem Herzog, dass er sich die Freiheit genommen und Bogenschützen auf der Stadtmauer postiert hatte, und dass sie auf sein Zeichen hin Euch ein für alle Mal erledigen und die Bedrohung des Friedens und Wohlstands von Manfort beseitigen würden.«

»Ah«, sagte Arlian. »Das erklärt die Bogenschützen.«

»Der Herzog zögerte«, sagte Reif. »Um genau zu sein, ich hatte den deutlichen Eindruck, dass er über Enziets und Drisheens Tod erleichtert war, obwohl er dies natürlich niemals zugeben würde. Ich setzte mich für Euch ein und erklärte, dass Ihr ein dickköpfiger junger Mann mit einem persönlichen Groll gegen sechs Lords seid, von denen Toribor der letzte Überlebende war, und dass Ihr keinen geheimnisvollen Plan habt, die Stadt ins Chaos zu stürzen. Ich sagte weiterhin, dass Hardior in Euch nur eine Bedrohung sieht, weil er fürchtet, dass Ihr Euch als beliebter erweisen könntet als er – was natürlich eine Lüge war.«

»Natürlich«, stimmte Arlian zu.

»Ich habe außerdem erwähnt, wie viel Gutes Ihr für die Stadt getan habt, indem Ihr die aritheischen Magier und all ihre Zauber nach Manfort gebracht habt. Ich sagte, dass sie, wenn Ihr sterbt, zweifellos in ihre ferne Heimat zurückkehren würden. Ich habe bewusst nicht erwähnt, was sie Manfort vor ihrer Abreise antun könnten, aber ich sorgte dafür, dass Seine Hoheit die Möglichkeiten bedachte.«

Arlian selbst hatte diese Möglichkeiten nicht bedacht; jetzt tat er es und strich wieder über seinen Bart. Shibiel, Isein und Qulu hatten keine Magie mehr übrig, aber er wusste nicht genau, wozu Thirif oder Hlur fähig waren, und natürlich hatte das gesamte aritheische Haus von Deri erklärt, dass es in seiner Schuld stand. Den Magiern mochte in Manfort keine Magie mehr zur Verfügung stehen, aber sie konnten jederzeit neue heranschaffen.

»Und natürlich habe ich ihn darauf hingewiesen, dass es dem Ruf des Herzogs kaum nützen würde, wenn er sich in eine Ehrenangelegenheit einmischt.«

»Aber warum konnte der Herzog Arlian nicht einfach nach dem Duell töten?«, fragte Brooke.

»Er konnte es«, sagte Reif, »aber Lord Hardior konnte dies nicht vorschlagen – den Tod eines anderen Mitglieds innerhalb der Stadtmauern zu planen hätte gegen den Gesellschaftseid verstoßen.«

»Der Herzog könnte trotzdem ...«, begann Brooke.

»Der Herzog will es nicht«, unterbrach Reif. »Er mag Lord Obsidian. Er hält Obsidian für einen temperamentvollen jungen Renegaten, der durch seine Anwesenheit Manfort interessanter macht. Ich konnte mich dafür einsetzen, Arlians Leben zu verschonen, und Lord Hardior, an seinen Eid gebunden, konnte sich nicht dafür einsetzen, ihn zu töten, wenn es nicht in dem Duell geschah. Von allem anderen abgesehen, machte dies dem Herzog die Entscheidung leicht; da niemand etwas anderes von ihm verlangte, konnte er tun, was er wollte, und Obsidians Leben verschonen.«

»Er schien bei unserer ersten Begegnung nicht sonderlich beeindruckt zu sein«, bemerkte Arlian.

»Das war bevor Ihr Eure beiden spektakulären Duelle ausgetragen und Eure Feinde durch das halbe Land verfolgt habt, bevor es Gerüchte über seltsame Steinwaffen und magische Bilder von Drachen gab. Ihr seid jetzt viel interessanter.«

»Und außerdem sind wirklich die Magier zu bedenken«, warf Kitty ein und ließ Arlians Arm los. »Wir wissen wirklich nicht, was sie tun würden, wenn Triv getötet wird.«

»Ich sollte ihnen Anweisungen geben«, murmelte Arlian. »Ich hatte daran nicht gedacht.« Er spreizte die Finger seiner rechten Hand, fuhr bei dem daraus resultierenden Schmerz zusammen und sagte zu Kitty: »Danke.«

Er war allerdings nicht ganz sicher, welche Anweisungen er den Aritheiern geben sollte oder ob sie ihm gehorchen würden. Er hatte keine Kontrolle über sie; sie waren freiwillig mit ihm nach Manfort gekommen, zu ihrem eigenen Wohl. Wenn sie erst einmal in ihre Heimat zurückkehrten, würden sie es vielleicht nicht riskieren, noch einmal nach Norden zu reisen.

Und was sollten sie nach seinem Tod tun? Er konnte Thirif und die anderen bitten, ihn zu rächen, und auf die eine oder andere Weise würden sie es wahrscheinlich tun und die Verantwortlichen umbringen – aber was sollte das nutzen? Er würde tot sein. Wollte er ein Vermächtnis der Rache hinterlassen oder eins der Gnade?

Er würde jedenfalls nicht mehr am Leben sein, um es zu

sehen, so dass er nicht ganz sicher war, ob es ihn kümmerte. Er zog es vor, lieber zu leben als ein Vermächtnis zu hinterlassen – zumindest bis er alles erreicht hatte, was er erreichen wollte.

Und zu diesem Zeitpunkt bedeutete dies die Vernichtung der Drachen. Er hatte genug Rache an den Menschen genommen und jeden gerettet, den er hatte retten wollen.

Aber die Drachen lebten noch immer, und deshalb wollte er auch leben. Er ging vielleicht Risiken ein, wie dem Mann zu trotzen, der ihm eine Klinge an die Kehle hielt, aber er wollte nicht sterben – er fürchtete sich nur nicht vor dem Tod.

»Ihr habt also den Herzog überzeugt, mich zu verschonen«, sagte er. »Vielen Dank, meine Lady.«

»Keine Ursache, mein Lord«, erwiderte Reif. »Wie der Herzog finde ich die Welt interessanter, wenn Ihr lebt. Sie ist dann ein gewalttätigerer und weniger vorhersagbarer Ort, aber dies hat einen gewissen Reiz. Ich halte es für weitaus wahrscheinlicher, dass die Drachen ausgerottet werden, wenn Ihr überlebt.«

»Ihr schmeichelt mir.«

»Ich sage die Wahrheit, mehr nicht. Und bei dieser Gelegenheit möchte ich Euch daran erinnern, dass ich die Auseinandersetzung mit Lord Hardior heute zwar gewonnen habe, mein Widersacher aber nicht aufgegeben hat. Wenn er den Herzog nicht überzeugen kann, Euch zu beseitigen, wird er wahrscheinlich nach anderen Wegen suchen – deshalb frage ich mich, ob er vielleicht hinter Zaners Vorwurf der Feigheit steckt.«

»Hätte er die Zeit gehabt, dies einzufädeln?«

Reif zuckte die Schultern. »Das kann ich nicht sagen. Es mag sein, dass Lord Zaner auf eigene Faust gehandelt hat.«

»Er dachte wirklich, dass Triv Angst vor Lord Toribor hatte?«, mischte sich Kitty ein. »Aber das ist lächerlich.«

Niemand hatte eine passende Antwort darauf, und so erstarb das Gespräch. Ein paar Minuten später erreichten sie die Tore des Alten Palastes; Reif hatte Arlians Angebot abgelehnt, sie vor ihrer eigenen Tür abzusetzen.

Zu Arlians Überraschung warteten die meisten Angehörigen des Haushalts bereits auf ihn – Venlin, mehrere der Köche und Mägde und Lakaien, sogar Ferrezin und ein paar andere in der Livree Enziets, die soeben erst eingetroffen zu sein schienen. Hasty und Lily und Musk und Lara waren nach draußen getragen worden und saßen jetzt auf den Bänken im Vorhof, Vanniari schlief in Hastys Armen. Die aritheischen Magier in seinem Gefolge, Shibiel und Qulu und Isein, standen mit ernsten Gesichtern auf einer Seite; Thirif, der mehr Arlians Gast als Gefolgsmann war, wartete am Tor.

Stammel und Wolt waren noch nicht zurück, und ein paar andere Gesichter fehlten, aber zweifellos war die Neuigkeit der Kutsche vorausgeeilt.

»Ich sehe alle anderen – aber wo ist Hlur?«, fragte Reif sardonisch, als sie zur Tür der Kutsche trat. Black war vom Kutschbock gesprungen und griff nach dem Riegel.

»Wahrscheinlich noch immer in der Zitadelle, wo sie hingehört«, erwiderte Arlian hinter ihr. Hlur war die aritheische Botschafterin in Manfort, und obwohl sie und ihr Mann Kthelik ursprünglich von Arlian in die Stadt gebracht worden waren, hatten sie sich schon vor einiger Zeit am Hof des Herzogs niedergelassen, wie es Hlurs Position entsprach.

Arlian wartete, bis Reif mit etwas Hilfe von Black ausgestiegen war und auf dem Boden stand, und dann hob er Kitty hoch und übergab sie Black.

Black gab sie sofort an einen wartenden Lakaien weiter und nahm dann Brooke.

Als alle drei Frauen aus der Kutsche waren, stieg Arlian ebenfalls aus und fragte: »Was macht ihr alle hier draußen?«

Thirif räusperte sich, aber bevor er sprechen konnte, rief Hasty: »Es war meine Idee, Triv! Wir wollten dich wissen lassen, dass wir alle auf deiner Seite sind.«

Arlian sah sie eine Sekunde an und wandte sich dann an Thirif.

»Verzeiht, mein Lord«, sagte Thirif, »aber sie hat Recht. Wir wollten ... Mitgefühl zeigen? Nein, Solidarität. Wir dachten, ein Zeichen der Solidarität wäre angebracht.«

Arlian war beeindruckt, dass Thirif das richtige Wort in einer Sprache gefunden hatte, die ihm fremd war. Er musterte den Aritheier eine Sekunde, strich mit der linken Hand nachdenklich über die Wunden an seinem Arm und fragte dann: »Und warum ist dieses Zeichen angebracht? Nur weil ich mein Duell überlebt habe?«

»Nein. Weil die Wachen des Herzogs versucht haben, in den Alten Palast einzudringen, und wir sie vertrieben haben.«

»Sie kamen auch zum Grauen Haus«, fügte Ferrezin hinzu. »Wir wiesen sie ab und kamen dann hierher, um Euch zu berichten.«

»Die Wachen des Herzogs?« Arlian musste dies erst einmal verdauen.

»Du bist verletzt!«, rief Hasty, als sie das Blut an Arlians Ärmel und Schal sah. Arlian brachte sie mit erhobener Hand zum Schweigen.

»Die Wachen des Herzogs kamen hierher? Was wollten sie?«

»Die Glaswaffen«, sagte Thirif.

Arlian drehte sich zu Reif um, die mit den Schultern zuckte.

»Ich habe keine Ahnung, was das zu bedeuten hat«, gestand sie. »Dies muss geschehen sein, nachdem ich ging.«

»Erzähl mir, was passiert ist«, bat Arlian Thirif.

Thirif nickte und begann. »Chiril war am Tor«, erklärte er mit einem Wink zu einem der Lakaien, »und wartete auf die Nachricht über den Ausgang des Duells. Er sah die Wachen kommen und rannte los, um es den anderen zu sagen. Ich hörte es und ging nach draußen.«

»Die Wachen des Herzogs?«, fragte Arlian. »Bist du sicher?« Chiril war einer seiner verlässlicheren Lakaien, aber nicht der klügste.

»Ja, die Wachen des Herzogs«, bestätigte Thirif, sichtlich verärgert über die Unterbrechung. »Ein Offizier sprach mit uns und sagte, dass sie die Obsidianwaffen holen wollten. Er befahl Chiril und Venlin, ihm die Waffen zu bringen, aber Venlin erklärte, dass er dies ohne die Erlaubnis seines Lords nicht tun könnte.«

Venlin mied ostentativ Arlians Blick. Dies war Thirifs Geschichte.

»Der Offizier sagte, dass der Herzog es befohlen hätte

und er eindringen und sich die Waffen selbst holen würde, wenn wir sie ihm nicht aushändigten. Ich sagte, dass er das nicht tun würde. Dann versuchten er und seine Männer, sich mit Gewalt Zutritt zu verschaffen, und ich benutzte einen Zauber, den ich für Notfälle aufgespart hatte, und vertrieb sie.«

»Es war ein riesiges, schreckliches Ungeheuer, Triv!«, rief Hasty.

»Eine Illusion«, sagte Thirif schulterzuckend. »Meine letzte.«

»Wir hatten keine Magier im Grauen Haus«, erklärte Ferrezin. »Wir erklärten dem Offizier, ihn ohne Eure Erlaubnis nicht einlassen zu können, und verriegelten die Tür.«

Arlian nickte; er wusste, dass dies genügt hatte. Das Graue Haus war wie eine Festung gebaut, mit mächtigen Steinmauern und dicken Gittern und Verschlägen an den wenigen Fenstern im Erdgeschoss.

»Ich bin durch die Seitenpforte geschlüpft und hierher gekommen, um Euch zu warnen, mein Lord«, fuhr Ferrezin fort. »Die Männer des Herzogs sind wahrscheinlich noch immer dort.«

»Das ist bizarr«, meinte Arlian. »Warum sollte er versuchen, diese Waffen zu beschlagnahmen? Und warum sollte er es tun, wenn er wusste, dass ich nicht zu Hause war?«

»Ich vermute, dass Hardior dahinter steckt«, warf Reif ein. »Vielleicht ist er zurückgekehrt, nachdem wir die Zitadelle verlassen hatten.«

»Mir scheint, dass der Herzog darin vielleicht eine Vorsichtsmaßnahme gesehen hat«, sagte Black. »Angenommen, du hättest dein Duell verloren und wärest gestorben –

wem würden dann diese Waffen gehören, von denen es heißt, dass sie magisch sind?«

»Dir«, erinnerte Arlian.

»Weiß Seine Hoheit dies?«

»Nein.« Arlian runzelte die Stirn. »Ich denke, es ist Zeit, dass ich selbst mit Seiner Hoheit spreche. Und es wäre auch nicht verkehrt, ein paar Worte mit Lord Hardior zu wechseln.«

6
Erneut enthüllte Geheimnisse

Mit Seiner Hoheit, dem Herzog von Manfort, zu sprechen war nicht so einfach. Arlian wusste, dass er nicht zur Zitadelle gehen und sich anmelden lassen konnte; er musste um eine Audienz bitten. Und so setzte er ein entsprechendes Schreiben auf und schickte einen Boten los, um es zu überbringen. Er tat dies sofort, während er noch immer das zerrissene, verschwitzte und blutige Hemd trug, in dem er gekämpft hatte; erst als der Bote, einer der beiden Männer, die Ferrezin vom Grauen Haus begleitet hatten, auf dem Weg war, erlaubte er es sich, zu entspannen und sich um seine Bedürfnisse zu kümmern.

Es war klar, dass Ferrezin auf Anweisungen wartete, dass Black wissen wollte, was er und Toribor miteinander gesprochen hatten, dass mehrere Leute eine genaue Schilderung des Duells hören wollten, aber Arlian fühlte sich dem nicht gewachsen. Unter dem Vorwand, die Kleidung wechseln zu müssen, in der er gekämpft hatte, zog er sich in sein Gemach zurück.

Als er seine ruinierte Kleidung abgelegt hatte und in eine Robe geschlüpft war, verschloss er die Tür seines Gemachs und legte sich hin. Er wollte nur kurz die Augen schließen, bevor er sich weiter um seine Bediensteten und Gäste kümmerte.

Venlins Mitteilung, dass in Kürze das Abendessen serviert werden würde, weckte ihn.

Verlegen zog er sich an und stieg die Treppe hinunter, wo er feststellte, dass Stammel und die anderen eingetroffen waren und der Haushalt zur Normalität zurückgefunden hatte. Die Diener eilten hin und her und bereiteten das Mahl vor; Reif war im kleinen Salon und plauderte mit Kitty, Brooke und Lara. Ferrezin und die anderen in Enziets Livree waren nirgendwo zu sehen.

Keine weiteren Soldaten waren am Tor aufgetaucht, aber irgendwie bezweifelte Arlian, dass dieser Anschein von Normalität verlässlich war. Die Ereignisse des Nachmittags konnten gewiss nicht so einfach abgetan werden.

Er grüßte Reif und die anderen und führte Reif am Arm ins Esszimmer. Während sie speisten, schilderte er das Duell in allen Einzelheiten und wiederholte, soweit er sich erinnern konnte, das Gespräch, das er mit Toribor geführt hatte; mehrere der Diener standen in der Nähe, viel näher als gewöhnlich, und Arlian sprach absichtlich laut genug, dass sowohl sie als auch all seine Gäste ihn hören konnten.

Als das Mahl vorbei war und er die meisten Fragen beantwortet hatte, lehnte sich Arlian auf seinem Stuhl zurück, ein Glas Sherry in der Hand, und lauschte den Frauen, die sich darüber stritten, welche Motive Toribor gehabt haben mochte, ihn nicht zu töten. Er hatte erst die Hälfte des Weins getrunken, als sich Venlin zu ihm beugte und flüsterte: »Euer Bote ist von der Zitadelle zurückgekehrt.« Arlian blickte auf, stellte dann sein Glas beiseite und erhob sich.

Der Bote wartete auf dem Korridor. Er verbeugte sich, als Arlian zu ihm trat.

»Du hast mein Schreiben überbracht?«, fragte Arlian.

»Ja, mein Lord.«

»Wem hast du es ausgehändigt?«

»Dem Kammerherrn Seiner Hoheit«, entgegnete der Bote.

»Gibt es eine Antwort? Hat er irgendetwas gesagt?«

»Er fragte, von wem das Schreiben ist, mein Lord, und als ich es ihm erklärte, sagte er: ›Oh, der Herzog wird diesen sehen wollen!‹ Ich fragte nach einer Antwort und er bat mich zu warten, und so wartete ich, aber dann kam er zurück und forderte mich zum Gehen auf, da der Herzog das Schreiben heute nicht mehr lesen würde.«

Das war jedenfalls viel versprechend. »Schön«, sagte Arlian. »Hast du schon gegessen?«

»Nein, mein Lord.«

Arlian drehte sich um. »Venlin, sorge dafür, dass er gut speist, bevor du ihn nach Hause schickst, verstanden?« Dann wandte er sich wieder dem Boten zu. »Wenn es im Grauen Haus irgendwelche Schwierigkeiten gibt, benachrichtige mich unverzüglich. Vielen Dank.« Er schlug dem Mann auf den Rücken und sah ihm nach, wie er durch den Korridor zur Küche ging.

Venlin zögerte einen Moment und eilte dann dem Boten hinterher. Die Anwesenheit des Mannes schien ihm Unbehagen zu bereiten, und Arlian dämmerte, dass er wahrscheinlich nicht sicher war, wie er ihn behandeln sollte. Schließlich arbeitete der Bote für denselben Herrn, war aber nicht Teil desselben Haushalts, und Venlin war sich ihres jeweiligen Ranges nicht sicher. Für einen Mann wie Venlin war dies unangenehm.

Es war absurd, zwei Haushalte mit dem entsprechenden

Personal zu unterhalten, sagte sich Arlian – vor allem, wenn er sie gegen die Wachen des Herzogs verteidigen musste. Einen musste er auflösen.

Und nach den Ereignissen des heutigen Tages wusste er, welchen er beibehalten wollte. Das Graue Haus war kleiner, praktischer und leichter zu verteidigen – und genau darum wollte er es verkaufen. Er hegte nicht den Wunsch, sich in einer Festung zu verbarrikadieren, sich von der Außenwelt abzuschotten; wenn er im Grauen Haus lebte, würde es nur zu einfach sein, sich vom Rest der Menschheit abzusondern, wie Enziet es getan hatte.

Außerdem waren Sweet und Möwe im Garten des Alten Palastes begraben. Das Graue Haus hatte keine Gärten; stattdessen gab es dort den Raum im obersten Geschoss, in dem Möwe ermordet und Sweet gefangen gehalten worden war. Arlian wollte nicht in einem Gebäude mit einem derart unheilschwangeren Zimmer leben.

Arlian kehrte ins Esszimmer zurück und gab Black ein Zeichen.

»Wenn du einen Moment Zeit hast, könntest du vielleicht ein paar Worte mit Münze wechseln? Ich denke, es ist Zeit, Enziets Haus zu verkaufen. Außerdem möchte ich, dass die Einrichtung – die Bücher, Truhen, einfach alles – hierher gebracht wird. Im Nordflügel sollte genug Platz sein. Ich will Ferrezin behalten; über seine genaue Position können wir später entscheiden.«

Black antwortete zunächst nicht, sondern starrte Arlian nur an.

Arlian starrte zurück, bis er begriff.

Black wollte eine Erklärung, nicht nur Befehle. Er war

kein geborener Diener wie Venlin, sondern ein freier Mann, der in Arlians Diensten blieb, weil er Arlian ins Herz geschlossen hatte, nicht weil er vom Ehrgeiz erfüllt war, der Haushofmeister eines großen Hauses zu sein.

Und seit Monaten hatte Arlian Black viel zu wenig von dem erzählt, was vor sich ging. Es war Zeit, dem ein Ende zu machen.

»Ah«, sagte Arlian. »Der Kammerherr des Herzogs hat mein Schreiben entgegengenommen, aber Seine Hoheit war noch nicht in der Lage, es zu lesen. Der Anblick des Boten in Enziets Livree erinnerte mich an das Haus.«

Black nickte. »Ich dachte schon, dass diese Geheimhaltung eine Gewohnheit geworden ist.«

Arlian lächelte schräg. »Ich glaube, das ist auch der Fall«, sagte er. »Ich verlasse mich darauf, dass du mir hilfst, sie mir abzugewöhnen. Wenn du meinst, dass ich etwas vor dir verberge, was du zu wissen verdienst, dann sag es bitte – ich will vor dir keine Geheimnisse mehr haben, Black. Ich habe genug Geheimnisse gehabt. Es wird Zeit, dir alles anzuvertrauen.«

Black erwiderte das Lächeln. »In diesem Fall solltest du dich heute auf eine lange Nacht einrichten – es gibt eine ganze Reihe Fragen, die ich dir stellen möchte.«

»Wie du wünschst – aber benachrichtige zuerst Münze und Ferrezin.«

Black verbeugte sich ironisch.

Arlian kehrte zu seinen Gästen zurück und machte eine weitere Stunde höfliche Konversation, bevor er Reif zur Tür begleitete und ihre Kutsche rief. Hasty war bereits gegangen, um Vanniari zu Bett zu bringen, wobei Wolt

Hasty und Stammel das Baby getragen hatte, aber die anderen Frauen unterhielten sich weiter.

Arlian gesellte sich nicht zu ihnen; als Reif fort war, drehte er sich um und sah Black wartend dastehen. Die beiden Männer begaben sich in Arlians Studierzimmer, wo Arlian Black endlich in allen Einzelheiten erzählte, was Enziet unter der Ödnis zugestoßen war; was passiert war, als sich Arlian nach Nagels Tod die Hände gewaschen hatte; und was bei der Anhörung in der Halle der Drachen-Gesellschaft gesagt worden war.

Black hörte konzentriert zu und fragte dann: »Was geschieht jetzt?«

»Ich weiß es nicht«, gestand Arlian. »Ich weiß nicht, was die Drachen planen oder was die Drachen-Gesellschaft plant. Ich weiß nicht einmal, was ich selbst plane! Ich weiß nicht, ob die Drachen in diesem Sommer angreifen werden oder weiter in ihren Höhlen bleiben. Ich weiß nur, dass ich früher oder später den Drachen gegenüberstehen werde – und wenn es so weit ist, will ich bereit sein.«

»Deshalb wolltest du diese Speere haben.«

»Ja.«

»Warum, denkst du, wollte der Herzog sie an sich bringen – damit er sie hat oder damit du sie nicht hast?«

»Ich weiß es nicht. Das ist der wichtigste Grund, warum ich ihn sprechen will.«

Black nickte. »Ari«, sagte er, »wie groß ist ein Drache? Ein ausgewachsener, meine ich, nicht ein junger wie jener, den wir in Nagels Schlafgemach getötet haben.«

»Groß«, erklärte Arlian. »Ich kann es nicht mit Sicherheit sagen. Ich habe keinen mehr gesehen, seit ich ein elfjähriger Junge war, und die Umstände zu jener Zeit haben mir keine besonders genaue Schätzung erlaubt.«

»Vielleicht fünfzehn Meter von der Schnauze bis zur Schwanzspitze?«

»Größer«, sagte Arlian. »Das Gesicht eines Drachen füllte fast die gesamte Speisekammertür aus, von oben bis unten und von einer Seite zur anderen, und ihre Proportionen entsprechen ungefähr denen einer geflügelten Schlange.«

»Und um einen zu töten, muss man ihm eine Obsidianklinge ins Herz treiben.«

»Ja.«

Einen Moment schwiegen beide Männer, aber dann stellte Black die Frage, von der sie beide wussten, dass er sie stellen würde.

»Ari, deine besten Speere sind etwa zweieinhalb Meter lang. Wenn du an der Flanke eines Drachen stehst und einen derartigen Speer in das Fleisch des Untiers bohrst, wird er das Herz der Kreatur erreichen? Und wie kannst du überhaupt erwarten, nahe genug an sie heranzukommen, um so etwas zu tun?«

»Ich denke, er würde es erreichen, wenn man ihn im richtigen Winkel hineinstößt«, sagte Arlian bedächtig. »Drachen sind sehr lang, aber schlank.«

»Und wie willst du nahe genug herankommen?«

»Ich weiß es nicht«, gestand Arlian.

»Und du weißt nicht einmal, ob Obsidian einen erwachsenen Drachen töten kann. Toribor glaubte es nicht.«

»Der Drache, mit dem ich gesprochen habe, schien davon überzeugt zu sein.«

»Hat er das gesagt?«

»Würde es eine Rolle spielen? Wir können nicht alles glauben, was die Drachen uns erzählen.«

»Und wie viele Drachen gibt es?«

»Ich weiß es nicht. Ich kann nur Vermutungen anstellen.«

Black sagte nichts, sah ihn nur an, und Arlian fuhr fort: »Obwohl er von den Ereignissen überholt wurde, war mein ursprünglicher Plan, in die Höhlen der Drachen zu schleichen und ihnen die Speere in den Leib zu rammen, während sie schlafen.«

»Einen Speer zwei Meter in ein Ungeheuer zu rammen, während es schläft? Während seine Artgenossen in derselben Höhle sind?«

»Es dürfte zweifellos schwierig sein«, räumte Arlian ein.

Black sah ihn einen Moment schweigend an. Arlian stieß einen Seufzer aus. »Ja, ich bin wahrscheinlich verrückt«, sagte er. »Vielleicht ist es unmöglich.«

»Mir scheint, es erfordert übermenschliche Fähigkeiten, ja«, meinte Black trocken.

Arlian blinzelte.

»Ja, in der Tat«, sagte er. Irgendwie hatte er es bis jetzt geschafft, nicht näher darüber nachzudenken, ebenso wenig, wie er vor dem Duell darüber nachgedacht hatte, wie er Toribor besiegen konnte. Obwohl er noch immer glaubte, dass es möglich war, schlafende Drachen zu töten, war ihm jetzt klar, dass es tatsächlich übermenschliche Fähigkeiten erforderte, sich an einen wachen Drachen anzuschleichen – und er hielt es nicht mehr für wahrscheinlich, dass er die Drachen im Schlaf überraschen konnte.

Glücklicherweise standen ihm übermenschliche Fähigkeiten zur Verfügung. »Ich nehme an, man braucht Magie«, sagte er.

Black verengte die Augen.

»Gibt es Magie, die uns helfen könnte?«

»Ich weiß es nicht«, räumte Arlian ein. »Aber ich denke, dass es höchste Zeit wird, dass Isein und die anderen eine Einkaufsreise nach Arithei machen. Ich habe sie bisher verschoben, weil ich dachte, es wäre besser, die Ödnis bei kühlerem Wetter zu durchqueren, aber ich denke jetzt, dass wir keine weitere Zeit mehr verschwenden sollten.« Er runzelte die Stirn. »Sag Isein, sie soll mit den Vorbereitungen für die Reise beginnen.«

7
Lord Hardiors Logik

Als Arlian am nächsten Morgen erwachte, wurde ihm mitgeteilt, dass Seine Hoheit, der Herzog von Manfort, ihn am nächsten Tag zwei Stunden nach dem Mittagsmahl erwartete.

»Ich habe nicht so früh damit gerechnet«, sagte er beim Frühstück zu Black. »Ich habe gehört, dass es bis zu vierzehn Tage dauern kann, eine Audienz beim Herzog zu bekommen.«

»Wie es scheint, hatte Lady Reif Recht«, erwiderte Black. »Seine Hoheit mag dich.«

»Oder er will mich zur Rede stellen und verlangen, dass ich ihm den Obsidian übergebe«, spekulierte Arlian.

»Das ist auch eine Möglichkeit«, gab Black zu. »Wird Lord Hardior bei deiner Audienz anwesend sein?«

»Ich weiß es nicht«, sagte Arlian. Er überlegte. »Ich denke, ich statte Lord Hardior noch heute einen Besuch ab, bevor ich den Herzog sehe, damit ich weiß, wo ich stehe.«

»Ich halte dies für klug, wenn es sich einrichten lässt«, sagte Black.

»Ich werde es einrichten«, sagte Arlian.« Er winkte Wolt zu sich, der in der Nähe wartete, und wies ihn an: »Bring mir Federkiel und Tinte – ich muss einen Brief schreiben. Und wenn er fertig ist, eilst du mit ihm unverzüglich zu Lord Hardiors Anwesen, wo du ihn entweder Hardior persönlich oder, wenn er nicht da ist, seinem Haushofmeister aushändigst. Wenn keiner von beiden da ist, wirst du warten und dich unausstehlich benehmen.«

»Mein Lord?« Wolt war sichtlich erstaunt über diese letzte Anweisung.

»Ich will nicht, dass sie dich ignorieren. Lass dich nicht in eine Ecke drängen und vergessen.«

»Jawohl, mein Lord.« Wolt verbeugte sich, machte kehrt und ging hinaus, um die Schreibutensilien zu holen.

Einen Moment später formulierte Arlian seine Botschaft. Er hielt sie kurz:

»Da man mir vor kurzem vorgeworfen hat, Geheimnisse für mich zu behalten, ist es dringlich, dass wir bestimmte Angelegenheiten besprechen, bevor ich morgen mit Seiner Hoheit dem Herzog rede. Ich möchte Euch keine Unannehmlichkeiten bereiten, indem ich schweige, wenn Schweigen fehl am Platze ist, und auch nicht, indem ich Dinge enthülle, die Ihr lieber privat halten wollt. Ich wäre entzückt, wenn ich Euch so bald wie möglich sehen könnte.«

Er unterschrieb mit »Obsidian«, faltete den Brief zusammen, versiegelte ihn und übergab ihn Wolt.

»Fort mit dir«, sagte er. Wolt verbeugte sich und wandte sich zum Gehen.

»Und spute dich!«, rief Arlian ihm nach. Wolt beschleunigte seine Schritte, obwohl er nicht richtig rannte. Arlian sah ihm hinterher, bis er verschwunden war, seufzte dann und machte sich auf den Weg, um wie jeden Morgen Hasty und Vanniari zu besuchen.

Hasty war so fröhlich wie immer, und Vanniari entwickelte sich prächtig – sie konzentrierte sich auf Arlians Gesicht, wenn er sich über sie beugte, hörte auf, mit den Händen zu fuchteln, und sah ihn voller Staunen und Bewunderung an. Natürlich betrachtete sie jedes menschliche Gesicht mit derselben Faszination.

Arlian sprach sanft auf sie ein und erlaubte ihr, einen ausgestreckten Finger zu ergreifen. Er hörte zu, wie Hasty von dem Baby erzählte und erklärte, wie töricht es von Arlian gewesen war, sich auf ein Duell mit Lord Toribor einzulassen, und wie mutig es von ihm gewesen sein, sein Schwert wegzuwerfen, und dass sie jenen Leuten nicht glaubte, die behaupteten, Arlian hätte um sein Leben gefleht.

Arlian sah Hasty an. »Wer behauptet das?«, fragte er neugierig.

»Oh, du weißt schon, die Leute, die es nicht besser wissen. Ich habe gehört, wie sich Stammel und Lara darüber unterhielten. Sie glauben es natürlich ebenso wenig wie ich.«

»Natürlich.« Arlian schüttelte erstaunt den Kopf. Um sein Leben flehen? Warum sollte er so etwas tun?

Er hatte Hasty und ihre Tochter verlassen und schritt durch die Ostgalerie, um mit Isein zu sprechen, als Wolt hinter ihm auftauchte.

»Mein Lord!«, rief er atemlos.

Arlian drehte sich um. »Du hast meine Botschaft überbracht?«

»Er ist hier!«, keuchte Wolt.

»Wie bitte, Wolt …?«

»Lord Hardior ist hier, mein Lord, im Alten Palast«, sagte

Wolt. »Er bestand darauf, mit mir zu kommen. Er wartet auf Euch im Foyer.«

»Wirklich!« Arlian hatte keine derart schnelle Reaktion auf seine Drohungen erwartet. »Führ ihn in den kleinen Salon. Ich komme gleich nach.«

Wolt verbeugte sich und eilte davon.

Arlian sah ihm nach und überlegte, ob es irgendetwas gab, das er tun sollte, bevor er Lord Hardior empfing. Ihm fiel nichts ein; und so stand er bereits im Salon, als Wolt einen Moment später Hardior hineinführte.

»Mein Lord«, sagte Arlian und streckte eine Hand aus. »Willkommen in meinem Haus, und vielen Dank für Eure prompte und unerwartete Antwort auf mein Schreiben.«

Hardior ignorierte die ausgestreckte Hand. »Unerwartet, Obsidian? Das bezweifle ich.«

»Unerwartet in der Tat, mein Lord – ich erwartete zwar, dass Ihr einem Treffen zustimmt, dachte aber, dass ich Euer Gast sein würde und Ihr der Gastgeber, und dass wir uns später am Tag treffen würden.«

»Ich habe keine Zeit dafür«, grollte Hardior. Er warf Wolt einen Blick zu. »Können wir uns unter vier Augen unterhalten?«

»Natürlich«, sagte Arlian. Er gab dem Lakaien einen Wink. Wolt verließ eilig den Raum und schloss hinter sich die Tür.

»Dürfte ich Euch einen Platz anbieten, mein Lord?«, fragte Arlian und wies auf die Seidencouchen.

»Ich denke nicht«, fauchte Hardior. »Ihr habt eine Audienz beim Herzog?«

»Morgen Nachmittag, mein Lord.«

»Und was beabsichtigt Ihr ihm zu erzählen? Plant Ihr etwa, all Eure angeblichen Geheimnisse auszuplaudern?«

Arlian runzelte die Stirn. »Mein Lord, ich halte Euer Benehmen für unziemlich. Ich bat Euch um dieses Treffen, um unnötige Konflikte zu vermeiden.«

»Ich nehme an, Ihr wollt Euch vergewissern, dass ich nicht erneut einen Anschlag auf Euch plane.«

Arlian schloss die Augen, stieß langsam die Luft aus und öffnete sie dann wieder, bevor er sprach.

»Lord Hardior, ich bin weit mehr interessiert daran, zu erfahren, warum Ihr meinen Tod wollt, als eine Wiederholung zu verhindern. Ich weiß, dass ich sicher bin, solange ich innerhalb der Mauern Manforts bleibe, so dass meine Sicherheit nicht akut bedroht ist – aber ich dachte, wir wären auf derselben Seite, und die Bogenschützen auf den Wällen waren beunruhigend. Was habe ich getan, dass Ihr sie dort postiert und den Herzog um die Erlaubnis gebeten habt, mich zu töten?«

Hardior starrte ihn einen Moment an und sagte dann: »Ich hatte es vergessen – Ihr seid wirklich verrückt. Ich dachte, dies wäre Euch klar.«

»Das ist es nicht.«

»Ihr droht die Drachen auf uns alle zu hetzen.«

Arlian blinzelte. »Mein Lord, die schlichte Tatsache, dass Ihr dies wisst, bedeutet, dass ich aller Wahrscheinlichkeit nach die Drachen bereits auf uns gehetzt habe und sie nur noch auf günstige Wetterbedingungen warten, bevor sie zuschlagen. Ich kann nicht erkennen, was mein Tod jetzt nützen soll.«

»Vielleicht ist es noch nicht zu spät, sie von einem Angriff abzuhalten, Obsidian – aber dies gelingt nicht, solange Ihr am Leben seid, sie bedroht, sie mit Euren leichtsinnigen Enthüllungen über ihre Natur, Eurer Weitergabe von Obsidianwaffen und Euren Plänen, ihre Jungen zu massakrieren, zum Handeln zwingt. Ich kenne Euch gut genug, um zu wissen, dass Ihr Eure verrückten Rachepläne nicht aufgeben werdet, solange Ihr atmet – und deshalb habe ich gehofft, Euch diesen Atem zu nehmen.«

Arlian betrachtete ihn einen Moment schweigend und sagte dann: »Ich bin wirklich von Euch enttäuscht, mein Lord. Ich hatte mir Besseres von Euch erhofft.«

»Besseres? Ich versuche, alle Länder der Menschen vor den Folgen Eurer Narretei zu schützen – was erwartet Ihr sonst von mir?«

»Mein Lord Hardior, Ihr habt mir vor nicht allzu langer Zeit erzählt, dass ich ein großer Held sein würde, wenn es mir gelänge, einen Drachen zu töten oder besser noch ihre gesamte Rasse auszurotten. Ihr habt gesehen, wie ich den Drachen erschlug, der aus Lord Stiams Herz entsprang, und dennoch scheint Ihr jetzt entschlossen, diese Heldentat mit dem Tod zu belohnen, statt mir dabei zu helfen, das zweite, größere Ziel zu erreichen.«

»Ihr habt ein neugeborenes Wesen erschlagen, das nicht mehr ein richtiger Drache war, wie ein neugeborenes Baby ein Mann ist. Ja, Ihr habt es getötet, und ja, es wäre zu einem Drachen geworden, aber Ihr könnt einen Drachen ebenso wenig töten, wie ein bewaffnetes Baby einen ausgebildeten Krieger töten kann.«

»Ihr scheint Euch dessen sehr sicher zu sein.«

»Ich bin mir dessen sicher! Ich habe die Drachen gesehen, Obsidian – ich habe gegen die Drachen gekämpft. Ich war kein Junge, der sich in einem Keller versteckte, als sie meine Heimatstadt zerstörten; ich war ein erwachsener Mann, und ich sah, wie mein Schwert an den Schuppen eines Drachen zerbrach.« Er atmete schaudernd ein und fuhr fort: »Wir dachten, sie wären fort, versteht Ihr – sie waren seit fünfzig Jahren nicht mehr gesehen worden, seit den Tagen meines Großvaters nicht mehr, als die Kriege auf mysteriöse Weise endeten, als sich die Drachen in ihre Höhlen zurückzogen. Wir wussten nicht, dass sie noch immer am Leben waren. Und dann, eines Tages, als der Himmel heiß und bewölkt war, sahen wir sie kommen. Wir hatten die alten Geschichten gehört, wie Krieger den Drachen auf den Wällen von Manfort trotzten und dass unsere Waffen nutzlos wären, aber die Drachen waren fort, nicht wahr? Wir dachten, sie müssten alt und schwach sein, dass die Waffen sie verletzt und sie ihre Wunden nur verborgen hätten. Also rannten wir nicht davon und versteckten uns; stattdessen sammelten wir uns mit Schwertern in den Händen, um uns ihnen entgegenzustellen. Im letzten Moment wurde ich losgeschickt, ein paar Kinder zu vertreiben, die ihren Eltern nicht gehorcht hatten und gekommen waren, die Schlacht zu beobachten, und sie an einen vermeintlich sicheren Ort zu bringen. Ich tat dies, brachte sie in die Gildenhalle und wollte mich den anderen wieder anschließen, als die Drachen auftauchten.

Deshalb habe ich überlebt. Ich sah, was sie taten, sah es alles – wie sie brennendes Gift auf die versammelten Krieger spuckten, dann systematisch jedes einzelne Gebäude zerstörten und die Frauen und Kinder abschlachteten, die sich in ihnen versteckten. Ich hörte die Schreie ...«

Er schauderte. Einen Moment lang sagte Arlian nichts; dann fuhr Hardior fort.

»Es waren vier. Als der größte über die Gildenhalle herfiel, griff ich ihn mit meinem Schwert an, schreiend vor Wut, und versuchte ihn zu vertreiben. Er machte sich weder die Mühe, mich zu töten, noch mich niederzuschlagen – er ignorierte mich einfach, als er das Dach zertrümmerte. Ich wurde von fallenden Steinen und brennendem Stroh getroffen, mein Kopf wurde verletzt, und Blut bedeckte mein Gesicht, aber der Drache selbst ließ sich nicht dazu herab, mich abzuwehren, als ich auf ihn einschlug.

Mein Schwert zerbrach, und ich hob Steine auf und warf sie nach ihm, und er sah mich an, und ein Tropfen Gift von seinem Kiefer traf den Stein in meiner Hand und verbrannte meine Finger. Ich ließ den Stein fallen und steckte meine Finger in den Mund – deshalb bin ich heute hier, statt seit sechshundert Jahren tot zu sein. Und dann wandte er sich wieder ab und machte sich daran, das Innere der Gildenhalle zu verbrennen und jedes einzelne Kind zu töten, das ich dort hineingeschickt hatte, aber er kümmerte sich nicht weiter um mich. Und jetzt behauptet Ihr, dass Ihr diese Ungeheuer mit Euren magischen Glasspeeren töten könnt?« Hardior schnaubte. »Ich sage, Ihr seid ein Verrückter. Sie können nicht getötet werden.«

»Ihr zieht es also stattdessen vor, Euch ihnen zu unterwerfen? Ihnen als bloßer Brutkasten zu dienen? Einer ihrer Diener zu werden?«

»Ich habe vor, mich mit ihnen zu verständigen, wenn ich

kann. Blut und Wasser in einer Schüssel ist simpel genug; Ihr habt mit einem gesprochen, und Ihr seid kein Zauberer. Wir werden ihnen Frieden anbieten – wenn sie sich weiter im Verborgenen halten, wird die Gesellschaft über ihre Jungen schweigen. Wie Pulzera schon sagte, sie wollen, dass wir leben – und wir wollen leben.«

»Pulzera«, wiederholte Arlian. »Ihr schlagt Euch auf Pulzeras Seite?«

»Weil sie Recht hat, mein Lord«, erklärte Hardior. »Mir gefiel der Gedanke zuerst auch nicht – ich erinnere mich an die Schreie meiner Brüder und dieser Kinder in der Gildenhalle. Ich erinnere mich an die völlige Verachtung im Gesicht dieses Drachen und an die wilde Grausamkeit, mit der sie wüteten. Ich hasse die Drachen so sehr wie Ihr, mein Lord – aber ich bin klug genug, um zu wissen, dass wir sie nicht besiegen können. Wenn es Krieg gibt, wird es viele, viele weitere schreiende Kinder geben, die von den großen Bestien massakriert werden; wenn wir einen Handel mit ihnen machen ...«

»Dann wird es weniger Opfer geben«, sagte Arlian, »aber die Drachen werden für immer leben und unser Volk heimsuchen. Wenn wir sie bekämpfen und sie töten, ja, dann werden viele sterben, aber am Ende werden wir gewinnen, werden wir sie vernichten.«

»Das werden wir nicht!«, schrie Hardior. »Ihr könnt sie nicht töten! Niemand hat je einen erwachsenen Drachen getötet, nicht in all den Tausenden von Jahren, in denen die Menschen und Drachen existiert haben.«

»Niemand sonst hat je daran gedacht, Obsidian zu benutzen!«, schrie Arlian zurück. »Lord Enziet verbrachte sechshundert Jahre mit dem Studium der Drachen und der Zauberei, um herauszufinden, was sie verletzen kann, und er hatte Erfolg! Ihr habt gesehen, wie ich einen Drachen getötet habe - wie könnt Ihr dies leugnen?«

»Ich habe gesehen, wie Ihr eine lebende Wolke aus Blut getötet habt«, konterte Hardior. »Keinen Drachen! Ein gewöhnliches Schwert hätte wahrscheinlich dasselbe vollbringen können wie Eure albernen Steinmesser.«

»Nein, das habe ich versucht«, sagte Arlian. »In der Höhle unter der Ödnis, wo Enziet starb. Mein Schwert konnte dem neugeborenen Drachen ebenso wenig etwas anhaben wie Ihr jenem, gegen den Ihr gekämpft habt. Als ich ihm meine Klinge ins Maul rammte, biss er sie einfach ab.«

Hardior starrte ihn an.

»Ihr lügt«, sagte er schließlich.

»Ich lüge nicht«, widersprach Arlian.

»Also kann Obsidian schneiden, wo Stahl es nicht kann - dennoch, glaubt Ihr wirklich, Ihr könntet einen ausgewachsenen Drachen töten?«

»Ja!«

»Ich nicht«, erklärte Hardior. »Und ich glaube, dass Eure Pläne sie alle erzürnen und dazu bringen werden, über uns herzufallen. Weiterhin habt Ihr gesagt, dass Ihr in Erwägung gezogen habt, alle Drachenherzen in Manfort zu töten - sollte ich Euch trauen? Ihr habt gezeigt, was Eure Schwüre wert sind, als Ihr im Kampf gegen Toribor Euer Schwert weggeworfen habt - so viel zu Eurem Schwur, ihn zu töten oder bei dem Versuch zu sterben! Sollte ich Euren Schwüren vor der Gesellschaft mehr Glauben schenken? Ihr seid ein Verrückter und eine Gefahr für uns alle, und ich hatte gehofft, der Herzog würde Euch töten lassen. Er tat es nicht, und ich kann es nicht versuchen, solange Ihr in Manfort bleibt, aber bei den toten Göttern, Obsidian, ich werde alles tun, was ich kann, um Euch davon abzuhalten, die Drachen zu erzürnen und die Stadt zu gefährden.«

»Also sind sie bereits Eure Herren, obwohl sie noch in ihren Höhlen lauern«, sagte Arlian voller Abscheu. »Ihr werdet mir bei meinem Vernichtungsfeldzug gegen sie nicht helfen?«

»Euch helfen? Ich werde mein Bestes tun, um Euch aufzuhalten!«

»Dann denke ich, dass wir uns nichts mehr zu sagen haben, mein Lord.« Arlian deutete zur Tür.

»O nein«, wehrte Hardior ab. »Ihr wolltet mit mir besprechen, was Ihr dem Herzog erzählen werdet, und wir werden das besprechen, bevor ich gehe.«

»Werden wir das? Ihr habt mich gerade daran erinnert, dass Ihr geschworen habt, mir nichts zu Leide zu tun – warum sollte ich Seiner Hoheit dann nicht erzählen, was ich will, ohne Rücksicht auf Eure Wünsche?«

»Aus zwei Gründen, mein Lord. Erstens bezweifle ich, dass Ihr vorhabt, Euer ganzes Leben innerhalb der Mauern Manforts zu verbringen, und obwohl ich nicht so von der Rache besessen bin wie Ihr, kann ich so lange wie nötig einen Groll hegen. Zweitens habe ich nicht geschworen, dem Herzog selbst nichts zu Leide zu tun. Das alte Kriegsherrenblut des Roioch-Geschlechts ist in diesen modernen Generationen sehr dünn geworden, mein Lord, und es wäre für die Länder der Menschen kein großer Verlust, wenn dieses Geschlecht vollständig ausstirbt. Seine Hoheit hat keinen Erben; wenn er stirbt, würde dies das Ende der Herzöge von Manfort bedeuten, und ein neues Herrschaftssystem würde entstehen – vielleicht ein Rat der Lords, wie es ihn in einigen anderen Städten bereits gibt. Und könnt Ihr bezweifeln, wer einen derartigen Rat kontrollieren würde? Ich werde den Herzog nicht töten, weil ich es vorziehe, mich nicht mit den Konsequenzen auseinander setzen zu müssen, und weil ich den alten Narren mag – aber wenn ich mit der Möglichkeit noch schlimmerer Konsequenzen konfrontiert werde, wenn er in Euren Bann gerät und auf Eure Geschichten über Waffen hört, die Drachen töten können …«

Er machte sich nicht die Mühe, die Drohung auszusprechen.

»Dann verlangt Ihr also von mir, dass ich über die Vermehrungsweise der Drachen und den Nutzen von Obsidian schweige«, stellte Arlian fest.

»Natürlich. Ich vermute, dass Ihr mit ihm über Eure närrischen Speere sprechen müsst, aber ich vertraue darauf, dass Ihr diskret sein werdet, was ihren eigentlichen Zweck angeht.«

»Das werde ich nicht versprechen, mein Lord.«

Hardior seufzte. »Obsidian, ich werde morgen wahrscheinlich nicht dabei sein, aber denkt nicht, dass ich nicht erfahren werde, was Ihr sagt. Ich habe in der Zitadelle noch andere Augen und Ohren außer meinen eigenen, und es gibt magische Methoden, das zu hören, was an einem anderen Ort gesprochen wird. Ich kann Euch nicht davon abhalten, zu sagen, was Ihr wollt – aber ich werde wissen, was Ihr gesagt habt, und entsprechend handeln. Unterschreibt nicht mit unbedachten Worten das Todesurteil des Herzogs – und Euer eigenes auch nicht!«

Arlian starrte ihn einen Moment an und sagte: »Ich danke Euch für Euren Rat, Lord Hardior, und ich denke, wir haben jetzt alles gesagt, was gesagt werden musste.«

»In der Tat, ich denke, das haben wir«, bestätigte Hardior. Er wandte sich ab.

Arlian gelang es nur knapp, die Tür für ihn zu öffnen.

8
Eine Audienz beim Herzog von Manfort

Am nächsten Tag nach dem Mittagsmahl zog Arlian seine beste Kleidung an und erlaubte Lara und Lily, seine Haare zu kämmen und zu stutzen. Er streifte sein bestes weißes Seidenhemd und einen schwarzen Leinenmantel über und fügte als Farbtupfer einen roten Seidenschal hinzu – der auch den Schnitt verbarg, den Toribor ihm an der Kehle zugefügt hatte. Die Wunde an seiner Stirn ließ sich nicht so leicht verbergen und blieb sichtbar.

Als seine Vorbereitungen abgeschlossen waren, machte er sich auf den Weg zur Zitadelle. Er nahm nicht die Kutsche, sondern ging die knapp zwei Kilometer zu Fuß und erreichte sein Ziel etwa eine Viertelstunde vor der vereinbarten Zeit.

Er nutzte den Zeitgewinn, um sich jene Teile der Zitadelle anzusehen, die öffentlich zugänglich waren. Doch im Gegensatz zu den meisten anderen Besuchern betrachtete er nicht so sehr die Gemälde, Gobelins, Gärten und Statuen, sondern die Befestigungen – schließlich hatte die Zitadelle daher ihren Namen bekommen.

Doch diese Zeit war längst vorbei. Der Burggraben war größtenteils aufgefüllt und in einen Garten und eine Reihe von Zierfischteichen verwandelt worden. Die Zinnen hatte man zu Veranden und Terrassen verbreitert. Öffnungen, durch die man ursprünglich große Objekte und heiße Flüssigkeiten auf unwillkommene Besucher gekippt hatte, waren jetzt mit Glastüren versehen und führten auf prunkvolle Balkone.

Und das waren die äußeren Verteidigungsanlagen. Das Innengebäude war nie zu verteidigen gewesen.

Die ursprüngliche Zitadelle war kurz nach dem Ende des Krieges gegen die Drachen errichtet worden, in einer unruhigen Epoche, und so erbaut, dass sie Aufrührern und rebellischen Lords trotzen konnte, nicht Drachen. Als der Frieden kam, hatte man die Zitadelle zu Gunsten des Alten Palastes aufgegeben – der damals der herzogliche Palast hieß –, aber nach ein oder zwei Jahrhunderten hatte der Großvater des derzeitigen Herzogs entschieden, dass der Palast zu aufwendig im Unterhalt war, die Ruine der inneren Zitadelle abreißen und an der Stelle einen neuen Palast erbauen lassen. Die alten Mauern, Außenanlagen und Tunnel boten genug Platz für die Bürokratie, die nötig war, um Manfort zu verwalten, und obwohl dieses steinummauerte Anwesen weniger angenehm war als die stuckverzierten und vergoldeten Räume im Alten Palast, so störte dies die Herzöge überhaupt nicht.

Der neue Palast, die innere Zitadelle, war das Refugium des Herzogs, und es war so luxuriös, wie man sich nur wünschen konnte.

Doch Arlian konnte sich des Gedankens nicht erwehren, dass die Zitadelle fast der unsicherste Ort in der Stadt sein würde, sollten die Drachen jemals zurückkehren. Der Großteil von Manfort war aus grauem Stein erbaut, frei von Bäumen oder Gärten; jede Straße und Gasse war gepflastert. All das, damit die Drachen wenig zu verbrennen hatten; feuriges Gift würde von den Steinen einfach abtropfen.

Natürlich konnten Drachenklauen Stein zertrümmern, wenn es nötig war, aber zumindest würden die mächtigen Wälle und gepflasterten Straßen ihren Vormarsch verlangsamen.

Der einzige Teil der Stadt, der nicht aus Stein erbaut war, war die Oberstadt, wo mehrere große Lords im Lauf der Jahrhunderte Herrenhäuser und Paläste errichtet hatten, komplett mit breiten Fenstern, weitläufigen Gärten und Bauten aus Holz und Stein. Seit mindestens fünfhundert Jahren hatte niemand mehr geglaubt, dass die Drachen nach Manfort zurückkehren würden, und die Architektur spiegelte diese Annahme wider.

Und solange Enziet gelebt hatte, waren die Drachen tatsächlich nicht zurückgekehrt – aber Enziet war tot und Arlian schätzte, dass ein Drache den Großteil der Zitadelle binnen weniger Minuten in Schutt und Asche legen konnte.

Natürlich würde es dem Alten Palast nicht besser ergehen. Das Graue Haus würde sicher sein – aber Arlian beabsichtigte nach wie vor, es zu verkaufen. Wenn die Drachen kamen, wollte er sich nicht hinter Steinmauern verstecken, sondern sich ihnen offen entgegenstellen.

Er stand auf einem Weg, der über den früheren Burggraben führte, und sah den Schmetterlingen zu, wie sie über den Blumen tanzten, als ein Lakai zu ihm eilte.

»Lord Obsidian?«, fragte er.

Arlian drehte sich um. »Ja?«

»Seine Hoheit will Euch jetzt sehen. Wenn Ihr mir folgen würdet?«

Arlian folgte ihm.

Er stellte allerdings fest, dass »jetzt« in Wirklichkeit bedeutete, dass er etwa eine Viertelstunde in einem Vorzimmer sitzen musste, wo er ein Porträt der Großmutter des derzeitigen Herzogs betrachtete, das sie als junge Frau zeigte. Arlian wusste nicht, ob sie die geistloseste Frau war, die er je gesehen hatte, oder ob der Künstler besonders unschmeichelhaft gearbeitet hatte.

Doch schließlich wurde er in den Audienzraum des Herzogs geführt, wo Seine Hoheit auf einem großen roten Kissen unter einem Seidenbaldachin saß. Arlian sank auf ein Knie, wie Black ihn angewiesen hatte, und ignorierte das halbe Dutzend Höflinge und Wachen auf beiden Seiten.

Er hatte einige der Höflinge früher schon gesehen, bei der Auktion auf Drisheens Anwesen; erleichtert stellte er fest, dass keine Drachenherzen unter ihnen waren.

Aber zumindest einer von ihnen war wahrscheinlich ein Spion Lord Hardiors.

»Lord Obsidian«, sagte der Herzog lächelnd. »Es ist mir ein Vergnügen, Euch wieder zu sehen.« Das Lächeln wirkte ehrlich.

»Das Vergnügen und die Ehre sind ganz auf meiner Seite, Eure Hoheit«, erwiderte Arlian, während er sich aufrichtete.

»Ich hörte, Ihr wolltet mich sprechen«, sagte der Herzog, noch immer lächelnd.

»Ja, Eure Hoheit«, bestätigte Arlian. »Ich wollte Euch fragen, warum Eure Wachen vorgestern versucht haben, in mein Anwesen einzudringen. Wenn ich irgendetwas in meinem Besitz habe, das Ihr braucht, kann ich es sicherlich leichter für Euch finden als Eure Soldaten.«

»Ah, das!« Das Lächeln verblasste ein wenig. »Eure Leute müssen Euch gesagt haben, was meine Männer holen sollten – diese Zauberwaffen in Eurem Besitz.«

Arlian heuchelte Erstaunen. »Das sagten sie, Eure Hoheit, aber ich habe keine Zauberwaffen.«

»Oh, kommt! Ihr wollt doch nicht behaupten, dass Ihr keine fremdartigen Waffen angefertigt habt, oder?«

Plötzliches Verstehen huschte über Arlians Gesicht. »Ich habe Obsidianwaffen angefertigt, Eure Hoheit«, erklärte er. »Als Tribut an meinen Namen.« Er hatte sich diese Lüge in der vergangenen Nacht ausgedacht, aber sich bis zu diesem Moment nicht entschieden, ob er sie benutzen sollte.

Doch jetzt, als er den Herzog betrachtete, glaubte er, dass Lord Hardior seine Drohungen wahrmachen würde, und er sah keinen Grund, diesen harmlosen alten Narren zum Tode zu verurteilen.

»Ich versichere Euch«, schloss er, »dass sie nichts Magisches an sich haben.«

»Wirklich? Man hat mir gesagt, dass einer dieser Speere eine magische Illusion vertrieb, als der arme Lord Stiam an einem Fluch starb, mit dem ihn jemand belegt hat.«

Arlian machte eine abfällige Handbewegung. »Jeder andere Speer hätte dasselbe vollbringen können. Ich habe die Obsidianwaffen nur mitgenommen, weil sie zur Hand waren.«

»Lord Hardior hatte einen anderen Eindruck.«

»Oh, Eure Hoheit, macht mich bitte nicht für Lord Hardiors Irrtümer und Fehlinterpretationen verantwortlich! Ich habe schon genug Schwierigkeiten, mit meinen eigenen zurechtzukommen.«

Der Herzog lachte leise. »Natürlich«, sagte er.

Einen Moment sahen sich die beiden Männer nur an; dann räusperte sich Arlian und erklärte: »Eure Hoheit hat mir noch nicht gesagt, warum Ihr die Beschlagnahmung meiner Waffen angeordnet habt.«

»Oh, nun, dies war nur eine Vorsichtsmaßnahme«, erwiderte der Herzog mit einer wegwerfenden Handbewegung. »Als ich hörte, dass Ihr Lord Toribor herausgefordert habt, war ich mir nicht sicher, was genau Ihr plant. Die Möglichkeit, dass Ihr sterben würdet und die Waffen in die falschen Hände fallen, musste in Betracht gezogen werden; ebenso die Möglichkeit, dass Ihr verrückt geworden seid. Lord Hardior versicherte mir, dass die Speere magischer Natur waren. Ich bin kein Zauberer, und mir schien es klug zu sein, Vorsichtsmaßnahmen zu ergreifen, wie ich schon sagte.«

»Und waren die Bogenschützen auf der Mauer eine weitere Vorsichtsmaßnahme?«

Das Lächeln des Herzogs verschwand völlig.

»Ihr habt sie gesehen?«

»Ja, Eure Hoheit.«

»Das war Hardiors Werk. Ich rief sie zurück. Ich benutze keine Meuchelmörder. Ich denke, Enziet hat welche eingesetzt, in meinem Interesse oder in dem meines Vaters, aber mir gefiel der Gedanke nie. Wenn ich Euch beseitigen wollte, mein Lord, würde ich Euch verhaften und vor ein ordentliches Gericht stellen lassen, nicht Euch aus dem Hinterhalt erschießen.

»Ich bin beruhigt, Eure Hoheit«, sagte Arlian und versuchte, nicht sarkastisch zu klingen.

»Dessen bin ich mir sicher«, meinte der Herzog. Er musterte Arlian einen Moment mit ernster Miene und sagte dann: »Ihr seid ein seltsamer Mann, Obsidian.«

»Das ist nicht meine Absicht«, erwiderte Arlian ehrlich.

»Dennoch seid Ihr es. Ich verstehe Euch nicht, und das bedeutet, dass ich vorsichtig sein muss. Lord Hardior sagte, Ihr seid gefährlich, und es mag durchaus sein, dass er damit Recht hat.«

Arlian fiel darauf keine passende Antwort ein.

»Ihr habt mehrere meiner Lords getötet«, fuhr der Herzog fort. »Es wird erzählt, dass Ihr dies aus persönlicher Rache getan habt, aber dennoch pflastern eine beeindruckende Zahl von Toten Euren Weg. Der aritheische Botschafter und Lord Enziet und Lord Drisheen ...«

Arlian öffnete den Mund, um zu protestieren, aber im letzten Augenblick fiel ihm ein, dass man den Herzog von Manfort nicht unterbrach.

»... Lord Eisen und Lord Kuruvan, Lord Stiam, Lord Wither ...«

Die Anstrengung, nicht antworten zu dürfen, war Arlians Gesicht deutlich anzusehen, aber er hielt seine Zunge im Zaum.

»... und dann schien es, dass Ihr beabsichtigt, Lord Toribor ebenfalls zu töten. Als Ihr Enziet beseitigt habt, dachte ich, Ihr wäret fertig, aber dann gab es drei weitere Tote, und Hardior sagte, Ihr würdet nie mit dem Töten aufhören. Ich kann das nicht dulden – meine Ratgeber müssen lange genug leben, um mich zu beraten!«

»Eure Hoheit, ich habe all diese Leute nicht umgebracht«, sagte Arlian, als der Herzog endlich schwieg. »Ich habe weder Stiam noch Wither oder Enziet oder den aritheischen Botschafter getötet.«

»Dann sind sie noch am Leben?«

»Ah ... nein. Ich weiß nicht, was aus dem Botschafter geworden ist; dies war eine innere Angelegenheit der Aritheier, und ich hielt es für das Beste, keine Fragen zu stellen. Lord Stiam starb an einem Fieber, und sowohl Wither als auch Enziet nahmen sich selbst das Leben.«

»Enziet ein Selbstmörder? Ich kannte Lord Wither nicht gut genug, um zu sagen, ob er eine derartige Tat begangen hat oder nicht, aber Enziet?«

»Wir kämpften, und sein Schwert zerbrach, Eure Hoheit; er stach sich lieber selbst ins Herz, als sich mir zu ergeben.«

Der Gesichtsausdruck des Herzogs verriet, dass er Arlians Behauptungen noch immer nicht glaubte.

»Eure Hoheit, ich gebe zu, Lord Drisheen getötet zu haben; warum sollte ich dann leugnen, Enziet getötet zu haben, wenn ich es getan hätte?«

»Ich habe bereits gesagt, dass ich Euch nicht verstehe, Obsidian.« Er machte eine wegwerfende Handbewegung. »Jedenfalls habt Ihr sicherlich versucht, ihn zu töten, ja?«

»Ja«, gab Arlian zu.

»Dann spielen die Einzelheiten keine Rolle. Ihr seid verantwortlich für den Tod von einem halben Dutzend Lords, ganz zu schweigen von zumindest zwei meiner Wachen und, wie Gerüchte behaupten, dem einen oder anderen Ladenbesitzer.«

»Das war Enziet.«

»Wie ich schon sagte, die Einzelheiten spielen keine Rolle«, erklärte der Herzog verärgert. »Wie auch immer die genauen Umstände aussehen mögen, Ihr habt mehrere Männer getötet, die in meinen Diensten standen. Ihr habt wissen lassen, dass Ihr persönliche Gründe für jede Tat hattet – aber dennoch, im Endeffekt habt Ihr mehrere meiner Anhänger beseitigt. Weiterhin fertigt Ihr Waffen an, ob nun magisch oder nicht – und nach allem, was ich gehört habe, nicht nur eine Hand voll für die Wachen an Eurem Tor, sondern genug, um eine kleine Armee auszurüsten. Und gegen wen wollt Ihr in Manfort wohl diese Armee einsetzen, mein Lord? Doch nur gegen mich!«

Arlian öffnete den Mund und schloss ihn wieder.

»Jedenfalls ist Hardior dieser Ansicht, und er riet mir, Euch ein für alle Mal zu beseitigen. Lady Reif setzte sich für Euer Leben ein, und ich stimmte zu, denn ich hatte keinen Beweis, dass Ihr etwas gegen mich im Schilde führt – aber dennoch, wozu benötigt Ihr all diese Speere? Also schickte ich meine Männer los, um sie zu beschlagnahmen, bis wir die Angelegenheit besprechen konnten – und Eure Männer verweigerten die Herausgabe und gingen sogar so weit, Magie gegen sie einzusetzen!«

»Sie haben ohne Befehle gehandelt, Eure Hoheit«, sagte Arlian.

Natürlich, hätte er einen entsprechenden Verdacht gehabt, hätte er ihnen den Befehl gegeben, genau das zu tun, was sie getan hatten.

»Ich dachte mir schon, dass dies der Fall sein könnte«, meinte der Herzog und lehnte sich zurück. »Und Ihr habt Toribors Leben verschont, ihn sogar denken lassen, Euch besiegt zu haben, was mich zu der Annahme bringt, dass Ihr vielleicht doch nicht der blutrünstige Verrückte seid, für den Hardior Euch hält. Um genau zu sein, es bringt mich zu der Annahme, dass Ihr nicht den Mut habt, Euch gegen mich zu verschwören.«

Arlian blinzelte bei diesen Worten – hatte Zaner vielleicht mit dem Herzog gesprochen?

Bevor er etwas sagen konnte, fuhr der Herzog fort. »Ich entschied, die Angelegenheit zu überdenken, bevor ich die Sache mit den Speeren weiterverfolge – und dann habt Ihr um diese Audienz gebeten, und hier sind wir, in der Lage, die Angelegenheit wie die vernünftigen Menschen zu besprechen, die wir sind.«

»Ich versichere Euch, Eure Hoheit, dass mir nie der Gedanke gekommen ist, diese Speere gegen Eure Wachen zu richten«, sagte Arlian und entschied, die Unterstellung, ein Feigling zu sein, zu ignorieren. »Ich habe keine bösen Absichten gegen Euch oder Manfort.«

Der Herzog nickte. »Aber warum habt Ihr so viele Speere angefertigt?«

Zum ersten Mal ließ ihn seine Fähigkeit im Stich, schnelle Lügen zu ersinnen, und der Gedanke, die Wahrheit zu sagen und Hardiors Vergeltung zu riskieren, gefiel ihm nicht. Dem Herzog von Manfort zu gestehen, dass diese Waffen für den Kampf gegen Drachen bestimmt waren, schien ganz und gar keine gute Idee zu sein. Verlegen stand er einen Moment da und sagte dann: »Ich wollte genug für all meine Bediensteten haben.«

»Warum?«

»Ich ... ich weiß es nicht; es war bloß eine Laune.«

Der Gesichtsausdruck des Herzogs verriet, dass er Arlian entweder für einen Lügner oder einen Verrückten oder für beides hielt.

Doch bevor er sprechen konnte, kam Arlian eine Idee, und er sagte: »Eure Hoheit, ich gebe zu, dass es mehr als eine Laune war. Ich habe Verwendung für diese Waffen, aber es ist ein Handelsgeheimnis. Muss ich es enthüllen?«

Das machte den Herzog sichtlich neugierig. »Ich fürchte, ja«, bestätigte er.

Arlian seufzte theatralisch. »Natürlich wisst Ihr, Eure Hoheit, dass ich mein Vermögen mit dem Handel von aritheischer Magie gemacht habe. Habt Ihr Euch je gefragt, was ich den Aritheiern im Tausch gegen ihre Magie gebe?«

»Waffen?« Der Herzog war offenbar entzückt von seinem eigenen Scharfsinn, der ihn auf diese Antwort gebracht hatte.

Arlian nickte. »Ich gebe ihnen die Waffen, die sie brauchen, um sich gegen die wilde Magie in diesen unheiligen Ländern jenseits der Grenze zu verteidigen.«

»Und Ihr habt Eure Handelsvorräte aufgestockt? Sind dafür diese Speere gedacht?«

»Genau. Eure Hoheit ist sehr klug.«

»Ich verstehe. Und Ihr habt dies geheim gehalten, um Eure Profite mit keinem Konkurrenten teilen zu müssen.«

»Genau«, wiederholte Arlian.

Der Herzog dachte einen Moment darüber nach und sah Arlian an. Dann sagte er: »Wisst Ihr, es gibt noch andere Gerüchte über Euch außer Hardiors Theorie, dass Ihr plant, mir die Stadt mit Hilfe von Zauberei zu entreißen.«

»Ach?«

»Es gibt Gerüchte, dass Ihr Stiam mittels Zauberei getötet und dann die magischen Nachwirkungen vernichtet habt, um jeden Beweis zu beseitigen, den ein anderer Zauberer gegen Euch verwenden könnte.«

»Eure Hoheit, ich bin für Lord Stiams Tod nicht verantwortlich. Ich schwöre es bei den toten Göttern.«

»Und es heißt, dass Lord Wither Euch irgendwie ertappt und Ihr ihn getötet habt, um Eure Spuren zu verwischen. Anschließend sollt Ihr seinen Bevollmächtigten und seine Diener bestochen haben, damit sie lügen und behaupten, er hätte sich selbst umgebracht.«

»Eure Hoheit, Lord Wither glaubte, dass er sich dieselbe Krankheit zugezogen hatte, die Lord Stiam tötete, und er wählte einen schnellen Tod, statt so elend dahinzusiechen wie Stiam.«

Der Herzog beugte sich jetzt nach vorn und sprach leise, offenbar damit ihn die Höflinge nicht hörten. »Einige Leute behaupten, dass Ihr und Lord Enziet ein Elixier der Unsterblichkeit entwickelt und um die Kontrolle darüber gekämpft habt – dies soll der Grund für Euren Streit gewesen sein.«

Dies überrumpelte Arlian, und er zögerte.

»Wir alle wissen, dass Enziet irgendein Elixier hatte«, fügte der Herzog hinzu. »Schließlich beriet er meinen Vater und Großvater und sah bei unserer letzten Begegnung nicht älter aus als damals, als ich noch ein Kind war. Er behauptete allerdings, die Formel wäre verloren, ganz gleich, welche Drohung gegen ihn ausgestoßen oder wie viel Geld ihm geboten wurde.«

»Ich kann dazu nichts sagen«, erklärte Arlian. »Ich weiß von keinem Elixier der Unsterblichkeit.«

Dies war die Wahrheit. Schließlich verlieh das Drachengift nicht Unsterblichkeit, sondern nur eine Lebenszeit von tausend Jahren, die dem Heranwachsen eines neuen Drachens diente.

»Das ist bedauerlich. Ich würde fast jeden Preis für ein derartiges Mittel zahlen.«

»Ich kann Euch nicht helfen, Eure Hoheit.« Er unterdrückte einen Schauder bei der Vorstellung, dass dieser Narr von einem Herzog tausend Jahre leben und herrschen und mehr und mehr zu einem Drachen werden würde – ganz zu schweigen von der Frage der Nachfolge, wenn er schließlich starb, denn als Drachenherz würde er steril sein.

Der Herzog lehnte sich zurück und sagte: »Ich verstehe. Ah, gut. Und Ihr schwört, dass Ihr keinen Verrat plant und nicht die Absicht habt, diese Steinwaffen gegen mich einzusetzen?«

»Ich schwöre es, Eure Hoheit, bei allen Göttern, ob nun tot oder lebendig.«

»Nichtsdestotrotz halte ich es für das Beste, dass Ihr sie aus der Stadt entfernt.«

Das überraschte ihn. »Eure Hoheit?«

»Ich will, dass diese Obsidianwaffen aus Manfort entfernt werden. Ihr sagt, dass sie nicht magisch sind und Ihr nicht vorhabt, sie gegen mich einzusetzen, aber nichtsdestotrotz, mein Lord, erzeugen sie Gerüchte. Ich verlange nicht, dass sie zerstört werden, aber ich werde glücklicher sein, wenn sie sich nicht länger innerhalb der Stadtmauern befinden.«

Widerwillig entschied Arlian, dass er in diesem Punkt keine Wahl hatte. Der Herzog hatte seine Entscheidung getroffen.

Arlian hatte seine Reisen verschoben für den Fall, dass die Drachen über Manfort herfielen, aber er hatte Angelegenheiten in Tiefgraben zu erledigen und musste Magie aus Arithei heranschaffen. Und, ehrlich gesagt, was konnte er tun, wenn die Drachen tatsächlich kamen und er keine Hilfe von der Drachen-Gesellschaft oder dem Herzog hatte? Es war Zeit, dass er aufbrach.

Der Gedanke, die Waffen auf seiner Reise mitzunehmen, begeisterte ihn nicht, da sie Platz in den Wagen beanspruchten, und es würde bedeuten, dass keine Waffen bereitstanden, sollten die Drachen Manfort angreifen – aber andererseits, warum sollten sie angreifen, wenn Arlian nicht in der Stadt war? Er war derjenige, der ihre Geheimnisse enthüllt und sie auch auf andere Weise erzürnt hatte.

Und der Herzog schien fest entschlossen, die Waffen aus Manfort zu verbannen. Arlian verbeugte sich. »Wie Ihr wünscht, Eure Hoheit. Ich hatte ohnehin eine Handelsreise nach Süden geplant; ich werde die Obsidianwaffen mitnehmen.«

Natürlich würde diese Expedition Hardior auch die Chance geben, ihn zu töten, wenn er außerhalb der Stadt war – aber das beunruhigte ihn nicht. Er war ziemlich sicher, dass er mit ein oder zwei Meuchelmördern fertig werden würde, und wenn Hardior eine größere Streitmacht schickte, würde der Herzog davon erfahren, was wahrscheinlich unangenehme Konsequenzen haben würde.

»Ich verlange nicht, dass Ihr die Stadt verlasst, mein Lord«, sagte der Herzog überrascht. »Nur dass Ihr die Waffen entfernt.«

»Natürlich, Eure Hoheit – aber ich habe wirklich Geschäfte außerhalb von Manfort zu erledigen, und so kann ich absolut sicher sein, dass die Waffen nicht gestohlen oder missbraucht werden.«

»Ich verstehe. Und ich denke, dass dies eine kluge Entscheidung ist«, sagte der Herzog. »Eure Anwesenheit hat in Manfort für Unruhe gesorgt, und ich denke, die Stadt braucht eine Erholungspause. Ich schlage vor, dass Ihr so schnell wie möglich abreist.«

Arlian sagte erneut: »Wie Ihr wünscht, Eure Hoheit.«

Er hatte den Eindruck, dass der Herzog alles gesagt hatte, was er sagen wollte, aber Arlian war nicht bereit, sich damit zufrieden zu geben; bevor der Herzog die Audienz für beendet erklären konnte, sagte Arlian hastig: »Eure Hoheit, dürfte ich eine Frage stellen?«

»Ja?«

»Eure Hoheit, lasst uns annehmen, dass ich ein Mittel gefunden habe, um Drachen zu töten. Die Aritheier verfügen über erstaunliche Magie, und ich denke, dass die Möglichkeit besteht.«

»Ich dachte, Drachen können nicht getötet werden«, erwiderte der Herzog und legte den Kopf zur Seite.

»Dies wurde lange geglaubt«, sagte Arlian. »Aber Ihr wisst, dass ich Lord Enziets Erbe bin, und Enziet hat viel Zeit und Mühe mit dem Studium der Drachen verbracht in der Hoffnung, ein Mittel zu finden, sie zu töten. Ich glaube, dass er auf dem richtigen Weg gewesen ist.«

»Das wäre natürlich wundervoll – aber glaubt Ihr wirklich, dass ein derartiges Mittel existiert?«

»Das glaube ich, Eure Hoheit.«

»Ah, Ihr fasziniert mich. Erzählt mir mehr.«

»Leider kann ich das nicht – ich habe geschworen zu schweigen. Ihr müsst verstehen, dass Magie gewisse einzigartige Eigenschaften hat. Ich gehe ein erhebliches Risiko ein, indem ich es nur erwähne.«

»Warum bringt Ihr dann das Thema überhaupt zur Sprache?« Der Herzog war sichtlich verärgert.

»Um Eure Hoheit zu fragen, ob Ihr Versuche, Enziets Wissen zu nutzen, unterstützen würdet.«

Der Herzog runzelte die Stirn.

»Es könnte sein«, erklärte er. »Aber ich denke, ich müsste zuerst einen Beweis haben, dass Drachen tatsächlich getötet werden können.«

Arlian blinzelte. »Vergebt mir, Eure Hoheit, aber was wäre ein derartiger Beweis?«

»Ein toter Drache natürlich. Ihr beweist mir, dass Eure Magie einen Drachen töten kann, und bei den toten Göttern und den Seelen meiner Vorfahren, Obsidian, ich verspreche Euch, dass Ihr alle Hilfe bekommen werdet, die Ihr braucht, um noch mehr zu töten.«

»Aber ... Eure Hoheit, was ist, wenn ich Eure Hilfe schon brauche, um einen zu töten?«

»Dann, fürchte ich, seid Ihr allein auf Euch gestellt, mein Lord. Ich werde Euch nicht helfen, diese Ungeheuer zu reizen, wenn ich mir des Erfolgs nicht sicher bin. Wisst Ihr, sie haben erst vor zehn oder zwölf Jahren ein Dorf zerstört und es bis auf die Grundmauern niedergebrannt ...«

Er schwieg und blinzelte überrascht. »Ich glaube sogar, dass dieses Dorf Obsidian hieß. Wie seltsam!«

»Sehr seltsam, mein Lord. Zufällig gehört mir dieses Dorf, und wegen ebendiesem Angriff suche ich nach einem Mittel, sie zu töten.«

»Oh, wirklich? Wie überaus interessant! Ihr habt Glück gehabt, mein Lord, dass Ihr zu diesem Zeitpunkt nicht in dem Dorf wart.«

»Sehr großes Glück, Eure Hoheit«, sagte Arlian trocken.

»Jedenfalls, mein Lord, möchte ich nicht, dass Ihr die Drachen dazu provoziert, noch mehr Dörfer niederzubrennen. Beweist mir, dass Ihr sie töten könnt, und Ihr könnt haben, was Ihr braucht – aber bis dahin werde ich Euch nicht helfen. Nun, ich bin müde – Ihr werdet jetzt nach Arithei reisen, oder wohin auch immer, und mich ausruhen lassen.«

Dann bedeutete er mit einem Wink, dass die Audienz zu Ende war, und Arlian wurde aus dem Raum geführt.

ZWEITES BUCH
KONSEQUENZEN

9
Diskussionen vor der Abreise

Es dauerte mehrere Tage, Lord Obsidians Karawane für die Abreise vorzubereiten. Arlian dämmerte, dass dies Lord Hardior und jedem anderen, der dachte, dass die Welt nach Arlians Tod ein besserer Ort sein würde, genug Zeit gab, um Meuchelmörder zu dingen, aber er hatte keine andere Wahl. Dies war keine simple Verfolgungsjagd, sondern eine umfangreiche Handelsmission nach Arithei.

In diesen Tagen sammelte Arlian mit Blacks Hilfe acht Wagen und stellte die benötigten Bediensteten ein, darunter zwanzig Wachen. Keine normale Karawane dieser Größe hätte so viele Wachen eingestellt, da sie die Gewinne in einem Maß verschlangen, wie es sich kein ernsthafter Händler erlauben konnte, aber Arlian wollte absolut sicher sein, dass die Banditen in den südlichen Bergen der Ödnis seine Freunde und Bediensteten nicht behelligten.

Und außerdem überquerten normale Karawanen nicht die magieverseuchten Träumenden Berge, in denen Ungeheuer ihr Unwesen trieben.

Arlian hatte noch nicht entschieden, ob er die Berge überqueren würde. Das erste Ziel der Karawane war nicht Arithei, sondern Tiefgraben, um Silber und Amethyste zu sammeln, und Arlian hielt es für möglich, dass er von dort nach Manfort zurückkehren und die Aritheier und den Rest der Karawane allein weiterziehen lassen würde. Es hing von der Lage in Tiefgraben ab und von den Neuigkeiten, die sie unterwegs hörten. Er glaubte, dass er auf diese Weise lange genug abwesend sein würde, um dem Herzog die verlangte Ruhepause zu geben – vor allem, da Arlian nicht die Absicht hatte, nach seiner Rückkehr weiteren Unfrieden zu stiften.

Er hatte ohnehin mehr als genug Sorgen. Es schien, dass alles, was er in der letzten Zeit getan hatte, die Dinge nur verschlimmert hatte – jetzt war nicht nur Toribor sein Feind, sondern er hatte auch noch Pulzera, Hardior und vielleicht andere in der Drachen-Gesellschaft gegen sich aufgebracht. Der Herzog hatte sein Leben verschont, ihn aber dann ins Exil geschickt, zumindest für kurze Zeit.

Und niemand wollte ihm beim Kampf gegen die Drachen helfen. Falls und wenn sie kamen, würde Manfort schutzlos sein und er, obwohl entsprechend bewaffnet, würde fast allein dastehen.

Ihm schien, dass er nur die Möglichkeit hatte, sich im Hintergrund zu halten, sich auf das Schlimmste vorzubereiten und abzuwarten, was geschah. Diese Reise nach Tiefgraben war ein guter Weg, um genau das zu tun – aber wenn er weiter nach Arithei zog, würde Manfort wahrscheinlich zu lange ungeschützt bleiben.

Er würde zurückkehren, wenn er glaubte, dass er dies tun konnte, ohne in neuerliche Schwierigkeiten zu geraten, und wenn er zurückkehrte, würde er sich ausschließlich auf die praktischen Erfordernisse des Drachentötens konzentrieren, ohne sich weitere Feinde zu schaffen.

Es schien ihm ratsam zu sein, auf alles zu verzichten, was sein Leben komplizieren und ihn von den Aufgaben ablenken konnte, denen er gegenüberstand; und so sprach er, als er nicht direkt mit der Vorbereitung der Karawane beschäftigt war, mit dem Makler namens Münze, der ihm den alten Palast verkauft hatte. Münze hatte sich einverstanden erklärt, das Graue Haus zu verkaufen, und pries es bereits an, aber bis jetzt hatte es noch keine Angebote gegeben.

»In der letzten Zeit sind mehrere Anwesen auf den Markt gekommen«, sagte Münze listig, als Arlian bei ihm vorbeischaute, um die Angelegenheit zu besprechen. »Lord Drisheens Anwesen und Lord Horims und Lord Stiams.«

»Ich verstehe«, sagte Arlian. »Nun, tu dein Bestes.«

Er wies Ferrezin an, den Transport der Einrichtung des Grauen Hauses in den Alten Palast zu beaufsichtigen, während er sich zusammen mit Black auf die Karawane konzentrierte.

Diese Reisevorbereitungen beanspruchten den Großteil seiner Zeit, aber Arlian hörte trotzdem einige der Neuigkeiten und den Klatsch, die in Manfort die Runde machten. Während alle Diener hin und wieder ein paar Informationen aufschnappten und sie mit den Gästen teilten, entdeckte Arlian, als er eines Morgens mit Lara und Hasty sprach, dass Stammel über ein weit verzweigtes Netzwerk aus Informanten verfügte – dazu gehörten die Armen und Obdachlosen der Stadt, aber auch die Diener anderer Anwesen – und ihr Wissen hauptsächlich mit Lara und Lily teilte, die begierig auf jeden Tratsch waren.

Hasty war, wie sie selbst und Lara ihm erzählten, zu sehr mit ihrem Baby beschäftigt, um sich um das Treiben anderer Leute zu kümmern.

An diesem Nachmittag fand Arlian Stammel in der Küche vor und zog sie zur Seite.

»Ich hörte, du bist stets über die Ereignisse in der Stadt auf dem Laufenden«, sagte er.

Sie starrte ihn entsetzt an. »Ich ... ich ...«

Arlian hob beschwichtigend die Hand. »Beruhige dich bitte, meine Liebe! Dies ist keine Anschuldigung. Du gehörst mir nicht, und dir steht es frei, nach der Arbeit das zu tun, was du willst. Ich freue mich, dass du dich für die Welt interessierst; meine Gäste finden es überaus großzügig, dass du dein Wissen mit ihnen teilst, da sie selbst nicht nach draußen gehen können.«

Stammel machte verlegen einen Knicks, unfähig zu sprechen. Sie hatte ihren Namen aus gutem Grund bekommen.

»Wie man mir sagte, sind in Manfort Gerüchte über mich im Umlauf, und ich frage mich, ob du sie gehört hast.«

»Mein Lord, ich ... ich ... weiß nicht ...« Sie schien nicht weitersprechen zu können.

»Wäre es womöglich leichter für dich, sie aufzuschreiben?«, schlug Arlian vor.

Stammel schüttelte heftig den Kopf, und Arlian kam der Gedanke, dass sie vielleicht Analphabetin war. Seine Mutter und sein Großvater hatten ihm Lesen und Schreiben beigebracht, als er ein Kind gewesen war, aber Stammel mochte nicht so viel Glück gehabt haben.

»Ich würde gern alles hören, was erzählt wird«, fuhr Arlian vor, »ganz gleich, wie schrecklich es ist. Ich versichere dir, dass dir nichts geschehen wird, wenn du offen sprichst.«

»Ich ... ich kann nicht, mein Lord.« Sie sah auf ihre Hände hinunter und strich mit den Fingern über ihre Schürze.

Arlian war neugierig auf die Gerüchte, die im Umlauf waren, aber es war keine dringende Angelegenheit. »Nun gut«, sagte er. »Wenn du deine Meinung änderst, lass es mich wissen.«

Er entließ sie mit einem Wink und verfolgte, wie sie an den Tisch zurückeilte, wo sie den Teig für das Brot des nächsten Tages geknetet hatte.

Sie machte sich wieder an die Arbeit, blickte aber immer wieder nervös auf, um festzustellen, ob er noch da war, mied aber seinen Blick.

Schließlich erbarmte Arlian sich ihrer und ging.

An diesem Abend war er allein in seinem Studierzimmer und rechnete die Kosten der Zusammenstellung seiner Karawane durch, als jemand schüchtern an der Tür klopfte.

»Herein«, rief er.

Die Tür öffnete sich, und Stammel trat ein. Sie schloss die Tür hinter sich, holte tief Luft und sprudelte dann hervor: »Man sagt, dass Ihr ein Verrückter seid, mein Lord, dass Ihr plant, alle zu ermorden, die sich Euch in den Weg stellen, und dann den Herzog zu stürzen, dass Ihr aber, als Toribor Euch herausforderte, um Euch daran zu hindern, die Länder der Menschen zu übernehmen, die Nerven verloren habt, und dass Ihr, als er Euch eine letzte Chance gab, Eure Waffen weggeworfen und Eure Pläne aufgegeben habt, wenigstens im Moment, und es hieß danach, dass Ihr Euch hier im Palast versteckt, und als bekannt wurde, dass

Ihr Reisevorbereitungen trefft, sagten alle, dass Ihr in Ungnade gefallen seid und fliehen müsst, dass Ihr mit dem Herzog gesprochen habt und von ihm derart eingeschüchtert wurdet, dass Ihr die Stadt für immer verlassen wollt. So wird auf den Straßen geredet, mein Lord, und wenn ich den Leuten sage, dass es nicht stimmt, glauben sie mir nicht und denken, dass Ihr mich mit einem Zauber belegt oder mich umgarnt oder irgendwie übertölpelt habt, aber das ist nicht wahr, oder?«

Arlian starrte sie einen Moment an, während er das Gehörte verdaute, und sagte dann ruhig: »Es ist nicht wahr. Nichts davon stimmt.«

Sie keuchte, hielt sich die Hand ans Herz und sagte: »Ich wusste es.«

»Was noch?«, fragte Arlian.

»Wa ... was ...«

Sie hatte offenbar das Ende ihrer vorbereiteten Rede erreicht.

»Sind noch andere Gerüchte in der Stadt im Umlauf?«, fragte er.

Sie nickte, schluckte, riss sich zusammen und berichtete dann: »Die Leute sagen, Ihr habt Lord Stiam vergiftet oder ihn mit einem Fluch belegt, den Ihr von Lord Drisheen gelernt habt, bevor Ihr ihn umbrachtet, oder aus den Büchern in Lord Enziets Haus, und Ihr seid an Stiams Totenbett gegangen, um Euch zu vergewissern, dass Eure Magie auch funktioniert, und der Zauber geriet außer Kontrolle und wurde sichtbar, und Ihr musstet ihn auflösen, um die Beweise für Euer Verbrechen zu beseitigen, und Lord Wither fand eine Spur, die Ihr übersehen habt, und erzählte Euch davon auf der Beerdigung, so dass Ihr in sein Haus eingedrungen seid und ihn erdolcht und seine Diener und seinen Bevollmächtigten bestochen habt, damit sie sagen, er wäre durch seine eigene Hand gestorben, aber schließlich war es Euer schwarzes Steinmesser, das ihn tötete, und ... und ... und ...« Sie holte erneut tief Luft und blinzelte ihn hilflos an.

Die langen, schnellen Sätze dienten offenbar dazu, jedes Stottern zu vermeiden, so dass Arlian ihr nicht vorschlug, sich zu beruhigen und langsamer zu sprechen, oder sie bat, ihre Worte klarer zu formulieren; stattdessen sagte er: »Lass dir Zeit.«

Sie starrte ihn schweigend an.

»Weißt du, wer diese Geschichten verbreitet?«, fragte er.

Das löste einen Ausbruch gestammelter Namen aus, die Arlian nicht kannte – Daumen und Trot und Korri und Werrin und mehrere andere, die sie nicht deutlich aussprechen konnte. Ihre Erklärungsversuche, wer sie waren, erstickten schnell in Gestotter, aber Arlian glaubte, dass er sich einen Teil zusammenreimen konnte.

»Sie arbeiten für Lady Pulzera?«, fragte er. »Oder Lady Opal?«

»Und .. und .. und ...« Sie schluckte hart und sagte: »Har ... Hardior. Und Zaner. Oder T ... Ticker.«

Sie alle.

Einen Moment überlegte Arlian, ob er seine Expedition nicht absagen und diesen Verleumdungen entgegentreten sollte, aber er verwarf den Gedanken sofort wieder. Sein Leugnen würde nichts bewirken, und er musste die Angelegenheiten in Tiefgraben regeln, damit er seine aritheischen

Bediensteten losschicken konnte, neue Magie zu holen – vor allem Magie, die sich gegen die Drachen einsetzen ließ.

Und was konnten ihm diese Gerüchte schon schaden? In Kürze würde sich ohnehin alles verändern.

»Danke«, sagte er. Stammel machte einen Knicks und zögerte.

»Du kannst jetzt gehen«, fügte Arlian hinzu, »oder bleiben, wenn du mir noch mehr zu erzählen hast. Und du kannst jederzeit zu mir kommen, wenn du etwas erfährst oder dir etwas einfällt, das mich interessieren könnte.«

Stammel sagte: »Vielen Dank, mein Lord«, riss dann die Tür auf und ging hinaus.

Arlian sah ihr gedankenverloren nach.

Die Gerüchte an sich waren harmlos, aber er fragte sich, ob er es vielleicht mit einer Verschwörung zu tun hatte. Opal hasste ihn, weil er sich geweigert hatte, ihr Drachengift zu geben, und von ihr war zu erwarten, dass sie schlecht über ihn sprach; Pulzera hatte sich auf die Seite der Drachen geschlagen, die zu vernichten Arlian geschworen hatte, so dass ihre Feindschaft keine Überraschung war. Hardior glaubte, wenn Arlian fort war, würden die Drachen Manfort in Ruhe lassen. Arlian hatte geglaubt, dass er und Hardior natürliche Verbündete waren, aber es war überdeutlich geworden, dass Hardior anderer Ansicht war.

Was Zaner und Ticker anging, so waren ihre Motive weniger klar, doch Arlian vermutete, dass sie entweder Pulzera oder Hardior unterstützten.

Und ein Name, dämmerte ihm, fehlte auf verdächtige Weise auf der Liste: Stammel hatte nicht Toribors Haushalt als Quelle der Gerüchte erwähnt. War dies nur ein Versehen gewesen? Oder reichte ihr Informantennetz nicht bis in dieses Anwesen?

Arlian runzelte die Stirn und trat auf den Korridor. Er entdeckte einen Lakaien und winkte ihn zu sich; der Junge eilte zu seinem Herrn.

»Begib dich zu Lady Reif und sage ihr, dass ich sie so schnell wie möglich sprechen möchte«, befahl er. »Ich würde mich entweder zu ihrem Haus begeben oder sie hier als meinen Gast empfangen, ganz nach ihrem Belieben.«

Der Lakai verbeugte sich. »Ja, mein Lord«, sagte er. Einen Moment zögerte er, wandte sich dann ab und eilte davon.

Arlian sah ihm nach und runzelte die Stirn.

Reif war das einzige lebende Mitglied der Drachen-Gesellschaft, dem er vertraute – und das sagte einiges über seine Situation aus.

Aber es war schwerlich eine Überraschung. Er war nach Manfort gekommen, um Rache zu nehmen, nicht um Freundschaften zu schließen, und er hatte sich nicht um die Gunst der anderen Drachenherzen beworben – ganz im Gegenteil, er hatte einige von ihnen getötet und geplant, auch den Rest zu töten.

Er konnte in die Halle der Gesellschaft gehen und mit jenen sprechen, die er dort vorfand, aber irgendwie argwöhnte er, dass er nur Zorn und Ausflüchte ernten würde, nicht Aufrichtigkeit – und im Grunde konnte er niemandem diese Feindseligkeit vorwerfen, hatte er doch offen zugegeben, dass er beabsichtigt hatte, sie alle umzubringen.

Aber er wollte sie jetzt nicht mehr töten.

Reif jedenfalls schien von seinen mörderischen Absichten nicht beunruhigt zu sein, und vielleicht konnte sie etwas Licht auf die Pläne der anderen Mitglieder der Drachen-Gesellschaft werfen.

10
Lady Reifs Bericht

Am nächsten Morgen traf Reif rechtzeitig ein, um zusammen mit Arlian das Mittagsmahl einzunehmen, auf ihrem Holzbein humpelnd, den Beinknochen fest in ihrer rechten Hand.

Am Tisch sprachen sie über Arlians bevorstehende Reise, und Arlian machte klar, dass Reif willkommen war, ihn zu begleiten, wenn sie wollte, wie sie es schon bei der Verfolgung von Enziet getan hatte.

»Nein, vielen Dank«, wehrte sie ab. »Beim letzten Mal ging es um Angelegenheiten, die uns alle direkt betrafen.« Sie warf den Dienern einen Blick zu und erklärte nicht, auf wen sich das »uns« bezog, aber Arlian wusste, dass sie die Drachen-Gesellschaft meinte. »Diesmal reist Ihr in eigener Sache, und hier in Manfort wird über Dinge von beträchtlichem Interesse debattiert.«

»Das ist richtig«, meinte Arlian. »Und diese Dinge, die Ihr erwähnt, sind auch für mich von einigem Interesse. Ich würde mich freuen, von Euch mehr darüber zu hören.«

»Vielleicht später«, erwiderte Reif mit einem weiteren Blick zu den Lakaien, die die Teller mit Fleisch brachten.

Arlian nickte.

Als sie gegessen hatten, zogen sich Reif, Arlian und Black ins Studierzimmer zurück, wo Reif sich sofort in einem Sessel niederließ, während Black sich an die Wand lehnte. Arlian schickte die Diener fort und schloss sorgfältig die Tür.

»Nun«, sagte er und wandte sich seinem Gast zu, »erzählt mir bitte, was unter den Drachenherzen geschieht.«

Reif sah Black an, der ausdruckslos ihren Blick erwiderte.

»Ich habe Black versprochen, keine Geheimnisse mehr vor ihm zu haben«, erklärte Arlian, während er an seinen Schreibtisch trat.

»Ich verstehe«, sagte Reif und klopfte mit dem Knochen gegen ihren linken Handteller. »Ich habe kein derartiges Versprechen gemacht.«

»Das habt Ihr tatsächlich nicht – aber alles, was Ihr mir erzählt, werde ich ohnehin mit Black teilen, so dass Ihr offen sprechen könnt. Wenn es irgendetwas gibt, das Ihr ihm nicht enthüllen wollt, dann erzählt es mir nicht, weder jetzt noch später.« Er zog seinen Stuhl heran und setzte sich. »Aber gewiss gibt es irgendetwas, das Ihr uns erzählen könnt.«

»Das klingt fair. Arlian, Ihr habt die Gesellschaft in ein Chaos gestürzt, wie ich es noch nie zuvor erlebt habe.«

»Diesen Eindruck hatte ich auch«, sagte Arlian.

»Sie streiten sich ständig. Früher konnte ich fast zu jeder Zeit die Halle betreten und dort Ruhe finden, ganz gleich, was in der Außenwelt geschehen war; jetzt ist die Stadt ruhig, aber ich kann dort keinen Fuß durch die Tür setzen, ohne zornige Stimmen zu hören. Als Ihr damals zu uns kamt, sah ich in Eurer Anwesenheit ein gutes Mittel gegen die Langeweile; Euer offener Racheschwur gegen fünf von uns brachte ein wenig Leben in diese Gruft. Eure Ehrlichkeit war erfrischend. Ihr habt Toribor und Nagel aus ihrem Trott gerissen, und ich fand es überaus amüsant, mit anzusehen, wie Toribor wütend herumrannte und andere mit Entsetzen auf Eure Drohungen gegen Enziet reagierten.« Sie seufzte. »Ich fürchte, der Reiz des Neuen ist vorbei. Jetzt bin ich des Zorns und Entsetzens und des ständigen Streites überdrüssig.«

»Das tut mir Leid«, sagte Arlian.

Sie fuchtelte mit dem Knochen. »Nicht nötig. Sie haben Euch mit dieser Anhörung gezwungen, die Wahrheit zu sagen.«

»Ich übernehme nicht die Verantwortung für die Auseinandersetzung, meine Lady, ich drücke lediglich mein Bedauern darüber aus, dass sie Euch Ärger bereitet.«

Sie zuckte die Schultern. »Mit Ärger komme ich zurecht.«

»Davon bin ich überzeugt«, erwiderte Arlian. »Ich komme auch damit zurecht – aber es ist immer leichter, wenn ich weiß, welcher Ärger zu erwarten ist. Ich habe einige der Gerüchte gehört, die in der Stadt im Umlauf sind, mir die Schuld am Tod jedes Drachenherzen in den letzten zwei Jahren geben und mich der Verschwörung gegen den Herzog bezichtigen, aber ich habe weder etwas über die Auseinandersetzungen in der Gesellschaft gehört, noch weiß ich, wer auf welcher Seite ist.«

»Es stehen zweifellos eine Menge Seiten zur Auswahl«, sagte Reif. Arlian wartete darauf, dass sie fortfuhr, aber sie klopfte lediglich mit dem Knochen gegen ihre Handfläche.

»Ich nehme an, Pulzera denkt noch immer, dass wir uns in den Dienst der Drachen stellen und im Fall eines neuerlichen Krieges auf ihre Seite schlagen sollen?«, fragte er schließlich.

»O ja«, bestätigte Reif. »und mindestens ein Dutzend andere stimmen ihr zu. Leider scheinen sie die größte Fraktion zu sein, und Trümmer, der Älteste, ist einer von ihnen und wurde deshalb zu ihrem Führer ernannt.«

Arlian verzog das Gesicht. »Trümmer? Er hat vor Jahrhunderten gegen die Drachen und ihre Diener gekämpft, nicht wahr?«

»In der Tat. Aber er ist schwerlich der erste Mensch, der seine früheren Taten überdenkt, Arlian.«

»Ich verstehe. Und die anderen?«

»Hardior hat gegenüber den Drachen eine abwartende Haltung eingenommen, oder zumindest behauptet er es, aber er plädiert nachdrücklich dafür, Euch aus der Stadt zu verbannen«, fuhr Reif fort. »Er scheint der Ansicht zu sein, dass Ihr zu unberechenbar und unkontrollierbar seid; Eure Weigerung, das Duell zu beenden, hat ihn überzeugt, dass man Euch nicht trauen kann. Er weist außerdem darauf hin, dass jeder Groll, den die Drachen hegen mögen, gegen Euch gerichtet ist, nicht gegen die Gesellschaft im Ganzen, und dass Ihr deshalb eine Gefahr seid – wenn die Drachen nach Manfort kommen, dann nur, um Euch zu töten, aber der Rest von uns wird wahrscheinlich auch darunter leiden. Er und Lady Pulzera sind sich in diesem Punkt völlig einig.«

»Das hatte ich befürchtet«, murmelte Arlian.

Reif nickte. »Er argumentiert weiterhin, dass wir unsere Differenzen beilegen und als einheitliche Gruppe handeln müssen, wenn wir unsere Machtposition in den Ländern der Menschen behalten wollen, und dass dies niemals möglich sein wird, solange Ihr lebt. Ich habe den Eindruck, dass er nicht wirklich glaubt, dass die Drachen Manfort jemals bedrohen werden, und erwartet, dass sich das ganze Problem in Wohlgefallen auflösen wird, wenn Ihr erst einmal eliminiert seid.«

»Ich bin enttäuscht«, sagte Arlian. »Ich hatte mir mehr von ihm erhofft.«

»Er und Pulzera sind in einigen Dingen uneins – Pulzera und Trümmer und ihre Gruppe glauben, dass Ihr in der Tat den Frieden beendet habt und wir uns unterwerfen und den Drachen dienen sollten, was Euch persönlich irrelevant macht. Hardior andererseits glaubt, dass die Drachen keinen Grund mehr haben werden, uns anzugreifen, wenn man Euch beseitigt, und dass sie sich dann wieder wie in den letzten Jahrhunderten verhalten werden. Ticker und Zaner unterstützen Hardior in diesem Punkt – aber ich denke nicht, dass es noch andere tun.«

Arlian nickte. Dies war im Grunde nicht sonderlich überraschend.

»Etwa sieben oder acht Leute unter der Führung von Lord Voriam sind der Ansicht, dass wir Euch zum Führer der Drachen-Gesellschaft ernennen und alles tun sollten, was Ihr befehlt«, erklärte Reif. »Sie meinen, dass Ihr als Enziets Erbe und als der Einzige von uns, der direkt mit den Drachen spricht, vom Schicksal dazu auserkoren seid. Sie argumentieren, dass Ihr das Duell mit Toribor nicht nur abgebrochen habt, um Toribors Leben zu verschonen, sondern auch um Euer eigenes zu schützen, weil Ihr es nicht einfach wegwerfen könnt, bevor die große Aufgabe vollbracht ist. Sie debattierten darüber, einen Emissär zu Euch zu schicken, aber als ich ihnen das letzte Mal zuhörte, hatten sie sich noch nicht geeinigt, wie sie am besten an Euch herantreten und ob sie vielleicht warten sollen, bis sie die Mehrheit in der Gesellschaft haben.«

»Das ist ... äh ...«

Arlian wollte schon sagen, dass der Gedanke, ihn zum Führer zu ernennen, lächerlich war, aber in Wirklichkeit würde es die Dinge in vielerlei Hinsicht vereinfachen. Stattdessen fragte er: »Was ist mit Toribor? Ich nehme an, er hat sich auf Hardiors Seite geschlagen?«

»Toribor? Nein. Seine Fraktion ist, genau wie Trümmers, der Ansicht, dass Ihr einfach unwichtig seid, da Eure Geheimnisse jetzt bekannt sind. Allerdings ist sie außerdem der Ansicht, dass Trümmer und Pulzera Verräter sind und wir uns darauf vorbereiten sollten, die Drachen mit allen zur Verfügung stehenden Mitteln zu bekämpfen. Toribor hat vorgeschlagen, Obsidianwaffen von Euch zu kaufen oder selbst welche anzufertigen und die Höhlen aufzusuchen, in denen die Drachen schlafen – aber bis jetzt hat er noch nichts unternommen. Ich denke, er kann es noch nicht über sich bringen, mit Euch zu sprechen.«

»Oh«, machte Arlian.

»Er hat aber mit dem Herzog gesprochen«, fuhr Reif fort. »Ich glaube, er versucht Seine Hoheit zu überzeugen, die Befestigungen der Stadt zu verstärken und Vorbereitungen für den Krieg gegen die Drachen zu treffen. Wirklich, Arlian, es ist überaus erstaunlich – seit Jahrhunderten hat sich Toribor nicht für die Politik interessiert, aber jetzt verbringt er jeden freien Moment in der Zitadelle.« Sie lächelte sardonisch. »Ich weiß nicht, was geschehen wird, wenn die Drachen nicht kommen. Ich nehme an, dies würde Toribor diskreditieren und aus Hardior einen Propheten machen.«

»Versucht Toribor demnach Hardiors Platz am Ohr des Herzogs einzunehmen?«

»Er will ihn nicht ersetzen, sondern sich nur selbst Gehör verschaffen«, erklärte Reif. »Toribors einziges Interesse besteht darin, die Stadt gegen die Drachen zu verteidigen, und das ist ein Thema, dem Hardior ausweicht.«

»Tatsächlich?«, fragte Arlian erstaunt.

»O ja. Wie ich schon sagte, Hardior scheint nicht zu glauben, dass die Drachen kommen werden, und er hält es für unnötig, sich zwischen den Drachen und den Menschen zu entscheiden – er glaubt nicht, dass er diese Wahl jemals treffen muss, und er weiß, dass er die Hälfte der Gesellschaft gegen sich aufbringen wird, sollte er es doch tun müssen. Ihr und Pulzera habt sie entzweit, Ari – ich denke nicht, dass sich dieser Graben jemals wieder zuschütten lassen wird.«

Einen Moment sahen sich Reif und Arlian schweigend an; dann sagte Arlian: »Nun, wie dem auch sei, die Drachen-Gesellschaft muss am Ende vernichtet werden, wenn wir verhindern wollen, dass Dutzende von jungen Drachen über die Welt herfallen. Dieser Zwist ist vielleicht der Anfang.«

»Oh, absolut. Die Gesellschaft ist ein Krebsgeschwür im Herzen der Länder der Menschen, und es ist höchste Zeit, dass es herausgeschnitten wird. Wir haben die Menschheit seit Jahrhunderten manipuliert, und seht Euch die Welt an, die wir geschaffen haben – eine Welt voller Grausamkeit und Sklaverei, wo Frauen wie Eure Gäste, wie meine Rose wie Spielzeug behandelt und nach Gutdünken getötet werden. Wir leben in einer Stadt aus hartem Stein, so hart wie unsere vergifteten Herzen.«

Black bewegte sich unbehaglich. Er räusperte sich. Reif sah ihn neugierig an.

»Eure Rose?«, fragte Black.

»Meine Ururenkelin«, erklärte Reif. »Sie war eine der Frauen im Haus der sechs Lords. Lord Enziet hat den Großteil ihrer Familie getötet und sie versklavt und schließlich ermordet, weil sich sechzehn nicht einfach durch sechs teilen ließ.«

Black starrte sie einen Moment betroffen an und sagte dann: »Oh.«

»Ich habe dies Arlian bereits im Wagen erzählt, auf dem Weg nach Korkbaum«, fügte Reif hinzu. »Du hast den Wagen gelenkt; ich dachte, du hättest es mitgehört.«

»Ich war mit anderen Dingen beschäftigt«, erwiderte Black.

»Und Ihr habt Enziet nie gebeten, ihr Leben zu verschonen?«, fragte Arlian, obwohl er die Antwort bereits kannte. »Oder den Versuch gemacht, ihr zu helfen oder Enziet zu bestrafen?«

»Nein«, sagte Reif.

Arlian wechselte einen Blick mit Black und sagte dann: »Ihr seid also der Ansicht, dass die Drachen-Gesellschaft den Tod verdient hat.«

»Ja, das bin ich«, bestätigte Reif.

»Und wenn ich Euch und Lord Voriam und seine Gruppe

bitten würde, Euch gegen die anderen zu stellen und sie zu töten, würdet Ihr es dann tun?«

Reif lächelte ihn kalt an.

»Nein«, erklärte sie, »das würde ich nicht – aber ich denke, einige von Voriams Freunden würden es tun, und ich würde dem Massaker zusehen, ohne den Versuch zu machen, Euch daran zu hindern. Ich würde mein Kinn heben, wenn Ihr mit dem Messer kommt, um mir die Kehle durchzuschneiden, aber ich wäre nicht fähig, die Klinge selbst gegen mich zu richten.«

Arlian sah sie an, diese Frau, die vielfach älter war, als sie aussah, das grau melierte Haar straff zurückgekämmt, jede Falte ihres zerfurchten Gesichts enthüllend. Ihre dunklen, kalten Augen erwiderten seinen Blick.

Sie klopfte mit dem Knochen müßig auf die Armlehne ihres Sessels. Die untere Hälfte eines ihrer Beine fehlte, war vor langer Zeit dicht unter dem Knie abgetrennt worden – und dieser Knochen war ihr eigenes Schienbein. Obwohl sie ihm erzählt hatte, wie sie ihr Bein verloren hatte und zu diesem Knochen gekommen war, hatte er sie nie gefragt, warum sie ihn all diese Jahre aufbewahrt hatte und ihn überallhin mitnahm.

Sie hatte nach der Begegnung mit dem Drachen, der sie von einer normalen Frau in das verwandelt hatte, was sie jetzt war, ihre überlebende Familie über mehrere Generationen hinweg im Auge behalten, ihren Nachkommen aber nie erzählt, wer sie war und dass sie noch immer lebte.

An Dingen festzuhalten, von denen sie wusste, dass sie sie aufgeben sollte, war einfach ein Teil ihres Wesens, entschied er – und in dieser Hinsicht war ihr Leben nichts anderes als der Knochen oder ihre Enkel, etwas, das sie nicht mehr brauchte, aber auch nicht loslassen konnte.

Jene Mitglieder der Gesellschaft, die sich auf seine Seite geschlagen hatten, würden am leichtesten zu töten sein. Jene, die sich gegen ihn stellten, würden zweifellos erbittert um ihr Leben kämpfen – wie Toribor es getan hatte.

Aber Toribor war genau wie er der Ansicht, dass die Drachen bekämpft werden mussten, im Gegensatz zu Pulzera und Trümmer ...

Es war alles zu verwirrend.

»Ich denke, es ist Zeit, dass wir etwas frische Luft schnappen«, sagte er. »Sollen wir einen Spaziergang im Garten machen?« Er erhob sich und streckte eine Hand aus, um Lady Reif aus ihrem Sessel zu helfen.

11
Unterwegs nach Tiefgraben

Schließlich, elf Tage nach seiner Audienz beim Herzog, führte Arlian seine Karawane nach Süden, Tiefgraben entgegen. Erst wenn er Silber und Amethyste gesammelt und sich um die Minenarbeiter gekümmert hatte, würde die Karawane weiterziehen, durch die Ödnis und die Grenzlande zu den magischen Reichen des Südens.

Die Wagen ließen die Vororte von Manfort ohne Zwischenfälle hinter sich zurück und rollten durch die fruchtbaren Felder, die mit dem Reifen des Korns ihr Grün verloren und sich gelb färbten. Wenn Lord Hardior irgendwelche Meuchelmörder gedungen hatte, so zeigten sie sich nicht.

Arlian hatte sich geweigert, den traditionellen Platz des Karawanenmeisters am Ende der Kolonne einzunehmen; stattdessen hatte er die aritheischen Magier dort postiert, während er und Black sich an die Spitze setzten. Er wollte die Straße und das offene Land vor sich sehen, nicht die staubige Rückseite des letzten Wagens.

Arlian hatte einen Mann namens Blitzhand, mit dem er früher schon gereist war, als Befehlshaber der Wachen eingestellt; Black, der jahrelang als Karawanenwächter gearbeitet hatte, war jetzt Arlians Stellvertreter und Fahrer des Führungswagens, so dass er und Arlian Seite an Seite an der Spitze der Karawane saßen. Black hielt die Zügel, und Arlian beobachtete lediglich ihre Umgebung.

Die Obsidianwaffen befanden sich in den beiden Wagen an der Spitze der Kolonne. Arlian warf einen Blick über die Schulter, als der Wagen über die Straße holperte, und hoffte angesichts der Erschütterungen, dass die spröden Klingen nicht zerbrachen.

Black bemerkte seinen Blick und sagte: »Du willst sie doch nicht wirklich nach Arithei schicken, oder?«

»Nein«, erwiderte Arlian.

»Dann musst du sie nach unserer Rückkehr irgendwo verstecken, was die Verteilung und den Gebrauch erschweren dürfte.«

»Wir werden sie versteckt halten, bis wir sie brauchen«, bestätigte Arlian. »Wenn die Drachen kommen, werden wir sie verteilen.«

»Und was ist mit deinen Drachenherzfreunden? Wann willst du sie ermorden?«

Arlian sah Black erstaunt an.

Er hatte gerade daran gedacht und sich gefragt, was er tun sollte. Schließlich hatte sich keiner von ihnen freiwillig dazu entschlossen, Drachen auszutragen, und es wäre nicht gerecht, sie zu töten.

Aber es wäre auch unklug, die Geburt neuer Drachen zu erlauben.

Er hatte sich vorgestellt, jedes Drachenherz seine tausend Jahre leben zu lassen und dann jeden neuen Drachen bei der Geburt zu töten, aber wenn die Drachen-Gesellschaft zerbrach und ihre Mitglieder sich zerstreuten, würde es schwierig werden, sie aufzuspüren, wenn die Zeit kam. Es war vielleicht besser, sie alle zu töten, bevor sie sich zerstreuen konnten ...

Aber es wäre trotzdem nicht gerecht.

»Ich weiß es nicht«, gestand er. »Ich bin mir nicht sicher, ob ich sie überhaupt ermorden werde.«

»Das würde Lady Reif enttäuschen.«

»Ich bin sicher, dass sie eine derartige Enttäuschung überleben wird.«

»Ich hatte gestern den Eindruck, dass ihr beide fest entschlossen seid, die Drachen-Gesellschaft zu vernichten.«

»Nun, wir wollen nicht, dass sie neue Drachen ausbrüten«, sagte Arlian unbehaglich.

»Für Lady Reif schien es mehr zu bedeuten«, widersprach Black. »Sie nannte die Gesellschaft ein Krebsgeschwür im Herzen der Länder der Menschen.«

»Sie übertreibt.«

»Sie untertreibt vielmehr«, sagte Black. »Ari, die Drachen-Gesellschaft ist kein Krebsgeschwür – das Herz selbst ist es. Hast du je darüber nachgedacht, was die Gesellschaft kontrolliert?«

Arlian sah Black verwirrt an. »Nun, die Berater des Herzogs sind fast alle Drachenherzen ...«, meinte er unsicher.

»Davon abgesehen«, sagte Black. »Hast du dir je die anderen Lords näher angesehen? Du hast mir nicht all ihre Namen genannt, aber ich kann Vermutungen anstellen. Du hast Lord Voriam erwähnt, dem fast alle Ländereien und Mühlen von Norva bis Kariathi gehören, und da ist Lord Zaner, dem die Hälfte aller Handelsschiffe und Lagerhäuser in Lori gehören. Lady Flöte betreibt die Pumpen und Aquädukte, die Manfort mit Wasser versorgen, und ihr gehört der Großteil von Klarsee. Lady Reif selbst besitzt Salzminen, Gerbereien und Färbereien. Du handelst mit Magie, was von keiner großen Bedeutung ist, aber hast du dir je die Liste der Besitztümer angesehen, die du von Enziet geerbt hast? Als dein Haushofmeister bin ich sie mit Ferrezin durchgegangen. Du kontrollierst ungefähr zwei Drittel der Zinnminen in den westlichen Bergen und Tausende von Morgen Ackerland im Norden, und deine Bediensteten in Westwacht prägen die Silbermünzen, mit denen der Herzog seine Soldaten bezahlt, um nur ein paar der größten Besitztümer zu nennen.«

»Hmm«, machte Arlian. Er hatte daran noch nie gedacht und wusste nicht, worauf Black hinauswollte. »Aber selbst wenn uns all das gehört, was ist damit? Wir bestellen nicht selbst die Felder oder fördern diese Metalle; wenn wir sterben, werden die Geschäfte weitergehen.«

»Werden sie das? Die meisten von euch haben keine Erben, soweit mir bekannt ist – willst du, dass der Herzog alles erbt? Stell dir vor, dass dieser Mann nicht nur der Erblord von Manfort, sondern auch der Besitzer der meisten Unternehmen in den Ländern der Menschen ist. Oder was ist, wenn du niemanden tötest, die Gesellschaft aber in ein derartiges Zerwürfnis stürzt, dass ihre Mitglieder keine Geschäfte mehr miteinander machen? Was ist, wenn Lord Zaner dein Zinn und deine Gerste nicht mehr mit seinen Schiffen transportiert? Was ist, wenn die Männer des Herzogs dem Silber nicht mehr trauen, das du schickst? Oder, vielleicht am schlimmsten, was ist, wenn die Drachen tatsächlich kommen und du gegen sie kämpfst? Manfort könnte zerstört werden, und selbst du musst einräumen, dass dies den Ländern der Menschen das Herz herausschneiden würde.«

»Deshalb müssen die Drachen auch sterben«, erklärte Arlian. »Damit sie nicht zerstören können, was die Menschen aufgebaut haben.«

»Du bist also bereit zu riskieren, dass alles zerstört wird, was unsere Vorfahren geschaffen haben?«

»Ja, das bin ich«, bestätigte Arlian.

»Und was gibt dir das Recht, dies zu entscheiden?«

Arlian blinzelte und drehte sich wieder zur Seite, um Black anzusehen. »Das Recht?«, fragte er. »Es gibt kein ›Recht.‹ Ich habe die Fähigkeit, die Drachen zu vernichten – oder zumindest hoffe ich es – und ich habe mich entschlossen, es zu tun.«

»Und die Tausende von anderen Menschen, die davon betroffen sein werden, haben in dieser Sache nichts zu sagen?«

»Jeder kann für sich selbst entscheiden, was er tun will«, sagte Arlian. »Sie können sich mir anschließen, sich gegen mich stellen oder sich einfach verstecken, bis alles vorbei ist.«

»Aber du glaubst, sie können dir nicht sagen: ›Nein, lass es bleiben.‹«

»Nein, das können sie nicht. Dies sind keine besonderen Umstände. Die Entscheidungen des Herzogs betreffen jeden Tag andere Menschen; die Entscheidungen jedes Lords betreffen seine Bediensteten. Wir sind stets von der Gnade anderer abhängig.«

»Aber alle wissen, dass der Herzog über sie herrscht. Alle Bediensteten haben sich entschieden, für ihre Lords zu arbeiten. Die einzigen Menschen, die keine Wahl haben, sind Sklaven, und dennoch beabsichtigst du, den Bewohnern Manforts keine Wahl zu lassen.«

Arlian runzelte die Stirn. »Vergleichst du mich jetzt mit einem Sklavenhalter, um mich zu erzürnen, oder denkst du wirklich, dass ich diese fadenscheinige Argumentationsweise akzeptiere? Niemand entschließt sich, unter der Herrschaft der Drachen zu leben. Niemand hat den derzeitigen Herzog gewählt. Niemand kann Lord Zaner vorschreiben, mit welcher Fracht er seine Schiffe belädt, selbst wenn dies für alle Bewohner Lorigols den Unterschied zwischen Reichtum und Hunger bedeutet. Black, glaubst du wirklich, dass ich in diesem Stadium aufhören könnte und das Leben dann wieder so sein würde, wie es einmal war? Enziet ist tot, seine Geheimnisse sind bekannt, und ich bin ebenso ein Opfer der Umstände wie alle anderen. Lord Hardior ist ein Narr, wenn er denkt, dass mein Tod den früheren Zustand wiederherstellen wird.«

»Du könntest diese Waffen wegwerfen und den Drachen sagen, dass du ihre Geheimnisse bewahren wirst, wenn sie in ihren Höhlen bleiben. Du könntest in Tiefgraben bleiben und niemals wieder nach Manfort zurückkehren. Du könntest versuchen, die verfeindeten Gruppen in der Gesellschaft wieder miteinander zu versöhnen.«

»Es ist zu spät, um die Geheimnisse der Drachen zu bewahren.«

»Ist es das? Du hast die Lügen über dich gehört, die Stammel gesammelt hat; Klatsch und Tratsch breiten sich in der Stadt so schnell aus wie Pilze nach einem Regen und verschwinden auch so schnell wieder. In einem Jahr werden sich nur noch die Drachenherzen daran erinnern, wie Nagel starb.«

Arlian antwortete nicht sofort. Der Wagen rollte über die von Furchen durchzogene Straße, und die Ochsen trotteten unermüdlich weiter.

»Du kannst dir dessen nicht sicher sein«, sagte er schließlich. »Vielleicht ist es schon zu spät. Vielleicht haben die Drachen ihre Höhlen bereits verlassen – und sie verdienen alle den Tod.«

»Du wirst deine Rache also fortsetzen, selbst wenn sie Manfort zerstört und die Länder der Menschen verwüstet.«

»Das werde ich.«

Nun war Black an der Reihe, eine Pause einzulegen, bevor er antwortete, aber schließlich sagte er: »Du willst also zulassen, dass sich die Drachen-Gesellschaft selbst zerstört.«

»Ich glaube nicht, dass ich es verhindern kann.«

»Das wird Manfort das Herz herausreißen. Hast du irgendeinen Gedanken daran verschwendet, was es ersetzen wird?«

Arlian fuhr zusammen, als der Wagen über eine Bodenschwelle holperte. »Was?«

»Die Drachen-Gesellschaft mag eine Bande kaltherziger Bastarde sein, Ari, aber sie haben sechshundert Jahre lang für Frieden in Manfort gesorgt. Wenn du die Gesellschaft zerstörst oder sie sich selbst zerstört, wer wird dann über Manfort herrschen? Erwartest du im Ernst, dass der Herzog die Aufgabe bewältigen wird, für die er geboren wurde, wenn ihm weder Enziet noch Hardior als Ratgeber zur Verfügung stehen? Und wenn die Drachenherzen ohne Erben sterben und der Herzog hundertmal reicher ist als jetzt, hältst du das wirklich für eine gute Sache?«

»Erwartest du, dass ich einen richtigen Aufstand gegen ihn anzettle?«, fragte Arlian. »Er ist der Herzog von Manfort, der Kriegsherr der Länder der Menschen.«

»Er ist ein Idiot.«

»Nun ja, das stimmt. Aber er ist der Herzog. Ich bin sicher, dass er Ratgeber finden wird, wie er es bisher immer geschafft hat – nur werden es keine Drachenherzen sein.«

»Du würdest also Zauberer mit Drachenherzen und der Weisheit von Jahrhunderten durch gewöhnliche Menschen ersetzen.«

»Das würde ich tatsächlich«, bestätigte Arlian.

»Du hast eine höhere Meinung von meinen Landsleuten als ich.«

Arlian lächelte sardonisch. »Nein«, sagte er, »ich habe eine geringe Meinung von Zauberern mit Drachenherzen.«

Dann verschwand das Lächeln, und seine Miene wurde nachdenklich.

»Was würde die Drachen-Gesellschaft ersetzen?«, fragte er. »Sterbliche Männer und Frauen. Was sonst?«

Black sah ihn an, sagte aber nichts. Das Gespräch erstarb, und kein neues regte sich, um seinen Platz einzunehmen – Arlian war abgelenkt und dachte offenbar konzentriert über etwas nach.

Um genau zu sein, er fragte sich, was aus der Drachen-Gesellschaft werden würde – nicht der Organisation im Ganzen, sondern aus ihren einzelnen Mitgliedern. Sie konnten zu Drachen werden, wenn man erlaubte, dass ihr verseuchtes Blut heranreifte, oder zu Leichen, wenn dieses Blut vergossen wurde – aber gab es eine dritte Möglichkeit?

Black hatte gefragt, was die Drachen-Gesellschaft als Manforts Herz ersetzen würde. Sicher, Normalsterbliche konnten die Lücke füllen, und die Länder der Menschen würden fortbestehen. Konnte etwas Ähnliches auch auf persönlicher Ebene erreicht werden?

Er hatte sich früher schon gefragt, ob es vielleicht einen Weg gab, das Gift zu neutralisieren, das aus einem normalen Menschen ein Drachenherz machte. Er wusste, dass es mit Zauberei nicht möglich war. Konnte es die wilde Magie des Südens?

Konnte aritheische Magie ein Drachenherz durch ein menschliches ersetzen?

In dieser Nacht, in der Straße vor einem Gasthof in einem Dorf namens Altulme, sprach Arlian mit den Aritheiern, nachdem die Karawane ihr Lager aufgeschlagen hatte.

»Wenn ihr zurückkommt«, sagte er, »möchte ich, dass ihr bestimmte Dinge mitbringt.«

»Liebestränke?«, fragte Thirif lächelnd.

»Nein.« Arlian schüttelte den Kopf. »Ich meine keine Verkaufswaren. Nachdem ihr so viele Monate in Manfort verbracht habt, wisst ihr besser als ich, was den höchsten Gewinn erzielt, und ich vertraue darauf, dass Ihr klug investieren werdet. Doch es gibt zwei Angelegenheiten, um die ich mich kümmern muss und für die ich Magie brauche – sofern es überhaupt möglich ist.«

»Um was handelt es sich?«, fragte Isein.

»Erstens muss ich eine Methode entwickeln, einen Speer in das Herz eines Drachen zu treiben.«

Die Aritheier wechselten einen Blick.

»Ihr habt davon in Manfort gesprochen«, sagte Thirif. »Wir haben uns darüber unterhalten. Wir denken, dass es möglich ist, aber wir müssen vorher mit den Ältesten des Hauses Deri sprechen.«

Arlian nickte. »Gut«, sagte er. »Die andere Angelegenheit – ich denke, ich brauche einen Medikus.«

»Seid Ihr krank?«, fragte Isein besorgt.

»Nein, ich ... nun, vielleicht. Aber ich brauche einen Magier, der einem Menschen das Blut abnehmen, vielleicht sogar sein Herz anhalten kann, ohne dass er dabei stirbt. Wenn es irgendeinen Weg gibt, vergiftetes Blut durch gesundes zu ersetzen ...«

Einen langen Moment schwiegen die Magier; schließlich meldete sich Thirif zu Wort.

»Ich habe noch nie von etwas Derartigem gehört«, sagte er.

»Ist es unmöglich?«

»Ich weiß es nicht.«

»Findet es heraus«, sagte Arlian. »Bitte. Sprecht mit jedem in Arithei, der es wissen könnte – nicht nur mit dem Haus Deri, sondern mit allen elf Häusern, selbst dem Haus Slihar. Ich werde für diese Magie mit Silber und Amethysten oder was sonst gefordert wird bezahlen; es ist für mich wichtiger als alles andere.«

»Wir werden fragen«, versprach Isein.

Arlian nickte. »Gut«, sagte er. Dann fügte er hinzu: »Wenn ihr eine derartige Magie findet, bringt sie sofort zu mir, selbst wenn dies bedeutet, alles andere stehen und liegen zu lassen. Und bringt genug mit, dass es für viele Gelegenheiten reicht, wenn dies möglich ist.«

»Wie Ihr wünscht«, erklärte Isein und neigte den Kopf.

»Gut.« Arlian blickte zum Nachthimmel hinauf, wo Wolken die Sterne verbargen, und wandte sich dann dem Gasthof zu. »Dann lasst uns das Abendmahl einnehmen und dann ruhen, solange wir noch können.«

Er führte sie hinein.

Am Morgen fuhren sie unter einem bedeckten Himmel weiter und rollten durch einen ereignislosen Tag voll drückender Hitze.

12
In der Mine

Während die Karawane durch die staubige Hauptstraße von Tiefgraben zog, dämmerte Arlian überrascht, dass er den Ort noch nie zuvor gesehen hatte. Er hatte sieben Jahre in den Minen verbracht, aber nie einen Fuß in die Stadt gesetzt, die einen knappen Kilometer entfernt war.

Doch jetzt sah er ein Gewirr aus schmalen Straßen, gesäumt von Fachwerkhäusern, die zwischen den steilen Hängen eines Tales eingebettet waren. Es gab keinen offenen Markt, keinen Platz – aber natürlich einen Gasthof. Eine Stadt, die von dem Verkauf dessen lebte, was in den Minen gefördert wurde, konnte schwerlich auf eine Schänke verzichten, in der die Käufer absteigen konnten. Arlian lenkte die erschöpften Ochsen zu dem Gasthof, und als der Wagen vor der Tür knirschend zum Halt kam, stieg er ab. Sein Hemd klebte an seinem verschwitzten Rücken.

Er ließ seinen Hut im Wagen zurück und die Karawane auf der Straße warten, während er und Black ins Haus gingen. Er blieb an der Tür stehen und sah sich ungeduldig um, mit Black an seiner Seite, bis der Wirt geruhte, ihn zur Kenntnis zu nehmen.

»Kann ich Euch helfen, mein Lord?«, fragte der Besitzer und wischte Krümel von seiner Schürze.

»Ich suche nach einem alten Mann namens Lithuil, der in der Nähe eine Mine betreibt«, erwiderte Arlian.

Der Wirt blickte zu den Gästen im Schankraum hinüber und zuckte dann die Schultern. »Ich kenne ihn, aber er ist nicht hier.«

»Wo können wir ihn dann finden?«

»Er hat Büros in der Braunstraße – die zweite Straße links in dieser Richtung.« Er zeigte es ihnen.

»Vielen Dank.« Arlian wandte sich ab.

Fünfzehn Minuten später stand Arlian zum ersten Mal seit fast einem Jahrzehnt wieder dem alten Mann gegenüber – diesmal in einem staubigen Büro mit einem überfüllten Schreibtisch, nicht in einem Steinstollen. Einen Moment plagte ihn die irrationale Furcht, dass der alte Mann ihn erkennen und zurück in die Mine werfen würde, aber er verdrängte sie – wie sollte Lithuil auch in dem eleganten jungen Lord, der vor ihm stand, diesen elfjährigen zerlumpten Jungen wieder erkennen?

Arlian jedoch erkannte den alten Mann wieder, obwohl er jetzt noch älter war und an Gewicht verloren hatte. Er hatte dasselbe runzlige Gesicht und den langen Bart, doch die Falten waren tiefer geworden und er war nicht mehr so beeindruckend dick.

Entweder das, dachte Arlian, oder seine Erinnerung hatte den Wanst des alten Mannes übertrieben.

Damals hatte ihn dieser Mann in die Dunkelheit der Mine geschleppt und ihn dort zurückgelassen, damit er das Galeniterz aus den Stollenwänden brach und zum Schacht karrte.

Jetzt sagte derselbe alte Mann: »Es ist mir eine große Ehre, Euch kennen zu lernen, Lord Obsidian. Welch ein Glück, dass ich heute hier in der Stadt bin! Normalerweise wäre ich draußen bei der Mine gewesen, aber dringende Angelegenheiten ...«

»Ja, dessen bin ich mir sicher«, unterbrach Arlian. Er konnte es nicht ertragen, diese Stimme auf diese Weise säuseln zu hören, während er sich erinnerte, wie laut sie brüllen konnte. »Ich habe hier ebenfalls eine dringende Angelegenheit zu erledigen. Ich nehme an, du weißt, dass ich vier von den fünf Anteilen an deiner Mine besitze?«

»Ich habe gehört, dass ...«, begann Lithuil.

Arlian schnitt ihm das Wort ab. »Das bedeutet, dass du für mich arbeitest«, sagte er. »Ich habe Anweisung gegeben, Amethyste zu sammeln, Steine wie dieser hier.« Er zeigte den silbernen Anhänger mit dem größten der Steine, die er vor langer Zeit von dem armen Hathet bekommen hatte. »Hast du sie bereit?«

Lithuil breitete die leeren Hände aus. »Oh, nun ja, mein Lord, wir hatten keinen Preis für die Steine festgesetzt, und die Minenarbeiter berichten, dass sie noch nicht das Glück hatten, welche zu finden ...« Er zuckte die Schultern und lächelte entschuldigend.

Arlian starrte ihn einen Moment an.

»War meine Botschaft nicht klar genug?«, fauchte er.

Lithuils Lächeln verblasste. »Ich verstehe nicht ...«

»Ich sagte, ich brauche sie, und ihr solltet sofort anfangen, sie abzubauen«, sagte Arlian verärgert. »Willst du mir etwa weismachen, dass ihr keinen einzigen gefunden habt?«

»Mein Lord, bevor ich Eure Botschaft erhielt, hatte ich von diesen Steinen noch nicht einmal gehört«, verteidigte sich Lithuil. »Ich hatte keine Ahnung, dass diese purpurnen Kristalle im Erz zu finden sind. Ich tat, wie mir befohlen, und wies die Minenarbeiter an, nach ihnen Ausschau zu halten und sie zusammen mit dem Erz nach oben zu schicken, aber bis jetzt sind noch keine abgeliefert worden.«

»Und was hast du den Minenarbeitern im Gegenzug angeboten?«

Lithuil blinzelte. »Angeboten? Mein Lord, es sind Sklaven – ich wies sie an, die Purpursteine heraufzuschicken.«

Arlian starrte ihn einen Moment an und dachte an seine eigenen Jahre in den Stollen. Keiner der Minenarbeiter hätte irgendetwas getan, um seinem Herrn zu gefallen, nur weil er die Anweisung bekommen hatte – oder fast keiner, und jene, die es versuchten, hätte man daran erinnert, wie töricht ihr Verhalten war. Wenn jemand ein paar Amethyste zu dem Erz im Grubenschacht gegeben hätte, hätte einer der anderen zweifellos dafür gesorgt, dass die Steine es nicht nach oben schafften.

Und der törichte Missetäter wäre bestraft worden.

»Hat es mehr Tote als gewöhnlich gegeben, seit du ihnen befohlen hast, die Steine zu sammeln?«, fragte er.

Lithuil legte den Kopf zur Seite. »Mehr als gewöhnlich? Eigentlich nicht. Es hat natürlich Todesfälle gegeben. Zwei Männer wurden bei Auseinandersetzungen getötet. Warum? Sind diese Steine etwa Unheilsbringer?«

Arlian schüttelte den Kopf. »Nein«, erwiderte er. »Ganz im Gegenteil. Sie können den Träger vor bestimmten Formen der Magie schützen.«

»Warum habt Ihr ...«

»Wir werden zu der Mine gehen«, unterbrach Arlian ihn

erneut; er stellte fest, dass er sehr wenig Geduld mit diesem unangenehmen alten Mann hatte. »Ich will mit deinen Sklaven sprechen.«

Er hatte sogar weit mehr vor, als nur mit ihnen zu sprechen.

»Es ist spät, mein Lord, und bis zum Abendbrot bleibt wenig Zeit«, protestierte Lithuil. »Lasst uns heute Nacht die Bücher durchgehen, damit Ihr sehen könnt, wie die Dinge stehen, und bis morgen warten, um ...«

»Wir werden jetzt zu der Mine gehen«, sagte Arlian, nicht laut, aber in einem Tonfall, der keinen Widerspruch duldete.

Lithuil sah in Arlians Gesicht und sagte nichts mehr.

Ungefähr eine halbe Stunde später erreichten Arlian, Lithuil, Black und vier sorgfältig ausgewählte Karawanenwächter den Eingang zur Mine. Arlian starrte die schwere Holztür in der dunklen Öffnung an und erinnerte sich an das letzte Mal, als er sie gesehen hatte.

Er war nach sieben Jahren in der Dunkelheit hinaus ins Sonnenlicht getreten, mit einem Beutel voller Amethyste in seinem Besitz, nachdem ihm ein Brüderpaar namens Enir und Linnas die Freiheit geschenkt hatte, weil er Enir das Leben gerettet hatte.

Enir, auch als Bluthand bekannt, war einer der Minenaufseher gewesen; Linnas ein Wächter.

Lithuil öffnete die Tür und trat zur Seite, damit Lord Obsidian passieren konnte; Arlian zögerte und dachte einen Moment, dass der alte Mann hinter ihm die Tür zuschlagen würde, sobald er im Innern war – aber Black und die Wächter würden dafür sorgen, dass ihm kein Leid geschah. Er war kein halb verhungerter Junge mehr; er war Lord Obsidian. Er trat ein.

Lithuil folgte, dann kamen Black und die Wächter.

Der Steingang war von Fackeln erhellt, die in großen Abständen an den Wänden befestigt waren und Licht spendeten, die Luft aber auch mit Rauch erfüllten. Doch trotz der Fackeln war es im Innern kühler als draußen in der brütenden Sommerhitze.

Arlian erinnerte sich, dass tiefer im Stollen Öllampen die Fackeln ersetzten, und die Fackeln und Lampen wurden vor jedem Schichtwechsel angezündet, damit sich die Wachen, Aufseher und Erzträger orientieren konnten, aber hauptsächlich weil die Maultiere, die die Erzloren zogen, die Dunkelheit nicht mochten. Die Wachen zündeten die Fackeln und Lampen an, während sie vor den leeren Loren durch den Stollen gingen, und ersetzten alle Fackeln oder Dochte, die zu weit heruntergebrannt waren, und füllten die leeren Lampen mit Öl.

Ein Schichtwechsel musste soeben stattfinden, wie damals vor langer Zeit, als man ihn zum Grubenschacht geschleppt hatte.

»Wie viele Männer arbeiten hier für dich?«, fragte er Lithuil, während die Gruppe durch den Stollen marschierte.

»Wir haben zwei Aufseher, zwei Wächter und sechs Fuhrmänner«, erwiderte der alte Mann.

Natürlich erwähnte er die Sklaven nicht. »Sehr effizient«, lobte Arlian. »Du vertraust diesen Männern?«

»Durchaus.«

»Arbeiten die derzeitigen Aufseher schon lange hier?«

Erstaunt sah ihn der alte Mann an. »Warum fragt Ihr?«

Arlian zuckte die Schultern. »Aus schlichter Neugierde. Mich interessiert, wie andere Menschen ihr Leben führen, und eine Arbeit wie diese, den ganzen Tag zusammen mit Sklaven in der Dunkelheit ... nun, ich frage mich, ob die Männer es ihr ganzes Leben lang tun oder ob sie es nach einiger Zeit nicht mehr ertragen können.«

Er würde ihm nicht verraten, dass er wissen wollte, ob Lampenlöscher, der Sadist, der ihm das Leben als Sklave noch schwerer gemacht hatte, als es ohnehin schon gewesen war, noch immer hier arbeitete, damit er Rache an ihm nehmen konnte.

»Es kann beides passieren, mein Lord«, sagte der alte Mann. »Wir hatten Männer, die ihr ganzes Leben als Aufseher verbrachten, und andere, die nach kurzer Zeit gingen.«

»Und das derzeitige Paar? Arbeiten die beiden schon lange hier?«

Er wusste, dass Bluthand vor etwa zehn Jahren seine Arbeit in der Mine aufgenommen hatte und Lampenlöscher vor sechs – aber er wusste nicht, ob sie noch immer hier waren.

Und er konnte nicht namentlich nach ihnen fragen; Bluthand und Lampenlöscher waren die Namen gewesen, die die Sklaven ihnen gegeben hatten, und Lithuil kannte sie wahrscheinlich nicht. Arlian wusste, dass Bluthands richtiger Name Enir war, doch er hatte keine Ahnung, wie Lampenlöscher außerhalb der Mine genannt wurde.

Lithuil schnitt eine Grimasse. »Nein«, erklärte er. »Wir hatten vor einem Jahr einen unglücklichen Zwischenfall – einer der Aufseher wurde von den Sklaven ermordet, und der andere ging, so dass wir neue Männer dingen mussten.

Einer der Neuen kam mit der Arbeit nicht zurecht, und so ... nun, einer unserer Aufseher ist seit etwa einem Jahr hier und der andere seit sieben oder acht Monaten.«

Arlian hatte Mühe, ein ausdrucksloses Gesicht zu machen. »Ermordet?«, wiederholte er.

Lithuil zuckte die Schultern. »Offenbar. Wir wissen es nicht genau.«

»Was ist passiert?«

»Der andere Aufseher, ein Mann namens Enir, trat seine Schicht an, und der tote stieg nicht aus der Mine herauf, als die Zeit kam.« Arlian unterdrückte einen erleichterten Seufzer – Bluthand hatte also überlebt. »Enir ging hinunter, um nachzusehen, was passiert war, und fand Klorikors Leichnam. Die Sklaven versuchten ihm weiszumachen, dass es ein Unfall gewesen war, aber Enir sagte, dass Klorikor geschlagen und dann mit seiner eigenen Peitsche stranguliert worden war.«

»Unerfreulich«, sagte Arlian – aber er konnte sich des Gedankens nicht erwehren, dass Lampenlöscher es verdient hatte.

Das setzte natürlich voraus, dass es tatsächlich Lampenlöscher gewesen war, der den Tod gefunden hatte. »Wie lange hatte der tote Mann hier gearbeitet?«, fragte er.

»Oh, fünf oder sechs Jahre, denke ich.«

Es war Lampenlöscher. »Und was ist aus den Sklaven geworden, die für seinen Tod verantwortlich waren?«, hakte Arlian nach.

Lithuil antwortete nicht sofort, und als Arlian ihn ansah, überlief ihn ein Frösteln. Waren alle Sklaven aus Rache getötet worden?

»Wir konnten nicht feststellen, welche Männer verantwortlich waren«, erklärte der alte Mann schließlich. »Enir kam wieder hoch, und wir ließen sie ohne Aufsicht und Essen und sagten ihnen, dass sie erst dann wieder Nahrung oder Wasser bekommen würden, wenn sie die Verantwortlichen für Klorikors Tod auslieferten. Aber sie gaben nicht zu, dass sein Tod etwas anderes als ein Unfall gewesen war, und wir konnten es uns nicht leisten, sie alle zu töten, und so gaben wir nach ein paar Tagen nach. Daraufhin verließ uns Enir, weil er dort unten nicht länger sein Leben riskieren wollte.«

»Aber du fandest neue Aufseher?«

Lithuil nickte. »Wir haben ihnen nicht erzählt, was mit Klorikor geschah.«

Arlian vermutete, dass die neuen Aufseher es inzwischen herausgefunden hatten. Die Minenarbeiter hatten es ihnen sicherlich erzählt. Das mochte erklären, warum der eine Aufseher nicht mit »der Arbeit zurechtgekommen« war.

Black räusperte sich. »Verzeihung«, warf er ein. »Du sagst, Enir hat die Verletzungen beschrieben, die Klorikor aufwies. Hat niemand sonst den Leichnam gesehen? Hast du ihn gesehen?«

»Äh ...« Lithuil warf Arlian einen unbehaglichen Blick zu.

»Nun rede schon, Mann«, drängte Arlian. »Sicherlich glaubst du nicht, dass du Geheimnisse vor mir bewahren kannst?« Er sah Lithuil durchdringend in die Augen.

»Nun, kurz nach dem Auffinden der Leiche verschwand Enir überstürzt«, erklärte Lithuil. »Er hat sie nicht mit hochgebracht. Er hat sie dort unten gelassen. Und dann – nun, wie ich schon sagte, wir entschlossen uns, den Sklaven nichts zu essen zu geben.«

Arlian machte einen Fehltritt und rutschte auf dem glatten Stein des Bodens aus. Er erinnerte sich, wie es dort unten war, wie sie alle ständig hungrig, alle leicht unterernährt gewesen waren. Eine einzige Mahlzeit zu verpassen konnte quälend sein.

Er wusste, was aus Lampenlöschers Leiche geworden war.

»Sie haben ihn gegessen«, sagte Black.

Lithuil nickte unglücklich. Einer der Wächter würgte.

»Sehr unerfreulich«, sagte Arlian mild, obwohl es ihn in Wirklichkeit nicht verwunderte. Er fragte sich, ob er etwas davon gegessen hätte, wäre er noch immer in der Mine gewesen, oder ob er es vorgezogen hätte zu hungern.

»Wir wussten nicht, dass sie so ausgehungert waren«, verteidigte sich Lithuil. »Wir konnten es uns nicht vorstellen!«

Arlian antwortete nicht darauf, und es wurde ohnehin schwieriger, sich zu unterhalten, denn vor ihnen im Stollen erschienen die ersten Erzloren. Das Klappern der Geschirre und das Knarren der schwer beladenen Karren hallten von den Steinwänden wider.

Die sechs Männer traten an die Seite des Stollens, um die Loren passieren zu lassen. Die Fahrer sahen sie überrascht an, sagten aber nichts.

Ein paar Minuten später erreichten sie den Deckel des Grubenschachts, wo ein massives Holz- und Metallgerüst mit Seilen und Flaschenzügen stand, mit dem das Erz tonnenweise aus der Tiefe gehievt wurde. Ein einzelner Wächter in einer Lederrüstung lehnte an einem der Stützbalken; er trat bei der Ankunft dieser unerwarteten Besuchergruppe zur Seite. Er erkannte Lithuil und stellte die Anwesenheit der Fremden nicht in Frage; seine Aufgabe war es, dafür zu sorgen, dass die Sklaven unten blieben, wo sie hingehörten, und nicht, sich mit Gästen anzulegen, die sein Herr in die Mine führte.

Arlian atmete ein; die Luft hier unten war kühl und unbewegt und roch nach Staub und Stein. Es wäre angenehm und erfrischend gewesen, eine willkommene Abwechslung nach der Hitze, die draußen herrschte, hätte er nicht gewusst, was am Grund des Grubenschachts lag. Dies war das Ende der Welt der freien Männer, dachte Arlian, als er an den Balken und Seilen vorbei ins flackernde Licht der Öllampen blickte, die am Grund brannten. Dort unten, in fünf Metern Tiefe, lag die Welt der Minensklaven.

Und wenn das Erz gerade abtransportiert worden war, dann verzehrten die Sklaven jetzt das Essen, das sie im Tausch erhalten hatten. Die meisten von ihnen, vielleicht alle, würden noch in der Nähe sein.

Arlian trat an den Rand und rief: »Ihr Minenarbeiter! Hört mir zu!«

»Mein Lord!«, protestierte ein schockierter Lithuil.

Von unten schrie eine andere Stimme: »Wer zum Teufel ist das?«

»Ich bin Lord Obsidian«, rief Arlian, Lithuil ignorierend. »Mir gehören die meisten Anteile an dieser Mine, und ich möchte, dass ihr alle euch meinen Vorschlag anhört.«

»Mein Lord, das ist ...«

»Halt den Mund«, befahl Arlian Lithuil, ohne ihn anzusehen. »Black, sorg dafür, dass er still ist. Schneide ihm notfalls die Kehle durch.«

Arlian hörte das Schaben von Stahl an Leder, und Lithuil gab keine weiteren Widerworte von sich. Ein Blick verriet ihm, dass die Karawanenwächter den Minenwächter ebenfalls eingeschüchtert hatten – einer der Karawanenwächter, ein Mann namens Stecher, an dessen Seite Arlian vor zwei Jahren in der Ödnis gekämpft hatte, hielt dem Minenwächter eine Klinge an die Kehle.

»Männer«, schrie Arlian, »ihr habt vor einem Monat gehört, dass ihr purpurne Steine namens Amethyste sammeln und sie mit dem Erz nach oben schicken sollt. Ihr habt nicht einen abgeliefert. Ich kann es euch nicht vorwerfen – was hat man euch im Tausch angeboten?«

»Nichts!«, rief ein Minenarbeiter zurück, der mutiger als die anderen war.

»Genau. Aber diese Steine sind für mich sehr wertvoll, und ich werde euch etwas Wertvolles im Tausch dafür anbieten. Ich weiß, dass alle Menschen gleich sind, und ich nehme an, ihr habt alle die Amethyste gesammelt und sie nur nicht abgeliefert. Das ist in Ordnung – aber wenn ihr sie jetzt abliefert und wenn ihr insgesamt einhundert geeignete Steine abliefert, von denen jeder groß genug für meine Zwecke ist, dann werde ich euch allen die Freiheit schenken.«

Als die Echos dieser Ansprache verklangen, herrschte einen Moment betäubtes Schweigen; dann protestierte Lithuil: »Ihr könnt das nicht tun!«

Arlian fuhr herum, die Hand am Griff seines Schwertes.

»Doch«, sagte er, »ich kann.«

»Aber sie sind nicht Eure Sklaven, mein Lord! Sie gehören mir!«

»Ich werde für sie bezahlen«, versprach Arlian mit einem humorlosen, verkniffenen Lächeln. Dies war seine Rache an dem alten Mann. Dann wandte er sich wieder der Grube zu und rief: »Noch etwas – wenn einer von euch stirbt, bevor die vollen hundert abgeliefert worden sind, steigt die Gesamtzahl auf hundertzehn! Für jeden weiteren Toten kommen zehn hinzu! Wenn ihr euch gegenseitig bestehlt, solltet ihr besser dafür sorgen, dass euer Opfer überlebt – und es wird euch keinen Vorteil bringen; außer mir will niemand diese Steine haben, und ich werde euch nur mit eurer Freiheit bezahlen. Mir ist es gleich, wer wie viele gefunden hat – entweder kommen alle von euch frei oder keiner. Je früher ihr die hundert findet, desto früher könnt ihr von hier verschwinden! Nun, wie viele habt ihr?«

Von unten drang Gemurmel, aber keine klare Antwort.

»In Ordnung, ihr wollt es also nicht sagen«, fuhr Arlian fort. »Ich werde am Ende der Schicht mit einem Eimer wiederkommen, und ihr könnt die Amethyste in den Eimer geben, damit wir sehen können, wie viele wir haben.«

Der Gedanke an einen einzelnen Eimer zauberte ein trockenes, unbehagliches Lächeln auf sein Gesicht; normalerweise füllten die Minenarbeiter zweimal am Tag einen riesigen Erztrichter, aber für ihn würde der Inhalt dieses einen gewöhnlichen Eimers viel mehr wert sein als ein Dutzend Einfülltrichter.

Dann wandte er sich ab und bemerkte, dass er zitterte. Die Rückkehr an diesen Ort flößte ihm keine Furcht im üblichen Sinn ein, verschaffte ihm aber das Gefühl, als würde seine Identität zwischen Arlian dem Minensklaven und Lord Obsidian dem Minenbesitzer hin- und herpendeln.

»Wir gehen jetzt«, sagte er zu den anderen und wies in den Stollen.

Lithuil wollte erneut protestieren, überlegte es sich dann aber anders und schloss den Mund, bevor auch nur ein Wort über seine Lippen gedrungen war. Der Minenwächter zögerte.

»Du bleibst hier«, befahl Black ihm.

Er blieb, und die sechs anderen Männer trotteten den Gang hinauf zur Oberfläche.

13
Eine Täuschung wird aufgedeckt

Arlian und seine Begleiter nahmen im Gasthof in Tiefgraben ein spätes Abendmahl ein. Lithuil hatte ihnen nicht angeboten, sie in seinem Haus zu bewirten, wie man es normalerweise hätte erwarten können, und Arlian verlangte es nicht; er wusste, dass sein Verhalten gegenüber dem alten Mann in der Mine, so befriedigend es auch gewesen war, gegen die Etikette verstoßen hatte. Ein Lord, der einen Untergebenen mit dem Schwert bedroht und sich willkürlich das Recht herausgenommen hatte, die Sklaven des Untergebenen zu befreien, hatte fraglos jeden Anspruch auf die übliche Gastfreundschaft verloren.

Dies störte Arlian nicht im Geringsten; er hatte genug von Lithuil und zog es vor, mit seinen eigenen Leuten zu speisen.

Die vier aritheischen Magier, Thirif, Shibiel, Qulu und Isein, saßen zusammen an einem Tisch und schwatzten in ihrer eigenen Sprache. Die Wächter drängten sich an drei anderen Tischen, während Black, Arlian und Blitzhand an einem kleinen in der hinteren Ecke aßen.

Als Lord und Herr hätte sich Arlian sein Mahl auf ein Zimmer bringen lassen können, aber er zog es vor, zusammen mit den anderen im Schankraum zu essen. Allerdings erlaubte er es sich, Schweinegeschnetzeltes zu bestellen, während die anderen sich mit der fettigen Wurst begnügten, die auf dem Speisezettel des Gasthofs stand.

Während er ein Stück Schweinefleisch aufspießte und es zum Mund führte, erinnerte er sich an das Gespräch in der Mine und an das Schicksal Lampenlöschers; das Fleisch wirkte plötzlich viel weniger appetitlich.

Er schob es trotzdem in den Mund, kaute pflichtgemäß und sah sich dann zur Ablenkung in dem Raum um. Sein Blick fiel auf die Tische mit den fröhlichen, redseligen Gästen. Er fragte Blitzhand: »Wie sind die Männer, die wir gedungen haben? Sind sie tüchtig?«

Blitzhand sah über seine Schulter zu den anderen und zuckte dann die Achseln. »Sie sind gut genug«, erklärte er. »Sie halten Euch für verrückt, weil Ihr so viele Wächter für nur acht Wagen gedungen habt.«

»Das bin ich wahrscheinlich auch«, sagte Arlian automatisch.

»Du hast früher schon mit diesen Männern gearbeitet?«, fragte Black.

»Nicht mit allen«, erwiderte Blitzhand. »Zwanzig sind eine große Gruppe. Wir haben vier oder fünf, denen ich vorher noch nie begegnet bin.«

»Was meinst du? Werden sie kämpfen oder fliehen?« Black trank Bier, nachdem er seine Frage gestellt hatte, behielt aber Blitzhands Gesicht im Auge.

»Oh, die meisten von ihnen werden kämpfen«, versicherte Blitzhand und hob seinen eigenen Krug. »Bei einem bin ich mir nicht sicher – er gehört zu der Sorte mit etwas zu viel Einbildungskraft. Vielleicht denkt er zu oft darüber nach, wie weh es tut, ein Schwert im Bauch zu haben, und entschließt sich, es nicht zu riskieren.« Er nippte an seinem Bier und schnitt eine Grimasse. »Ich schätze, es ist verwässert.«

»Wahrscheinlich«, stimmte Arlian zu. »Dieser Wächter, von dem du glaubst, dass er fliehen wird – wie kommst du darauf, dass er zu viel Einbildungskraft hat?«

»Oh, weil er dauernd Fragen stellt, mein Lord. Das ist ein sicheres Zeichen dafür, dass jemand mehr nachdenkt als die meisten. Und die Fragen, die er stellt, sind praktisch diejenigen, die auch Black und mich beschäftigen.«

»Wirklich? Was für Fragen stellt er denn?«

»Nun, jede Menge Fragen darüber, wohin wir reisen – ob wir wirklich den weiten Weg nach Arithei zurücklegen wollen. Ob wir unterwegs Halt machen. Ob es Drachen in Arithei gibt. Er fragt nicht nach Banditen oder ähnlichen Dingen – nachdem Black und ich die Männer eingestellt hatten, habe ich ihnen erklärt, dass wir vielleicht südliche Magie kaufen werden, aber danach hat er nicht gefragt. Er fragte speziell nach den Drachen.«

»Wie es scheint, denken die Leute bei Euch an Drachen, mein Lord«, bemerkte Black, wieder die formelle Anrede benutzend, da sie in der Öffentlichkeit waren.

»Mmm.« Arlian aß einen weiteren Bissen Fleisch.

»Ich weiß nicht, was mit den anderen ist, Lord Ari, aber dieser Bursche denkt bei Euch gewiss an Drachen! Oder vielleicht ist er nur von ihnen besessen. Er fragte sogar, ob es hier in den Minen von Tiefgraben schlafende Drachen gibt.«

Arlian blinzelte und legte sein Messer beiseite. Irgendetwas Seltsames ging hier vor – diese Frage fühlte sich irgendwie falsch an. Warum sollte jemand denken, dass es in Tiefgraben Drachen gab? Oh, während seiner Zeit in der Mine hatte Arlian manchmal befürchtet, dass er und die anderen Minenarbeiter in eine der Höhlen durchstoßen würden, in denen die Drachen schliefen, aber in Wirklichkeit gab es nicht den geringsten Hinweis darauf, dass es in dieser Gegend derartige Höhlen gab.

Und warum sollte ein Karawanenwächter danach fragen? Weder Minenarbeiter noch Drachen gingen ihn irgendetwas an.

Was das betraf, warum sollte irgendjemand ein derart ungesundes Interesse an Drachen zeigen? Normale Menschen vermieden es, von ihnen zu sprechen, da man glaubte, dass zu viele Worte über sie wenn nicht die Drachen selbst, so doch zumindest geringere Formen des Unheils heraufbeschwörten.

»Wer ist dieser Mann?«, fragte Arlian.

»Er nennt sich selbst Pfahl«, sagte Blitzhand und deutete auf einen der Wächter zwei Tische weiter.

Black schnaubte. »Pfahl? Ich schätze, das soll die Frauen beeindrucken, aber mir drängt sich die Frage auf, ob er sich damit nicht auf seine Geisteskraft bezieht.«

»Wenigstens nennt er sich nicht Drache«, sagte Arlian. »Damit scheint er sich am meisten zu beschäftigen.«

»Das und Zauberei«, stimmte Blitzhand zu. »Ich habe ihm zu erklären versucht, dass südliche Magie keine Zauberei ist, aber er schien es nicht zu verstehen oder es kümmerte ihn nicht, und er wollte nichts über die Grenzlande oder die Träumenden Berge hören. Er interessierte sich nur dafür, ob dort Drachen leben. Ich wollte alles hören, was die Aritheier uns über die Route erzählen konnten, doch Pfahl war überhaupt nicht neugierig. Er scheint sich für die sonderbarsten Dinge zu interessieren! Er fragte, wie alt Ihr wirklich seid, mein Lord, als würde das eine Rolle spielen – und als könnte er es nicht genauso gut sehen wie ich.«

Arlian starrte Blitzhand einen Moment an, während in ihm ein Verdacht entstand. Diese seltsamen Fragen ergaben allmählich ein Muster. Er sah sich wieder zu Pfahl um. »Wer von ihnen ist es?«, fragte er.

»Der dort«, sagte Blitzhand. »Im blauen Wams.«

Arlian musterte Pfahl und stellte fest, dass er den Mann in der Tat nicht kannte.

»Ich will mit ihm reden«, sagte Arlian. »Bring ihn nach dem Essen in meinen Wagen.«

»Wie Ihr wünscht«, sagte Blitzhand.

Black blieb stumm, sah aber Arlian mit hochgezogener Braue an.

»Ich befürchte«, sagte Arlian leise, »dass dieser Pfahl womöglich außer mir noch einen anderen Herrn hat.«

»Eine interessante Möglichkeit«, meinte Black.

Nach dem Essen kehrte Arlian zu seinem Wagen zurück – aber er blieb in der Tür des Gasthofs stehen und beobachtete, wie Blitzhand mit Pfahl sprach.

Dann wandte er sich ab und trat auf die Straße.

Im Innern des Gasthofs war es heiß und feucht und leicht verräuchert gewesen, und Arlian hatte erwartet, in der Nachtluft Abkühlung zu finden, doch er stellte fest, dass es draußen trotz der späten Stunde ebenfalls noch immer heiß und schwül war. Die Sonne war längst untergegangen, aber weder der Mond noch die Sterne waren sichtbar – der Himmel war dicht bewölkt.

Kein schönes Wetter, dachte Arlian, als er zu der wartenden Karawane schlenderte. Heiß und drückend ...

Drachenwetter.

Er blieb stehen und blickte hinauf zum Himmel.

Vielleicht hätte er es ohnehin gedacht, sagte er sich, oder vielleicht hatten ihn Pfahls Fragen über die Drachen daran erinnert, aber ja, dies war Drachenwetter.

Er drehte sich um und blickte zum Gasthof zurück; Männer kamen heraus, aber in der Dunkelheit konnte er sie nicht erkennen. Er stieg auf den Fahrersitz des Führungswagens und wartete im Dunkeln, ohne die Laterne anzuzünden, die neben seinem Kopf hing.

Er blickte ins Innere des Wagens, wo die Speere und Klingen lagerten. Bei diesem Wetter würde er sie vielleicht bald brauchen, dachte er – und sie waren alle hier, aber vielleicht wurden sie in Manfort benötigt.

Von der Straße drang Lärm; er drehte sich wieder um und sah Männer miteinander kämpfen. Ein Mann hielt einen anderen fest und versuchte ihn an der Flucht zu hindern; andere standen in der Nähe und sahen zu. Das Licht drang von dem Gasthof hinter ihnen, so dass er nur schwarze Umrisse erkennen konnte; dennoch glaubte er, dass es sich bei dem einen Mann um Blitzhand handelte, was bedeutete, dass der andere wahrscheinlich Pfahl war. Er konnte Scharren und Knurren hören. Jemand rief: »Helft mir!«

Arlian bückte sich und zog sein Schwert unter dem Sitz hervor. Er legte die Scheide quer über seinen Schoß und lockerte die Klinge.

Drei Männer hielten jetzt den einen fest und zerrten ihn mit sich.

Arlian fand Zunder und Feuerstein und zündete die Laterne an, als sich die Männer näherten. Dann stand er auf und rief: »Pfahl, ich werde dir nichts zu Leide tun. Komm her und rede mit mir.«

Der Gefangene blickte auf, und sein Widerstand ließ nach. Er legte den Rest des Weges freiwillig zurück, ohne dass die anderen ihn ziehen mussten, und blieb neben dem Wagen stehen. Arlian konnte endlich sein Gesicht im Licht der Laterne sehen und erkannte, dass es sich bei ihm tatsächlich um Pfahl handelte, der von Blitzhand, Stecher und zwei Wächtern festgehalten wurde, deren Namen Arlian nicht kannte.

»Steig hier herauf«, befahl Arlian und rutschte zur Seite, um Platz zu machen. Er behielt das Schwert auf seinem Schoß, die Hand am Knauf.

Widerwillig gehorchte Pfahl.

»Danke, Blitzhand«, rief Arlian. »Du kannst gehen.«

Blitzhand warf Pfahl einen zweifelnden Blick zu. »Seid Ihr sicher, Lord Ari?«

»Ich bin mir sicher«, bestätigte Arlian und hob das Schwert ein Stück.

Die Wächter gingen und ließen Arlian und Pfahl allein. Arlian sah Pfahl nachdenklich an. Er war ein mittelgroßer Mann, der eigentlich zu alt war, um als Karawanenwächter zu arbeiten.

Aber schließlich war er in Wirklichkeit nicht als Wächter hier.

»Weißt du«, sagte Arlian, »hättest du dich nicht geweigert, hierher zu kommen, hättest du mich vielleicht überzeugt, dass deine sonderbaren Fragen nur harmloser Neugier entsprangen. Doch jetzt, fürchte ich, ist es zu spät dafür.«

»Welche Fragen?«, stieß Pfahl hervor.

»Deine Fragen über Drachen und Zauberei und mein Alter«, erklärte Arlian. »Ich nehme an, jemand hat dich geschickt, mich zu begleiten, um etwas über die magische Verwendung von Drachengift zu erfahren.«

»Niemand hat mich geschickt«, behauptete Pfahl trotzig.

Arlians rechte Hand blieb am Schwertknauf, aber seine linke Hand schoss vor und packte Pfahl an der Kehle. Er schmetterte den Kopf des Mannes gegen den Wagen.

»Ich habe dir gesagt, dass es zu spät dafür ist«, knurrte Arlian. »Ich bin heute nicht in einer gnädigen Stimmung – meine Fahrt zur Mine war aufwühlend, und ich mag dieses Wetter nicht, so dass die Entdeckung deiner Täuschung, die ich großzügigerweise nicht Verrat nennen will, mich überaus erzürnt hat. Lüg mich nicht noch einmal an.«

Er löste den Griff um Pfahls Kehle.

»Ich habe nicht gelogen!«, protestierte Pfahl, als er wieder atmen konnte. »Nicht wirklich.« Er rieb sich den Hals und sah Arlian zerknirscht an.

»Du behauptest, dass niemand dich geschickt hat – warum bist du dann hier? Erzähl mir nicht, dass es dir nur um ehrliche Karawanenarbeit ging.«

»Nein«, sagte Pfahl, während er sich weiter den Hals rieb. »Ihr hattet Recht, dass ich herausfinden wollte, woher Ihr Euer Drachengift habt und wie man es benutzt.«

»Und warum bist du an Drachengift interessiert? Es ist hochgiftig, wie du weißt.«

»Lady Opal erklärte mir, dass Ihr es benutzt, um Euch zu verjüngen.«

»Lady Opal hat dich geschickt?«

»Nicht direkt. Sie wird mir Geld geben, wenn ich eine Probe zurückbringe oder herausfinde, woher Ihr es habt, aber sie hat mich nicht geschickt. Ich habe mich freiwillig dazu entschlossen.«

»Lady Opal.« Arlian entspannte sich ein wenig.

»Ja, Lady Opal«, bestätigte Pfahl. »Sie hatte Horn schicken wollen, aber da Ihr ihn erkannt hättet, schlug er mich vor.«

Dies war bei weitem nicht die schlechte Neuigkeit, die Arlian erwartet hatte. Er hatte befürchtet, dass Pfahl ein gedungener Attentäter aus Lord Hardiors Gefolge war, der warten wollte, bis er wusste, wo die Drachen zu finden waren, bevor er zuschlug, oder dass er vielleicht für den Herzog spionierte als Teil irgendeiner Hofintrige. Er hatte geglaubt, dass Lady Pulzera vielleicht Pfahl geschickt hatte, um mit den Drachen zu verhandeln, und er Arlian benutzte, um sie aufzuspüren, oder dass irgendeine andere Gruppe in der Drachen-Gesellschaft ihn aus irgendeinem esoterischen Grund gedungen hatte.

Arlian war sogar der Gedanke gekommen, dass jemand aus seinem eigenen Haushalt ihn verraten und diesen Spion in sein Gefolge geschmuggelt hatte.

Er hatte sogar die Möglichkeit bedacht, dass die Drachen selbst diesen Mann geschickt hatten.

Alles in allem war Lady Opal vielleicht die am wenigsten

beunruhigende Erklärung, die Sinn machte – obwohl es natürlich sein konnte, dass sie mit Pulzera oder Hardior zusammenarbeitete.

»Und hat sie von dir verlangt, mich zu töten, sobald du meine Geheimnisse gelüftet hast?«, fragte Arlian.

»Nein«, sagte Pfahl. »Ich bin klug genug, um nicht gegen Euch zu kämpfen, mein Lord, oder zu versuchen, einen Zauberer in einen Hinterhalt zu locken. Selbst wenn Ihr kein Zauberer und kein berühmter Schwertkämpfer wäret, würde ich keinen Karawanenmeister töten, der von tüchtigen Wächtern umgeben ist – ich würde den Versuch nicht überleben und meine Familie niemals wieder sehen; ich würde es nicht mal für alles Gold in Manfort versuchen.«

»Wie ich sehe, hast du etwas Verstand«, sagte Arlian.

Pfahl schnaubte.

»Sie hat dich belogen, weißt du?«, fuhr Arlian im Plauderton fort. »Oder dich zumindest in die Irre geführt. Drachengift macht einen nicht jünger. Ich bin so jung, wie ich aussehe.«

»Warum will Opal es dann so dringend haben?«, fragte Pfahl, der offenbar den ersten Schock überwunden hatte.

»Weil es das Leben verlängert«, erklärte Arlian. »Ich bin erst Anfang zwanzig, ja, aber es gibt Männer und Frauen in Manfort, die dank dem Drachenelixier seit Jahrhunderten leben. Sie altern nur sehr, sehr langsam – aber sie altern, sie werden nicht jünger.«

»Jahrhunderte?« Pfahls Augen weiteten sich.

Arlian nickte. »Lord Enziet war der Älteste«, erklärte er. »Und Lord Wither war fast genauso alt. Lady Opal hat es von ihm erfahren.«

»Lord Wither? Ich hörte ... nun, ich hörte, dass Ihr ihn getötet habt, aber ich hörte auch, dass er Selbstmord begangen haben soll.«

»Lord Wither hat sich selbst entleibt«, sagte Arlian. »Das Elixier verlängert nicht nur das Leben, es hat auch andere Wirkungen, und er fürchtete, die Konsequenzen würden ihn einholen.«

Pfahl schien nicht überzeugt zu sein. »Wie oft nehmt Ihr es?«, fragte er. »Ich meine, Ihr seid noch jung, aber Ihr müsst noch mehr davon holen ...«

»Nein«, unterbrach Arlian. »Ich sagte dir doch, dass sie dich in diesem Punkt belogen hat. Das Ziel dieser Reise ist es nicht, neues Drachengift zu besorgen. Man muss das Elixier nur einmal trinken, und der Schaden ist angerichtet – ich werde es nie wieder brauchen. Aber mir ist klar, dass Opal es glaubt.«

»Ich denke nicht, dass sie es glaubt«, widersprach Pfahl. Sein Gesichtsausdruck verriet, dass es ihm ebenso erging.

Arlian sah ihn einen Moment an und fragte dann: »Hast du mit den Männern gesprochen, die mich heute zur Mine begleitet haben?«

»Ich ...« Pfahl brach ab, doch Arlian las die Antwort in seinem Gesicht.

»Haben sie dir gesagt, was ich in der Mine wollte? Haben sie irgendetwas über Drachen gesagt?«

»Sie sagten, Ihr hättet den Minenarbeitern die Freiheit im Tausch gegen Amethyste versprochen«, gestand Pfahl. »Niemand sagte etwas über Drachen.« Er zögerte und fügte dann hinzu: »Sie sagten, die Minenarbeiter hätten einen Aufseher gegessen.«

Arlian seufzte. Er hatte den Wächtern nicht gesagt, dass sie Stillschweigen bewahren sollten, da er angenommen hatte, dass sie alle zusammen die Träumenden Berge überqueren und selbst sehen würden, wozu die Amethyste dienten. Doch nun fürchtete er, dass dieser Narr in Manfort die Geschichte verbreiten würde, dass Lord Obsidian Amethyste noch mehr schätzte als seinen glasigen Namensgeber, was neue Gerüchte auslösen musste.

»Haben die Sklaven ihn wirklich gegessen oder haben sie ihn an die Drachen verfüttert?«, fragte Pfahl.

»Es gibt keine Drachen in der Mine«, sagte Arlian gereizt.

Erneut war Pfahl anzusehen, dass er ihm nicht glaubte. Dieser Mann war tatsächlich ein Narr.

»Was wollt Ihr mit den Amethysten anfangen? Braucht Ihr sie für das Elixier?«

»Nein. Wir brauchen sie für ...« Mitten im Satz entschied Arlian, nicht die ganze Wahrheit zu sagen. »... für den Handel mit den Aritheiern. Sie zahlen hohe Preise für Amethyste.« Plötzlich ritt ihn der Teufel, und er fügte hinzu: »Sie glauben, dass Amethyste die Drachen fern halten und dass dies der Grund dafür ist, dass sich die Drachen noch nie nach Arithei gewagt haben – sie glauben, dass ihr Schmuck sie beschützt.« Mit einem Lächeln tat er diesen törichten Glauben ab. »Die Steine sind das einzige Handelsgut, das sie im Tausch gegen ihre Magie akzeptieren – was könnten wir ihnen auch sonst anbieten, wo die Hälfte von ihnen Zauberer sind? Und was mich betrifft, so kümmert es mich nicht, warum sie sie haben wollen – wenn es das ist, was sie wollen, bekommen sie es auch.«

»Halten Amethyste wirklich die Drachen fern?«, fragte Pfahl verwundert.

Arlian zuckte die Schultern. »Woher soll ich das wissen?« Wieder saß ihm der Schalk im Nacken, und er fügte hinzu: »Aber noch nie hat jemand irgendeine Spur der Drachen in der Mine gefunden, obwohl sie tief genug ist, um ihre Höhlen zu erreichen.«

Pfahls Augen waren groß, während er diesen Unsinn verdaute.

Arlian lehnte sich zurück und schlug sich auf die Schenkel. »Du bist also mitgekommen, weil Lady Opal dachte, ich würde Drachengift holen. Dies ist nicht der Fall. Ich schlage vor, du kehrst nach Manfort zurück und berichtest es ihr.«

»Äh«, machte Pfahl.

»Ich fürchte, dass ich dich unter diesen Umständen nicht länger als Karawanenwächter behalten kann«, erklärte Arlian. »Ich bin sicher, du verstehst es. Ich werde Blitzhand anweisen, dich auszuzahlen. Du kannst deine Habseligkeiten nehmen und am Morgen verschwinden.«

»Äh«, machte Pfahl wieder. »Ihr werdet mich nicht ...« Er brach ab.

»Ich werde dich nicht bestrafen oder deinen Lohn einbehalten«, sagte Arlian gereizt. »Du hast dich einer Täuschung schuldig gemacht, aber keines wirklichen Verbrechens, und du hast bis jetzt deine Pflichten erfüllt. Du kannst gehen.« Ihm kam ein schrecklicher Gedanke, und er fügte hinzu: »Aber ich möchte dir raten, nicht zu versuchen, der Karawane nach Arithei zu folgen. Ich glaube nicht, dass du es allein durch die Ödnis schaffst.«

»Dann reist Ihr wirklich wieder nach Arithei?«, fragte Pfahl verdutzt.

»Nein«, sagte Arlian kurz entschlossen. Bis zu diesem Moment hatte er es für möglich gehalten, aber jetzt war er sicher, dass er es sich nicht leisten konnte, so lange von Manfort fernzubleiben. »Meine Karawane wird nach Arithei ziehen, aber ich werde ein paar Tage in Tiefgraben verbringen, einige Angelegenheiten regeln und dann heimkehren.«

»Natürlich«, sagte Pfahl – aber sein Gesicht hatte wieder diesen ungläubigen Ausdruck, ausgeprägter als zuvor, und Arlian verlor endgültig die Geduld.

»Geh«, befahl Arlian und legte die Hand um den Knauf seines Schwertes. »Ich habe genug von dir. Kehr zu Opal zurück und fahrt beide zur Hölle!«

Pfahl machte sich eilends davon und stürzte fast, als er hastig von dem Wagen stieg.

14
Der Preis der Freiheit

Am nächsten Tag stand Arlian im Morgengrauen auf, um die Mine ohne ungebührliche Eile vor dem Schichtwechsel zu erreichen. Als er die Augen aufschlug, dachte er, vor dem Morgengrauen erwacht zu sein, so dunkel war der Himmel, aber dann erkannte er, dass es an den dichten, niedrig hängenden Wolken lag und die Sonne tatsächlich aufgegangen war.

Und die Luft war brütend heiß.

Zumindest, dachte er, würde der bedeckte Himmel die Augen der Minenarbeiter schonen, wenn sie, wie von ihm verlangt, die hundert Amethyste gesammelt und sich ihre Freiheit verdient hatten. Er erinnerte sich noch gut, wie er von der Sonne geblendet worden war, als er die Mine verlassen hatte.

Er erhob sich von seinem Bett, zog sich an und sammelte die verschiedenen Dinge, die er brauchte, um sein Versprechen zu erfüllen.

Eine knappe Stunde später stand er an der Öffnung des Grubenschachts, beugte sich über das massive Gerüst und ließ den versprochenen Eimer zu den wartenden Minenarbeitern hinunter.

Er konnte sie miteinander tuscheln hören. Vermutlich waren sie misstrauisch und fragten sich, ob ihre Herren sie verraten und bestrafen würden.

Arlians Begleiter – Black, Qulu, die Hälfte der Karawanenwächter und die Fahrer der Erzloren – waren totenstill; die Wächter standen halb versteckt in den Schatten. Der wartende Tagesschichtaufseher, ein junger Mann, der gesagt hatte, dass die Minenarbeiter ihn Peitsche nannten, hielt sich ebenfalls im Hintergrund; der Nachtschichtaufseher war noch immer unten in der Grube. Arlian hatte die reguläre Verladung des Erzes in den großen Einfülltrichter unterbrochen.

Der Eimer erreichte den Boden, und das Seil, an dem er hing, wurde schlaff, als Arlian es noch etwas weiter hinunterließ. Dann rief er: »Alle Amethyste in den Eimer, und zwar sofort.«

Das Gemurmel wurde lauter, und er hörte das Stampfen und Scharren von Füßen; dann folgte ein Poltern, und eine Stimme rief nach oben: »Sie sind drin.«

Vor Erregung fast zitternd zog Arlian das Seil nach oben. Einen Moment später hatte er den Eimer in den Händen. Er hielt ihn ins Licht.

Purpursteine funkelten am Boden.

Er brachte den Eimer zu Qulu, und die beiden knieten auf dem Stein nieder und untersuchten und zählten den Inhalt.

»Was jetzt?«, rief Peitsche.

»Du kannst ruhig das Erz verladen«, rief Arlian zurück. »Dies wird einen Moment dauern.« Ihm war der Gedanke gekommen, dass die Minenarbeiter vielleicht versucht hatten, ihm purpurne Glasscherben oder anderen Abfall als Amethyste unterzuschieben – aber natürlich war es fast unmöglich, das sie dort unten an derartige Dinge herangekommen waren.

Und in der Tat, soweit er es im Lampenlicht erkennen konnte, waren die Steine in dem Eimer Amethyste, teils ameisengroße Splitter, teils würfelförmige Brocken von der Größe eines Taubeneis.

Hinter sich konnte Arlian das Poltern hören, mit dem das Erz in den Trichter geworfen wurde, ein Lärm, der viele Erinnerungen zurückbrachte, von denen die meisten unerfreulich waren. Er war natürlich leiser als in seiner Erinnerung, da er hier oben und nicht dort unten war, aber es war zweifellos derselbe Lärm. Er fröstelte ein wenig und konzentrierte sich dann aufs Zählen.

Es waren insgesamt einundsiebzig Steine – mehr als Arlian erwartet hatte. Hathet hatte jahrzehntelang Amethyste gesammelt und nur hundertachtundsechzig zusammenbekommen; jemand musste Glück gehabt haben.

»Es sind keine hundert«, sagte Qulu.

»Sind es genug?«, fragte Arlian.

»Oh, mehr als genug, mein Lord«, erklärte Qulu. »Manche sind größer, als ich erwartet habe.«

»Dann wird es genügen«, sagte er und wandte sich an die Männer in den Schatten. »Sobald das Erz in die Loren verladen wurde, lasst ihr die Leiter hinunter.«

»Ihr wollt sie wirklich freilassen?«, fragte der Aufseher, als die Wächter die Leiter zum Rand des Schachts trugen.

»Ja, das will ich«, erwiderte Arlian. Er richtete sich auf, überließ es Qulu, die Amethyste einzupacken, und ging hinüber zum Grubenschacht.

Er hatte vorgehabt, hinunter zu den Minenarbeitern zu rufen, aber sie würden ihn in dem Lärm der Erzverladung nicht hören können. Er schnitt eine Grimasse, trat zurück und wartete.

Der Aufseher unten signalisierte den wartenden Fuhrmännern, und sie wiederum trieben ihre Maultiere an, um den Trichter nach oben zu hieven. Als er oben war, drehten sich die Stürzbalken knirschend, bis er über den wartenden Loren hing. Das Erz ergoss sich polternd in die Karren, was einige Minuten dauerte.

Und dann war der Trichter leer und konnte wieder neu beladen werden. Säcke mit Nahrung und Krüge mit Wasser und Öllampen warteten am Rand der Grube darauf, hinunter zu den Minenarbeitern gelassen zu werden, aber die Fuhrmänner zögerten.

»Nun macht schon und schickt die Vorräte nach unten«, befahl Arlian. »Dann lasst die Leiter hinunter.«

»Was ist mit mir?«, fragte Peitsche. »Soll ich mit den Vorräten nach unten?«

»Ich denke schon«, meinte Arlian. »Sorg für Ordnung, bis die Leiter bereit ist.«

Er verfolgte neugierig, wie die Vorräte in den Trichter verladen wurden und Peitsche hineinkletterte – er stellte sich nicht auf den Rand und hielt sich an den Seilen fest, wie Bluthand und Lampenlöscher es immer gemacht hatten, sondern setzte sich stattdessen auf die Nahrungssäcke.

Die Balken schwangen über die Grube, und die Fuhrmänner und Maultiere ließen die Seile nach unten.

Arlian hatte den Vorgang noch nie von dieser Seite aus gesehen. Ihm war nicht bewusst gewesen, wie hart die Fuhrmänner arbeiten mussten und wie kompliziert die Flaschenzüge waren.

Dann sank der Trichter in die Tiefe, und Arlian trat an den Rand und spähte nach unten. Er konnte das Licht der Grubenlampen in den abzweigenden Stollen sehen, aber nicht die Minenarbeiter selbst – es war ihnen verboten, den Grubenschacht zu betreten, während der Trichter benutzt wurde.

Der Trichter kam auf einem Lumpenhaufen zu ruhen, der als Puffer diente, und Peitsche kletterte heraus und winkte.

»Hört zu«, schrie er. »Lord Obsidian sagt, dass er euch freilässt.« Er nahm die Säcke mit Nahrung heraus.

»Aber es waren keine hundert!«, rief jemand, als die Minenarbeiter aus den Stollen strömten.

»Das weiß ich, du nutzloser Narr, aber Lord Obsidian ist so großzügig, dass es fast schon verrückt ist. Jetzt haltet den Mund und nehmt eure letzte Mahlzeit ein, für die ihr nichts bezahlen müsst.« Er bedeutete den nächsten Minenarbeitern, die Wasserkrüge aus dem Trichter zu holen.

Einen Moment war es still im Schacht; dann stürmten die Minenarbeiter los und stürzten sich auf das Essen. Arlian konnte sehen, wie ein anderer Aufseher zu Peitsche trat und ihm etwas zuflüsterte, und eine schwache Erinnerung stieg in ihm hoch – war dies der Mann, den sie Großmaul genannt hatten, der vorübergehende Ersatz für Bluthand, als der verletzt worden war?

Holz klapperte gegen Stein, und als Arlian sich umdrehte, sah er, wie die Leiter von den Karawanenwächtern nach unten gelassen wurde.

Die Minenarbeiter verstummten plötzlich, als sie die Leiter sahen und hörten.

Arlian trat an den Rand und rief nach unten: »Hört mir alle zu!«

Er konnte erkennen, wie sich ihm verdreckte, langbärtige Gesichter zuwandten.

»Ich bin Lord Obsidian. Ich habe diese Mine gekauft und euch die Freiheit geschenkt, weil ich glaube, dass jeder Mensch, der sich nach der Freiheit sehnt, sie auch verdient hat. Meine Männer lassen eine Leiter nach unten, und euch allen steht es frei, nach oben zu klettern und die Mine zu verlassen, sobald ihr es wollt. Die Leiter wird an ihrem Platz bleiben. Allerdings steht es euch auch frei, hier zu bleiben und für mich zu arbeiten, wenn ihr euch noch nicht bereit für die Außenwelt fühlt. Ihr werdet zwei Dukaten pro Monat bekommen, wenn ihr bleibt, und könnt nach Belieben kommen und gehen. Die Qualität und Menge der Mahlzeiten wird erhöht werden - aber wahrscheinlich nicht sehr viel. Die Aufseher werden auch weiterhin das Recht haben, ihre Peitschen zu benutzen, aber sie dürfen euch weder töten noch verkrüppeln. Wenn ihr meine Dienste verlassen wollt, werdet ihr zehn Dukaten pro Person für eure geleistete Arbeit bekommen und seid dann auf euch allein gestellt. Trefft eure Entscheidung sorgfältig.«

Nachdem er das gesagt hatte, trat er zurück. Von unten drang Stimmengewirr, als ein Dutzend Unterhaltungen gleichzeitig begannen.

Die Leiter berührte den Boden.

Arlian wartete.

Etwa eine Minute später hörte er die ersten ungeschickten Füße auf der Leiter, und dann tauchte über dem Steinrand ein Gesicht auf und sah sich staunend um.

Arlian erkannte ihn sofort – Bitter.

Bitter erkannte in dem elegant gekleideten, wohlfrisierten Lord Obsidian offenbar nicht seinen ehemaligen Kameraden Arlian wieder. Er stieg langsam die Leiter hinauf und trat dann auf den Steinrand, wo er zögerte und seine Umgebung anstarrte.

Die zehn Karawanenwächter, der aritheische Magier, der Lord und sein Haushofmeister und das halbe Dutzend Fuhrmänner starrten zurück.

»Kann ich mit einem der Karren fahren oder muss ich zu Fuß gehen?«, fragte Bitter.

Die Fuhrmänner sahen Arlian an, der die Schultern zuckte.

»Wie du willst«, sagte er mit einem Blick zur Leiter; niemand sonst stieg herauf. »Vielleicht willst du deine Freunde beruhigen, dass es kein Trick ist.«

Bitter drehte sich um und rief: »Bis jetzt ist alles in Ordnung!« Dann wandte er sich ab und eilte zur Führungslore.

Weiteres Füßescharren erklang.

Arlian wartete und verfolgte, wie über ein Dutzend Männer die Leiter herauf in die Freiheit kletterten. Er erkannte Fleck und Rumind und Sumpf und Verino und ein paar andere wieder; manche Gesichter waren neu, und einige alte fehlten.

In ihren Augen glomm nicht ein Schimmer des Wiedererkennens auf, als sie ihren Wohltäter sahen.

Dies war seltsam enttäuschend. Arlian hatte sieben Jahre lang mit diesen Männern gelebt und gearbeitet; hatte er sich wirklich so sehr verändert?

Natürlich, dachte er, sie hielten ihn wahrscheinlich für

tot. Bluthand hatte ihnen weisgemacht, dass er Arlian zu Tode geprügelt hatte, während er ihm in Wirklichkeit bei der Flucht geholfen hatte; keinem von ihnen würde der Gedanke kommen, dass Arlian noch am Leben und frei war, ganz zu schweigen davon, dass er dieser mysteriöse Verrückte namens Lord Obsidian war.

Dennoch, er konnte der Versuchung nicht widerstehen, Verino zu sich zu rufen und ihn in einen stillen Winkel zu winken.

Verwirrt gehorchte Verino. »Ja, m ... mein Lord?«, fragte er, über die ungewohnte Formalität stolpernd.

»Ich habe mit einem Mann gesprochen, der einst aus dieser Mine entkommen ist«, erklärte Arlian.

Verino runzelte die Stirn. »Noch nie ist jemand entkommen«, widersprach er. »Wenigstens nicht in meiner Zeit hier.«

Arlian bemerkte seinen Fehler und fügte hinzu: »Kein Sklave – ein Aufseher. Ich glaube, ihr nanntet ihn Bluthand.«

Verinos Gesicht wurde ausdruckslos.

»Er hat mir einiges erzählt, und ich möchte dich nach bestimmten Sklaven fragen«, sagte Arlian.

»Wenn Ihr jemand bestrafen wollt ...«

Arlian hob eine Hand. »Verino, ich habe dich gerade freigelassen – warum sollte ich dann irgendjemanden bestrafen wollen?«

Verino blinzelte. »Woher kennt Ihr meinen Namen?«

»Ich habe gefragt. Nun, Verino – ist Wark hier?«

»Er ist noch immer dort unten.«

»Olneor?«

»Schon seit Monaten tot – vielleicht seit Jahren. Er brach sich die Hüfte und starb.«

»Ratte?«

»Ist er nicht heraufgekommen?«

Arlian zögerte und versuchte sich an andere Namen zu erinnern. Er war sicher, dass ihm noch mehr einfallen würden ...

Aber was spielte es im Grunde schon für eine Rolle?

»Warum ist Wark noch immer unten?«, fragte er.

Verino zuckte die Schultern. »Ich weiß es nicht«, sagte er. »Er ist in einem der Stollen verschwunden.« Nach kurzem Zögern fügte er hinzu: »Dürfte ich eine Frage stellen, mein Lord?«

»Gewiss.«

»Warum macht Ihr das? Ich meine, warum lasst Ihr uns frei?«

Arlian sah ihn einen Moment an.

»Weil ich es kann«, sagte er schließlich. »Ich versuche aus der Welt einen besseren Ort zu machen, Verino, und das gehört dazu.«

»Ihr gebt also all Euer Geld aus, um Sklaven zu kaufen und sie dann freizulassen?«

»Nein«, sagte Arlian. »Ich kann nicht alle befreien. Ihr Minenarbeiter habt einfach Glück gehabt. Ich brauchte Amethyste, und so wurde ich auf euch aufmerksam.«

»Es war wirklich wegen der Amethyste?«

»So ist es.«

»Wir hatten aber keine hundert.«

»Ihr hattet genug.«

»Ich glaube, Ratte hat noch mehr davon. Er hat schon

vor Jahren angefangen, sie zu sammeln, weil ein verrückter alter Mann namens Hathet sagte, dass sie wertvoll sind. Wir haben ihm ein paar abgenommen, aber ich glaube, er hat noch mehr versteckt.«

»Danke«, sagte Arlian. »Ich werde mich darum kümmern.«

Verino zögerte einen Moment länger und fragte dann: »Ist es draußen Nacht oder Tag?«

»Es ist Morgen – aber es ist dicht bewölkt. Ich schätze, du wirst genug Zeit haben, dich an das Sonnenlicht zu gewöhnen. Es ist dunkel und heiß.«

Ein seltsamer Ausdruck huschte über Verinos Gesicht, als würde ihm etwas einfallen, das ihm Sorgen machte, und er fragte: »Drachenwetter?«

»Drachenwetter«, bestätigte Arlian.

Verino schauderte, zögerte – verbeugte sich dann, wandte sich ab und trottete den Stollen hinauf.

15
Die blutige Schüssel

Selbst im trüben Licht des dicht bewölkten Tages war es für einige der Minenarbeiter zu viel. Drei von ihnen brachen beim Anblick des Himmels in Tränen aus; ein Vierter verlor die Nerven und wich in den Stollen zurück, wobei er plapperte: »Nein, nein, zu viel, ich kann nicht, es ist nicht richtig.«

Doch die meisten von ihnen traten breit lächelnd durch die Tür und schirmten mit den Armen die Augen vor dem Tageslicht ab. Ein Mann lachte nervös. Arlian spürte, wie sich bei diesem Anblick seine Lippen zu einem Lächeln verzogen. Sie waren verdreckt, zerlumpt, halb blind nach den vielen Jahren in der Dunkelheit - aber sie waren frei.

Es war ein angenehmes Gefühl, anderen Menschen Gutes zu tun. Es war besser und befriedigender, als jemanden zu töten - vielleicht abgesehen von Lord Drisheen, wie Arlian zugeben musste, aber Ungeheuer seines Formats waren selten.

Vielleicht, dachte Arlian, sollte er seinen manischen Racheplan ganz aufgeben und sich der Verbesserung der Welt widmen. Er hatte bereits entschieden, dass er Lord Toribor vergeben konnte; Zahn und Dolch waren nirgendwo zu finden; all seine anderen menschlichen Feinde, selbst Lampenlöscher, waren tot, sofern er diese Definition nicht auf Leute wie Lithuil, Opal, Hardior und Zaner ausdehnte, die seines Wissens nach niemand persönlich getötet oder versklavt hatten, obwohl er annahm, dass sie wahrscheinlich mitverantwortlich für Tode und Versklavungen waren.

Er glaubte nicht, dass seine Rache so weit reichen sollte.

Damit blieben die Drachen übrig. Sie verdienten zweifellos den Tod, aber sie hatten ihm erklärt, dass sie zurückschlagen würden, wenn er versuchte sie zu töten, und Unschuldige würden leiden.

Natürlich würden im Lauf der Zeit ohnehin Unschuldige leiden, wenn den Drachen erlaubt wurde weiterzuleben. Er versuchte sich einzureden, dass der Kampf gegen sie weniger eine Frage der Rache und mehr des Überlebens war. Auf lange Sicht, dachte er, konnte er es wahrscheinlich nicht vermeiden, gegen sie zu kämpfen, selbst wenn er es wollte.

Er blickte zum Himmel hinauf, und sein Lächeln verschwand. Es konnte durchaus sein, dass die Drachen bereits ihre Höhlen verlassen hatten. Vielleicht waren sie auf dem Weg nach Manfort oder zerstörten in diesem Moment irgendein ahnungsloses Dorf.

Aber wenn nicht ...

»In diese Richtung«, rief jemand. »Einen Kilometer.«

Arlian drehte sich um und betrachtete wieder die Minenarbeiter, die verwirrt hin und her rannten. Einer der Karawanenwächter zählte den Lohn ab, den Arlian ihnen versprochen hatte, während ein anderer ihnen den Weg nach Tiefgraben zeigte. Die Erzwagen rollten bereits den Hang hinunter zur Schmelzhütte.

»Kommt«, sagte er winkend und führte die Gruppe Richtung Stadt.

Unterwegs sah er Qulu an, der den kostbaren Beutel mit den Amethysten in den Händen hielt und es nicht wagte, ihn an seinen Gürtel zu hängen oder unter sein Hemd zu stopfen. Die Amethyste und das Silber in der Schatzkammer in der Braunstraße würden genügen, um neue Magie aus Arithei zu holen – aber welche Art Magie? Die Liebeszauber und Illusionen, die er verkaufen konnte, oder die Magie, die einen Speer in ein Drachenherz bohrte und vergiftetes Blut durch reines ersetzte?

Wenn er einen Drachen töten konnte, um zu beweisen, dass es möglich war, würde der Herzog ihm bei der Fortsetzung des Kampfes helfen – oder zumindest hatte er das gesagt. Konnten die Aritheier die Magie liefern, die er für dieses erste Opfer brauchte?

Und wenn er ein Drachenherz in einen vollwertigen Menschen zurückverwandeln konnte, würde er keinen Grund mehr haben, die anderen Mitglieder der Drachen-Gesellschaft zu töten.

Er blickte wieder zum Himmel hinauf.

Es würde Monate dauern, um eine Ladung Magie von Arithei nach Manfort zu bringen, und wie viel Schaden konnten die Drachen in diesen Monaten anrichten?

Vielleicht musste er einen anderen Weg finden, mit den Drachen fertig zu werden. Vielleicht konnte er noch immer einen Vertrag mit ihnen schließen, wie Enziet es getan hatte, obwohl er ihre Geheimnisse bereits enthüllt hatte. Schließlich hatte er tausend Jahre Zeit, um eine Lösung zu finden. Wenn er Zeit gewinnen, sie davon abhalten konnte, jemanden anzugreifen ...

Er verdrängte den Gedanken, dass Enziet tausend Jahre

Zeit gehabt, aber keinen Weg gefunden hatte, die Drachen zu vernichten oder seine eigene Verwandlung zu verhindern. Enziet hatte niemand gehabt, der ihm das Geheimnis des Obsidians verriet; er hatte Jahrhunderte der Nachforschungen gebraucht, um dies herauszufinden, während Arlian die Information geschenkt bekommen hatte.

Arlian musste Verbindung mit den Drachen aufnehmen. Er musste einen Waffenstillstand aushandeln. Es konnte kein Zufall sein, dass nach all den langen Jahren jetzt Drachenwetter eingesetzt hatte. Die Drachen mussten in der Lage sein, es heraufzubeschwören.

Er musste mit ihnen reden, sie von einem Angriff abhalten – falls es nicht schon zu spät war.

Von diesen Gedanken war Arlian erfüllt, als sie Tiefgraben erreichten. Er begab sich direkt in den Gasthof und verlangte drei Dinge: ein Zimmer, eine Schüssel Wasser und völlige Ungestörtheit.

Der Gastwirt grummelte und warf den zerlumpten, benommen wirkenden Minenarbeitern, die Arlian in die Stadt gefolgt waren, unbehagliche Blicke zu, aber als Arlian ihm Gold zeigte, gehorchte er sofort.

»Wollt Ihr, dass diese Männer Euch begleiten?«, fragte er mit einem Wink zu den Minenarbeitern.

»Natürlich nicht«, sagte Arlian. »Wie ich dir schon sagte, verlange ich völlige Ungestörtheit.«

Der Gastwirt verbeugte sich und zog sich zurück.

Die Kammer befand sich im Erdgeschoss, ein kleiner Lagerraum im hinteren Teil des Hauses; Arlian schloss die Fensterverschläge und verriegelte sie, vergewisserte sich, dass die Tür ebenfalls fest verschlossen war, stellte die

Schüssel auf den Tisch und setzte sich auf einen Stuhl. Er zog seinen Schwertbrecher.

Er hatte natürlich keine Garantie, dass dies funktionieren würde; er wusste nicht, wie der Zauber wirkte, nur dass es möglich war, auf diese Weise mit den Drachen zu sprechen. Anderseits hatte er keine Wahl. Er nahm den Schwertbrecher in die rechte Hand, drückte die Spitze der Klinge gegen die Innenseite seines linken Unterarms und ritzte sich die Haut auf.

Er erinnerte sich, dass er bei seinem ersten Gespräch mit dem Drachen das Blut an seinen Händen in der Schüssel abgewaschen hatte; und als Sweet beobachtet hatte, wie Enziet des Bild eines Drachen heraufbeschwörte, hatte er sich gerade das Blut von seinen Händen gewaschen. Deshalb ließ Arlian das Blut nicht einfach in die Schüssel tropfen; stattdessen verschmierte er es an seinen Fingern und verrieb es an beiden Händen.

Erst danach wusch er sich die Hände, weichte sie ein und schrubbte sie, bis seine Haut sauber und rosig, das Wasser dunkel und blutig war.

Danach starrte er ins Wasser.

Zuerst geschah nichts. Arlian war kein besonders guter Zauberer, aber er versuchte die innere Ruhe zu finden, die laut Reif für die Zauberei erforderlich war, und seine Energien auf das schmutzige Wasser zu konzentrieren.

Das Wasser beruhigte sich, wurde glatt wie ein Spiegel, während sich das Blut unter der Oberfläche sammelte. Ein Bild schälte sich heraus – dasselbe Bild, das er früher schon gesehen hatte, derselbe Drache, mit dem er in Nagels Haus gesprochen hatte.

Der Drache war belustigt. Arlian konnte dies bereits spüren, bevor die ersten Worte gewechselt wurden.

»Warum belästigst du uns?«

»Ich möchte über ein Abkommen verhandeln«, erklärte Arlian.

»Dafür ist es recht spät.« Arlian bemerkte, dass er nicht *zu spät* sagte. »Du hast unsere Geheimnisse enthüllt.«

»Ich weiß«, sagte Arlian – obwohl er gehofft hatte, dass die Drachen es noch nicht wussten. »Aber können wir nicht trotzdem eine Vereinbarung treffen?«

»Oh, es gibt zweifellos viele mögliche Vereinbarungen. Um eine Vereinbarung zu treffen, muss eine Partei einen Wunsch aussprechen und die andere einen Preis für seine Erfüllung festsetzen – was wünschst du von uns?«

»Ich möchte, dass ihr in euren Höhlen bleibt und keinem Menschen ein Leid zufügt.«

Die Belustigung war jetzt noch deutlicher. »Dafür ist es viel zu spät.«

Arlian hatte eine böse Vorahnung. »Warum?«, fragte er.

»Weil wir bereits ausgeschwärmt sind«, erwiderte der Drache. »Ein Fischerdorf steht in Flammen, und ein weiteres wird in Kürze dasselbe Schicksal ereilen.«

»Ein weiteres? Ein zweites so bald? Aber ich dachte ... ihr habt noch nie ...«

»Wir waren an die Vereinbarung gebunden, die wir mit dem anderen getroffen hatten«, sagte der Drache, bevor Arlian seine Gedanken ordnen konnte.

Arlian wusste, dass er Enziets Vereinbarung meinte, den Pakt, der die uralten Menschen-Drachen-Kriege beendet und die Drachen in ihre Höhlen verbannt hatte. »Dann seid ihr auf dem Weg nach Manfort? Ihr wollt wieder über die Länder der Menschen herrschen, wie ihr es vor langer Zeit getan habt?«

»Es besteht kein Grund zur Eile«, antwortete der Drache. »Wir sind jetzt frei, aber wir sind wenige und alt. Zuerst müssen wir unsere Streitkräfte neu aufbauen, die du verringert hast.«

»Neu aufbauen?« Arlian war verblüfft.

»Wir denken, einer hat in diesem ersten Dorf überlebt – vielleicht mehr als einer. Mit der Zeit werden weitere dazukommen.«

Und dann verstand Arlian. »Ihr erschafft neue Drachenherzen.«

»Natürlich. Ihr habt viele getötet, du und der andere. Wir müssen viele erschaffen.«

Arlian war zu abgelenkt, um diesen Worten zu entnehmen, dass auch Enziet Drachenherzen getötet hatte. »Aber sie werden erst in tausend Jahren zu Drachen werden!«

»Wir sind geduldig.«

»Und wenn ich diese neuen aufspüre und töte?«

»Wir werden mehr erschaffen. Wir sind alt, aber wir werden dennoch länger leben als du, kleiner Mensch. Wir sind wenige, aber wir werden mehr erschaffen, als du töten kannst.«

»Nicht wenn ich euch töte!«

Die Belustigung wurde noch deutlicher und verächtlicher – der Drache lachte ihn aus. »Mit deinen schwarzen Speeren willst du uns alle töten?«

»Denkst du, ich kann das nicht?«

»Wir denken, du kannst es nicht.«

»Ich werde einen Weg finden! Ich werde dich zwingen, mir zu verraten, wie man es macht.«

»Du kannst uns nicht zwingen.«

»Nein? Warum sprichst du dann mit mir?«

»Weil es uns so gefällt. Du bist kein Zauberer, kleiner Mensch. Wir sprechen zu unserem Vergnügen mit dir, nicht zu deinem – wenn du eine weitere Beschwörung versuchst, wirst du scheitern. Wir haben uns nichts mehr zu sagen.«

»Aber du hast noch nicht gehört, was ich zu sagen habe!«

»Du kannst nichts zu sagen haben, was uns interessiert.«

Und mit diesen Worten löste sich das Bild abrupt in einem Blutwirbel auf.

»Nein!«, schrie Arlian. »Komm zurück!«

Der Drache war fort.

Arlian starrte einen Moment in die Schüssel, von zu vielen Sorgen auf einmal überfallen. Er dachte daran, die Schüssel zu leeren und es erneut zu versuchen, aber im Grunde bezweifelte er nicht, was der Drache gesagt hatte, dass die Beschwörung Sache des Drachens und nicht seine war – wenn ein Bannzauber so leicht wäre, hätten ihn die richtigen Zauberer in der Drachen-Gesellschaft schon vor langer Zeit gelernt.

Die Drachen hatten bereits ihre Höhlen verlassen und brannten Dörfer an der Küste nieder, und es gab nichts, das er dagegen tun konnte.

Oder fast nichts. Es würde Überlebende geben, deren Häuser zerstört, deren Freunde und Familien tot waren. Wenn er Hilfe schicken, sie nach Manfort bringen, sie überwachen, eines Tages vielleicht aritheische Magie benutzen konnte, um ihr Blut zu reinigen ...

Aber er wusste nicht, wo an der Küste die Drachen angriffen, welche Dörfer sie niederbrannten, wo die Überlebenden steckten. Die meisten würden fliehen und woanders Zuflucht suchen – er konnte nicht erwarten, dass sie so wie er in Kellern gefangen waren. Wenn er die Küste erreichte und die verwüsteten Dörfer fand, würden die Überlebenden längst fort und übers ganze Land verstreut sein.

Aber vielleicht konnte er trotzdem etwas für sie tun.

Und am wichtigsten, vielleicht konnte er einen Weg finden, die Drachen zu töten und sie am Morden zu hindern, bevor sie noch mehr Unheil anrichteten. Der Waffenstillstand, auf den er gehofft hatte, war jetzt nicht mehr zu verwirklichen.

Er erhob sich von seinem Stuhl, öffnete die Verschläge, um das trübe Licht des bewölkten Tages hereinzulassen, und goss das blutige Wasser aus dem Fenster; dann ging er zur Tür und verließ die Kammer.

Ein paar Minuten später war er auf der Straße und rief: »Thirif! Isein!«, während er zur Karawane eilte. Die befreiten Minensklaven, die noch immer auf der Straße herumirrten – vielleicht die Hälfte der Gruppe, die ihn von der Mine in die Stadt begleitet hatte – blieben stehen und starrten ihn an, als er sie passierte; Arlian ignorierte sie.

Beim Klang seiner Stimme stiegen die Aritheier aus ihren Wagen und starrten ihn ebenfalls an.

Als sich alle vier Magier – Thirif, Shibiel, Isein und Qulu – versammelt hatten, erklärte er: »Ihr habt jetzt die Amethyste und das Silber. Ich habe andere Dinge zu erledigen und kann euch nicht begleiten, aber ihr müsst so schnell wie möglich nach Arithei aufbrechen und mir die beiden Dinge zurückbringen, um die ich gebeten habe – einen Medikus, der einen Menschen am Leben erhalten kann, wenn ihm das Blut entnommen wird, und eine Möglichkeit, einen Speer in ein Drachenherz zu treiben.«

»Wir werden es versuchen«, sagte Isein.

»Ihr müsst sie finden«, bekräftigte Arlian. »Vor allem die Waffe gegen die Drachen. Und ihr müsst euch sputen. Die Drachen haben ihre Höhlen verlassen. Verschwendet keine Zeit! Brecht sofort auf!«

»Ich ...«, begann Thirif.

»Geht!«, schrie Arlian und wandte sich ab.

Eine halbe Stunde später hatte sich Arlians Karawane geteilt. Sechs Wagen machten sich auf den Weg nach Süden, zur Ödnis, den Grenzlanden, Arithei entgegen, angeführt von Blitzhand, da keiner der Aritheier qualifiziert war, das Kommando zu übernehmen. Zwei Wagen, beladen mit Obsidianwaffen, kehrten nach Norden zurück, nach Manfort, gefahren von Stecher und einem Mann namens Firiol.

Zwei der befreiten Minenarbeiter hatten gebeten, eine der Gruppen begleiten zu dürfen, um Tiefgraben zu verlassen, aber Arlian lehnte ab; er traute ihnen nicht. Nach so langer Zeit in den Minen würden sie einige Zeit brauchen, um sich wieder an das Leben in der Außenwelt zu gewöhnen.

Drei der Männer, die die Wagen von Manfort aus begleitet hatten, fuhren weder mit der einen noch der anderen Gruppe mit. Pfahl hatte sich, wie die Minenarbeiter, allein auf den Weg gemacht, als Arlian am einzigen Stall von Tiefgraben stand und ungeduldig wartete, während Black um die Reittiere feilschte.

»Ich halte die Stuten zu Zuchtzwecken«, erklärte der Besitzer. »Ich verkaufe sie nicht. Ich verkaufe Maultiere.«

»Können deine Stuten geritten werden?«, fragte Black.

»Oh, sie sind natürlich an den Sattel gewöhnt. Aber ich will sie nicht verkaufen ...«

Arlian nahm eine Hand voll Gold aus der Tasche; beim Klimpern der Münzen drehten sich Black und der Stallbesitzer um.

»Wie viel?«, fragte Arlian. »Du kannst dir woanders neue Pferde kaufen.«

»Ah ...«

»Acht Dukaten«, bot Black an.

»O nein, ich kann unmöglich weniger als fünfzig verlangen!«

Black hätte besser feilschen können, wäre Arlian nicht bei ihm gewesen, sichtlich ungeduldig und bereit, mehr als nötig zu zahlen; Black erwähnte dies, als die beiden unter dichten Wolken und in drückender Hitze nach Norden ritten.

Arlian zuckte die Schultern.

»Und warum müssen wir so dringend nach Manfort zurückkehren?«, fragte er. »Warum konnten wir nicht die Wagen nehmen?«

»Weil du nicht nach Manfort zurückkehren wirst«, erklärte Arlian. »Du wendest dich an der nächsten Straßenkreuzung nach Osten, reitest zur Küste und siehst dich dort um.«

»Tatsächlich?«

»Nun, ich hoffe es«, sagte Arlian. »Aber die Entscheidung liegt natürlich bei dir.« Er berichtete, was ihm der Drache erzählt hatte.

Black hörte konzentriert zu; als Arlian fertig war, hatten sie die beiden nach Norden fahrenden Wagen eingeholt. Stecher winkte ihnen zu, als sie vorbeigaloppierten; Black winkte zurück und sagte dann: »Du hast Recht, ich werde nach Osten reiten. Und was ist mit dir?«

»Ich weiß es nicht«, gestand Arlian. »Ich werde mit dir kommen, wenn du es für das Beste hältst und denkst, dass für diese Aufgabe zwei Männer erforderlich sind.«

»Wenn es lediglich darum geht, den Schaden festzustellen, den die Drachen angerichtet haben, genügt einer.«

»Du musst außerdem so viele der neuen Drachenherzen wie möglich finden und sie nach Manfort bringen.«

»Auch das ist kein Problem.«

»Dann werde ich nach Manfort zurückkehren und versuchen, die Drachen-Gesellschaft aufzurütteln, damit sie sich auf den Kampf vorbereitet.« Er erwähnte nicht, dass sich die meisten Mitglieder zweifellos weigern würden.

»Dann sind die Drachen jetzt auf dem Weg nach Manfort?«, fragte Black.

»Ja«, bestätigte Arlian.

Aber dann fiel ihm genau ein, was er gehört hatte. Ja, die Drachen beabsichtigten ihre unterbrochene Herrschaft neu zu errichten – aber erst, wenn ihre gelichteten Reihen aufgefüllt worden waren.

In tausend Jahren.

»Früher oder später«, fügte er hinzu.

Black warf ihm einen Seitenblick zu.

»Hast du wieder Geheimnisse vor mir?«

Arlian zögerte mit der Antwort, und Black tat die Frage mit einer Handbewegung ab. »Du wirst es mir erklären, wenn wir uns wieder sehen«, sagte er.

Dann gab er seinem Ross die Sporen, und Arlian sah ihm nach, wie er am Wegweiser abbog und Richtung Küste ritt.

16
Ein Zufluchtsort

Arlians Rückkehr nach Manfort, allein und auf einem Pferd, verlief ohne Zwischenfälle. Er ritt durch die steinigen Straßen und drängte sich durch das Gewimmel der Fußgänger.

Er glaubte nicht, dass irgendjemand Meuchelmörder auf ihn angesetzt hatte, doch er blieb in Bewegung und stieß einen Seufzer der Erleichterung aus, als er innerhalb der Stadtmauern war.

Die Leute, die er passierte, schienen ihn noch aufdringlicher als sonst anzustarren, aber Arlian vermutete, dass es nur daran lag, dass er allein mit dem Pferd unterwegs war, ohne Gefolge. Die großen Lords reisten normalerweise zu Fuß oder mit der Kutsche.

Er erreichte schließlich die Oberstadt und den Alten Palast. Es war seltsam, dass Black nicht da war, um dafür zu sorgen, dass alles für seine Rückkehr vorbereitet wurde, aber die anderen Bediensteten waren zur Stelle, kümmerten sich um sein Ross und brachten Essen und Wasser, als Arlian seine verschwitzte und staubige Kleidung abgelegt und frische angezogen hatte.

Der Lakai, der ihn hereinließ, schien überrascht, ihn zu sehen, versuchte aber, es zu verbergen; Arlian schrieb dies seiner unerwartet schnellen Rückkehr ohne Wagen zu.

Venlin eilte sofort herbei, als er erfuhr, dass sein Herr

zurückgekehrt war, und tauchte in der Tür des Ankleideraums auf, als Arlian sein Hemd abstreifte, doch Arlian fand, dass er sich ebenfalls seltsam verhielt. Die Möglichkeit, dass während seiner Abwesenheit irgendetwas Unerfreuliches passiert war, konnte nicht ignoriert werden, aber er schob diesen Gedanken beiseite, bis er angezogen und in das kleine Esszimmer gegangen war.

Als er genug gegessen hatte, um seinen größten Hunger zu stillen, und genug getrunken, um seine Kehle anzufeuchten, lehnte sich Arlian auf seinem Stuhl zurück, streckte die vom Ritt schmerzenden Glieder und fragte: »Was bedrückt dich, Venlin? Ist alles in Ordnung?«

»Ich möchte Euch dieselbe Frage stellen, mein Lord«, sagte Venlin. »Ist alles in Ordnung? Ihr seid ohne Euren Haushofmeister zurückgekehrt, ohne einen der Wagen, mit denen Ihr aufgebrochen seid, und Euer Ross ist eine fremde und völlig unpassende Mähre – hat es ein Unglück gegeben?«

Arlian wollte schon Nein sagen, überlegte es sich dann aber anders. Die Menschen in diesen Küstendörfern würden zweifellos sagen, dass es ein Unglück gegeben hatte, sofern sie überhaupt noch sprechen konnten.

»Mir geht es gut«, erklärte Arlian. »Die Karawane ist auf dem Weg nach Arithei – bis auf zwei Wagen, die ich nach Westwacht geschickt habe, um dort die Fracht auszuladen.« Er erwähnte nicht, um was für eine Fracht es sich handelte; er vertraute Venlin, aber die Möglichkeit, dass jemand lauschte, der nicht so verlässlich war, konnte nicht ignoriert werden. Der Zwischenfall mit Pfahl hatte ihn vorsichtig gemacht. »Ich habe Black auf einen Botengang nach Osten geschickt und hoffe, dass er in etwa einem Monat sicher zurückkehren wird.«

»Und alle sind unversehrt?«

»Soweit ich weiß, ja«, erwiderte Arlian. »Warum fragst du? Ich kann zwar verstehen, dass meine Rückkehr eine Überraschung sein muss, doch sicherlich habe ich dich in der Vergangenheit überrascht, ohne derartige Sorgen hervorzurufen.«

»Auf den Straßen wird gemunkelt, mein Lord, dass Ihr in Verrat und böse Zauberei verstrickt seid und dass Eure Karawane bloß ein Vorwand war, um aus der Stadt zu fliehen. Wir haben Drohungen bekommen. Einige sind zur Tat geschritten, um ihre Abscheu auszudrücken, die sie für Euch empfinden – oder zumindest für das, was Ihr den Gerüchten nach sein sollt.«

»Zur Tat geschritten?« Arlian war verwirrt. »Was haben sie gemacht?«

»Steine wurden gegen das Tor und das Haus geworfen, mein Lord. Steine und Mist.«

»Oh«, sagte Arlian. Er verzog das Gesicht. »Wie überaus unerfreulich. Ich hoffe, niemand wurde verletzt?«

»Niemand, mein Lord. Ein Fenster ist zerbrochen und wurde repariert.«

Arlian machte eine abfällige Handbewegung. »Ein Fenster ist nichts. Ich bin froh zu hören, dass niemand verletzt wurde.«

»Ich hatte befürchtet, mein Lord, dass Black verletzt wurde.«

»Nein, er war bei bester Gesundheit, als ich ihn das letzte Mal sah, und ich habe keinen Grund zu der Annahme, dass sich daran etwas geändert hat. Ich habe ihn nur gebeten, ein paar Nachforschungen für mich anzustellen. Ich bin sicher, dass er dankbar für deine Besorgnis sein wird, wenn er zurückkehrt.«

Venlin zögerte und stellte dann eine weitere Frage – eine Reaktion, die Arlian erstaunte, denn der alte Mann war noch nie zuvor so neugierig gewesen. Venlin hatte immer klar gemacht, dass ein Diener seiner Meinung nach so unaufdringlich wie möglich sein und seinen Dienstherrn nicht mit überflüssigen Bemerkungen oder Fragen behelligen sollte; dieser Wortwechsel, dämmerte Arlian, war das längste Gespräch, das er je mit Venlin geführt hatte.

»Dürfte ich mich nach der Art dieser Nachforschungen erkundigen, mein Lord? Ich glaube, der Haushalt würde die Anwesenheit Eures Haushofmeisters beruhigend finden; könnte seine Rückkehr vielleicht beschleunigt werden?«

Arlian starrte seinen dienstältesten Lakaien einen Moment an und entschied dann, dass es keinen Grund gab, die Wahrheit zurückzuhalten.

»Die Drachen haben ihre Höhlen verlassen«, erklärte Arlian. »Ich habe durch Zauberei erfahren, dass sie ein Fischerdorf an der Küste zerstört haben. Ich habe Black mit der Suche nach etwaigen Überlebenden beauftragt.«

»Überlebende eines Drachenangriffs, mein Lord?« Venlins Tonfall drückte Unglauben aus.

Arlian seufzte. »Meine Zauberei deutet darauf hin, dass es mindestens einen gibt«, sagte er.

Venlins Miene war noch immer besorgt.

»Mein Lord«, sagte er, »eins der Gerüchte auf den Straßen behauptet, dass Ihr auf irgendeine Weise, wahrscheinlich mit Zauberei, die Drachen erzürnt habt und sie ihre unterirdischen Höhlen verlassen werden. Was Ihr mir erzählt, kommt diesem Gerücht erschreckend nahe und wird zweifellos zu weiteren Spekulationen und Feindseligkeiten führen ...«

»Ich fürchte, dass dies stimmt«, unterbrach Arlian, während er mit seinem Kelchglas spielte. »Ich habe die Drachen erzürnt, wenn auch unabsichtlich.«

Venlin schluckte und wirkte erregter, als Arlian ihn je zuvor erlebt hatte. Arlian musterte ihn einen Moment schweigend und fügte dann hinzu: »Deshalb habe ich diese Obsidianwaffen angefertigt. Weil ich wusste, dass ich die Drachen erzürnt habe.«

»Mein Lord«, sagte Venlin.

»Sie haben einige Zeit gebraucht, um herauszukommen«, fuhr Arlian fort. »Höchstwahrscheinlich werden sie noch wesentlich mehr Zeit brauchen, um Manfort zu erreichen. Aber ich bin nach Hause geeilt, weil ich fürchtete, dass sie in Kürze hier auftauchen werden, und ich wollte nicht, dass ihr euch ihnen ohne mich entgegenstellen müsst.«

Venlin sagte nichts, konnte aber sein Entsetzen nicht verbergen – Arlian sah es deutlich in seinem Gesicht.

Doch was konnte er sagen, um den Schaden zu mildern, den seine Worte angerichtet hatten? Ihm blieb nur, das Thema zu wechseln.

»Geht es meinen Gästen gut?«, fragte er. »Vanniari?«

»Oh, Mutter und Kind gedeihen prächtig, mein Lord; all Euren Gästen geht es gut, obwohl ich glaube, dass die Gerüchte und die Unruhe sie bedrücken.«

Dies war nicht das unverfängliche Thema, das Arlian sich erhofft hatte. »Und gibt es eine Nachricht von Münze bezüglich des Verkaufs des Grauen Hauses?«

»Ah, mein Lord, es sind einige Nachrichten eingetroffen, aber Ferrezin ist dafür verantwortlich, und ich habe ihn nicht danach gefragt. Soll ich Ferrezin oder Münze herrufen?«

Arlian winkte müde ab. »Lass uns bis morgen warten.« Er bemerkte plötzlich, wie erschöpft er war – er war kein geübter Reiter, und der Ritt war lang und anstrengend gewesen. »Lass uns mit allem bis morgen warten.« Er stellte das Kelchglas auf den Tisch, lehnte sich auf seinem Stuhl zurück und faltete die Hände vor seiner Brust. Er schloss die Augen, um sich einen Moment auszuruhen.

Er war sich nur vage bewusst, dass Venlin ihm ins Bett half, aber sobald er erkannte, wo er war, seufzte er dankbar und schlief ein.

Am Morgen sah Arlian nach Hasty und Vanniari, frühstückte mit Lily und Brooke, vergewisserte sich, dass es Kitty, Lara, Musk und Stammel gut ging und sie keine dringenden Neuigkeiten für ihn hatten. Lily beklagte sich lautstark über das heiße, bewölkte, trockene Wetter, hatte aber nichts Wichtiges zu berichten; Hasty erzählte ihm stolz, was Vanniari inzwischen alles konnte; die anderen hatten nur etwas Klatsch zu bieten.

In Manfort lagen bis jetzt keine Nachrichten über Aktivitäten der Drachen vor, und Stammel konnte zu den Gerüchten, die in der Stadt kursierten, keine neuen Einzelheiten beisteuern, obwohl sie bestätigte, dass Venlins Bericht zutreffend war. Arlian bedrängte sie in dieser Sache nicht und verschwieg den Frauen, dass die Drachen ihre unterirdischen Schlupfwinkel verlassen hatten.

Danach traf er sich mit Ferrezin, um über das Graue Haus und die besten Schmuggelwege für Obsidianwaffen von Westwacht nach Manfort zu sprechen – er war ziemlich sicher, dass Ferrezin als Enziets ehemaliger Bediensteter einige Erfahrung in diesen Dingen hatte, und Ferrezin tat nichts, um ihn vom Gegenteil zu überzeugen.

Münze hatte in der Tat Angebote für Enziets Haus erhalten, aber er und Ferrezin fanden keins davon ernsthaft genug. Arlian akzeptierte ihre Entscheidung und schickte Münze einen höflichen Brief, in dem er sein Missfallen darüber ausdrückte, dass Münze es überhaupt gewagt hatte, ihn über derart absurde Angebote zu informieren; Münze konnte dann, als würde er sein Vertrauen missbrauchen, diesen Brief den potenziellen Käufern zeigen, um sie so zu ermutigen, ihr Angebot zu überdenken und zu erhöhen.

An diesem Nachmittag brachen Arlian und Ferrezin nach Westwacht auf, um die Vorbereitungen für die zurückkehrenden Wagen zu treffen. Auf halbem Weg vom Alten Palast zum Stadttor wurde Arlian von einem Stein aufgeschreckt, der die Seite der Kutsche traf. Er blickte hastig nach draußen und sah einen faustgroßen Pflasterstein die abschüssige Straße hinunterrollen, konnte aber nicht erkennen, wer ihn geworfen hatte. Nach einem kurzen Blick in die feindseligen Gesichter der Passanten drängte er den Kutscher zur Eile.

Dieser Zwischenfall bedrückte ihn; offenbar hatten die Gerüchte über seinen angeblichen Verrat eine Wirkung auf die Leute von Manfort. Später, als er in Westwacht ausstieg, bemerkte er, dass der Stein die Vergoldung an der Tür beschädigt hatte; er war offenbar mit einiger Wucht geworfen worden.

Allerdings lief in Westwacht alles wie geplant, und niemand dort schien sonderlich auf ihn zu achten; Stecher und Firiol trafen pünktlich ein, und der stückweise Schmuggel der Obsidianwaffen zurück in die Stadt begann.

Als dies erledigt war und Arlian zurück zum Alten Palast ritt, blieb ihm nur noch das Warten – darauf, dass die Waffen wieder innerhalb der Stadtmauern waren, auf Black, die Aritheier und die Drachen. Er beabsichtigte noch immer, jene Mitglieder der Drachen-Gesellschaft, die sich gegen die Drachen stellen würden, mit Obsidian zu bewaffnen, aber noch war er nicht dazu bereit – erst wenn die Nachricht über das Auftauchen der Drachen die Stadt erreichte und seine Obsidianwaffen aus Westwacht hergeschafft worden waren.

Er wünschte, er könnte die Wachen des Herzogs bewaffnen, aber der Herzog würde die Waffen nicht haben wollen – vorher musste Arlian ihm schon einen toten Drachen präsentieren.

Das drückend heiße Wetter – Drachenwetter – hielt weiter an und zerrte an jedermanns Nerven. Im Lauf der nächsten Tage ritzte sich Arlian mehrmals den Arm auf und wusch seine blutigen Hände, um mit den Drachen zu sprechen und mehr über ihre Pläne zu erfahren, aber wie der Drache in Tiefgraben angekündigt hatte, scheiterten seine Versuche.

Er konnte nur warten.

17
Ein Besuch von Lady Opal

Arlians Warten wurde auf überraschende Weise unterbrochen. Er war im Garten und meditierte an den Gräbern von Sweet und Möwe unter der Esche, als Venlin auftauchte.

Venlin setzte ohne guten Grund nie einen Fuß in den Garten; Arlian drehte sich um und fragte: »Was gibt es?«

»Lady Marasa, mein Lord.«

Arlian blinzelte. »Was ist mit ihr?«

»Sie wartet im kleinen Salon auf Euch.«

»Sie ist hier? Sie ist hierher gekommen?« Arlian starrte Venlin an. Was wollte Opal hier? Sie hasste ihn und machte keinen Hehl daraus; es war bestimmt kein bloßer Höflichkeitsbesuch.

»Ja, mein Lord.«

»Du hast sie hereingelassen?«

»Ja, mein Lord. Lady Marasa kann sehr energisch sein.«

Dies stimmte, wie Arlian wusste – sie hatte nicht das übernatürliche Charisma eines Drachenherzens, aber sie hatte keine Hemmungen, ihre Wünsche durchzusetzen. Arlian vermutete, dass Wither sie gerade deswegen geliebt hatte. »Hast du sie unbeaufsichtigt gelassen?«

»Nein, mein Lord. Wolt ist bei ihr.«

Arlian kam ein unerfreulicher Gedanke. »Sie hat Dovliril nicht gesehen, oder?« Dies war der Lakai, der Zeuge von

Lord Withers Tod gewesen war; er war vor einiger Zeit aus Opals Diensten geschieden und von Arlian eingestellt worden, damit er beim Transport der Möbel vom Grauen Haus in den Alten Palast half. Lady Opal würde nicht erfreut sein, ihn hier zu sehen.

»Ich glaube nicht, mein Lord.«

»Sorge dafür, dass es nicht passiert«, befahl Arlian, als er Blütenstaub von seiner Hose wischte und sich zur Tür wandte.

Einen Moment später betrat er den kleinen Salon und verbeugte sich.

»Lady Opal«, sagte er.

Sie hatte sich auf einer der blauen Seidencouchen niedergelassen und trug ein provokativ enges Kleid, dessen Saum ein wenig hochgezogen war und eine straffe Wade entblößte. Sie beugte sich zu Arlian und enthüllte ihr tief ausgeschnittenes Mieder. Ihre schwarzen Haare waren kunstvoll frisiert, Locken umrahmten ihr Gesicht, und ihre Augen waren schwarz geschminkt.

»Mein Lord«, sagte sie mit einer Stimme, die tiefer klang, als Arlian sie bisher gehört hatte.

»Wolt«, sagte Arlian, ohne die Augen von ihr zu wenden, »danke. Du kannst gehen.«

Wolt verbeugte sich und verschwand durch die Tür. Arlian hörte, wie sie hinter ihm ins Schloss fiel.

»Mein Lord Obsidian«, sagte Opal. »Es ist mir eine Freude, Euch zu sehen!«

Arlian sah sie einen Moment schweigend an und sagte dann: »Müsst Ihr so unverfroren sein, meine Lady?«

Sie starrte ihn an und rang sich dann ein Lachen ab.

»Meine Informanten haben mir berichtet, dass Ihr auf weniger direkte Annäherungsversuche nicht reagiert.«

Arlian fragte sich, wer diese Informanten wohl waren, aber er sagte nur: »Ich habe wahrscheinlich nicht reagiert, weil ich nicht wollte, meine Lady, und nicht, weil ich mir der Möglichkeiten nicht bewusst war.«

Opal runzelte leicht die Stirn, ein Ausdruck, den sie, wie Arlian überzeugt war, sorgfältig kultivierte, um charmant und mädchenhaft zu wirken. »Aber ich weiß, dass Ihr Frauen mögt!«, sagte sie. Das Stirnrunzeln verschwand, und sie zuckte die Schultern. »Ich nehme an, dass Euer Harem aus einem halben Dutzend Huren Euch genügt.«

Arlian wusste schon seit Wochen, dass er und Opal keine Freunde waren, dass sie auf verschiedenen Seiten standen, aber erst jetzt dämmerte ihm, dass er sie auf einer persönlichen Ebene nicht mochte. »Was führt Euch hierher, meine Lady?«, fragte er. »Was wollt Ihr von mir?«

»Pfahl hat es Euch gesagt«, erwiderte Opal und straffte sich. »Und Ihr wisst es ohnehin. Der arme Wither hat es Euch gesagt.«

»Und er war der Ansicht, dass Ihr es nicht bekommen sollt«, erklärte Arlian. »Er sorgte dafür, dass Ihr bei seinem Tod nicht anwesend wart, um sicherzugehen, dass Ihr nicht versucht, sein Blut zu trinken.«

Opal heuchelte Entsetzen – oder vielleicht war es nicht ganz geheuchelt. »War das der Grund? Ich hätte niemals sein Blut getrunken!« Ihre Miene wurde nachdenklich. »Hätte es denn funktioniert?«

»Wahrscheinlich nicht«, sagte Arlian angewidert. »Zweifellos hätte es nicht funktioniert, bevor er sich das Messer ins Herz stieß und den Drachen tötete, der dort heranwuchs, aber nach diesem Stoß – wer weiß?«

»Ich weiß, dass sein Blut zu seinen Lebzeiten giftig war«, bestätigte Opal. »Er erzählte mir von dieser dummen Vorina, die auf diese Weise starb. Mir ist nicht der Gedanke gekommen, dass sein Tod dies ändern könnte.« Sie musterte Arlian neugierig.

»Mein Blut wird Euch nicht helfen«, sagte Arlian, »ganz gleich, wann oder wie Ihr es nehmt – ich bin noch nicht lange genug verseucht.«

»Es gibt andere, die es sind«, erinnerte sie.

»Möglich. Oder möglicherweise würdet Ihr Euch nur selbst vergiften. Meine Lady, warum gebt Ihr Eure perverse Suche nicht auf und lebt das Leben, das Euch die Götter geschenkt haben?«

»Weil die Götter sehr geizig waren und die Drachen viel großzügiger sein können!«, sagte sie. »Ihr könnt leicht behaupten, wie schrecklich es ist, den Drachen verpflichtet zu sein und eins ihrer Jungen in Eurem Herzen auszutragen, aber Ihr habt noch tausend Jahre Leben vor Euch, während ich vielleicht ein halbes Jahrhundert erwarten kann, von dem ich die meiste Zeit runzlig und grau sein werde.«

»Das ist das natürliche Los des Menschen, meine Lady.«

»Das natürliche Los des Menschen – schaut Euch um, mein Lord. Ist es natürlich, auf seidenen Kissen zu sitzen, unter vergoldeten Mäanderbändern? Nein, unser natürliches Los ist es, nackt in Höhlen zu kauern, wie die Barbaren jenseits der Berge. Wir haben unsere Umgebung auf vielerlei Weise verbessert; warum sollten wir nicht auch uns selbst verbessern?«

»Weil wir dadurch in der Zukunft noch mehr Drachen entfesseln werden.«

»Drachen kann man töten, mein Lord, bevor sie irgendwelchen Schaden anrichten.« Sie beugte sich über die Armlehne der Couch zu ihm. »Ihr habt dies selbst bei Stiam und Enziet bewiesen!«

Arlian seufzte.

»Meine Lady«, sagte er, »ich habe Euch erklärt, dass ich Euch nicht helfen werde. Warum akzeptiert Ihr meine Entscheidung nicht?«

»Weil Ihr wisst, wo sie sind!«, erwiderte sie. »Keiner der anderen weiß es. Ich habe sie gefragt – Lady Pulzera hat für mich die Aufzeichnungen der Gesellschaft durchgesehen und schwört, dass sie nicht die Lage einer einzigen ihrer Höhlen finden kann, aber Enziet hat Euch gezeigt, wo eine ist.«

»Ihr habt mit Pulzera gesprochen?«

»Natürlich«, bestätigte Opal. »Sie sagte, Ihr hättet es vorgeschlagen; deshalb dachte ich auch, Ihr hättet Eure Grausamkeit bereut und könntet überredet werden, mir zu helfen.«

»Ich habe dies nur gesagt, um sie davon abzuhalten, Euch zu töten, meine Lady«, erklärte Arlian.

»Nun, jedenfalls danke ich Euch dafür. Aber, Obsidian, Ihr hättet noch viel mehr tun können! Ich werde alles für Euch tun, wenn Ihr mir zeigt, wo diese Höhle ist. Ich werde Euch Withers gesamtes Erbe geben; ich werde Eure Wünsche in jeder Weise erfüllen. Ich bin noch immer jung, aber Wither brachte mir Dinge bei, die er im Lauf der Jahre gelernt hat – ich kann Euch auf eine Weise Vergnügen bereiten, wie es Eure Huren niemals können, dessen bin ich mir sicher! Und ich werde Euch helfen, die Drachen zu töten, wenn das wirklich Euer Wunsch ist – Pulzera wird vielleicht versuchen, uns aufzuhalten, aber ich werde sie an Euch verraten, damit Ihr sie töten könnt, wenn Ihr wollt. Alles, mein Lord!« Sie sah flehend zu ihm auf.

Voller Abscheu erwiderte Arlian ihren Blick.

»Lord Wither war ein größerer Narr, als ich dachte. Er hätte Euch nie verraten sollen, was er beabsichtigte«, sagte er.

»Er wusste nicht, was Ihr wisst!«, protestierte sie. »Er war einsam, und er hielt sich für unsterblich – kann man ihm da vorwerfen, dass er eine Gefährtin suchte? Ich könnte Eure Gefährtin sein, mein Lord – ich könnte Eure Sklavin sein, wenn Ihr wollt!«

»Ich will nichts Derartiges!«, wehrte Arlian erschüttert ab. »Ich werde Euch nicht helfen, Euch selbst zu verdammen, ganz gleich, wie sehr Ihr Euch es wünscht.«

»Verdammt mich, bitte!«, rief sie.

Als er nicht antwortete und der entsetzte Ausdruck auf seinem Gesicht nicht wich, straffte sie sich erneut.

»Obsidian«, sagte sie, »wenn Ihr nichts wollt, was ich Euch geben kann, dann werdet Ihr vielleicht interessierter an dem sein, was ich Euch vorenthalten kann. Ihr wisst, dass Gerüchte über Euch im Umlauf sind.«

»Ich habe davon gehört«, räumte Arlian verärgert ein.

»Ich habe bei ihrer Verbreitung geholfen, auf Pulzeras Bitte hin«, sagte Opal. »Sie und Lord Hardior haben eine Kampagne gestartet, um Euch zu entehren, um den Herzog davon zu überzeugen, Euch zum Tode zu verurteilen oder

Euch zumindest aus der Stadt zu verbannen, und ich habe ihnen dabei geholfen. Pulzera versprach im Gegenzug, mir zu helfen – aber jetzt sagt sie, dass sie die Höhlen der Drachen nicht finden kann. Sie sagt, dass die Drachen in Kürze zurückkehren werden, und wenn das geschieht, wird sie sich in ihre Dienste stellen und ihnen das Gift entlocken, das ich begehre, aber kann ich ihr glauben? Was ist, wenn die Drachen ihre Dienste nicht wollen? Deshalb würde ich es vorziehen, mit Euch zu verhandeln, mein Lord. Ich habe Pfahl mit Euch geschickt für den Fall, dass Ihr ihn zu der Höhle unter der Ödnis führt, aber Ihr und er seid nur bis Tiefgraben gekommen und dann zurückgekehrt, und jetzt seid Ihr gewarnt, so dass ich nicht hoffen kann, mit einem anderen Spion mehr Erfolg zu haben; ich brauche Eure Hilfe. Wenn Ihr sie mir gebt, dann werde ich Pulzera mit Freuden verraten; meine Leute werden die Gerüchte abstreiten, die sie verbreitet, und allem widersprechen, was sie sagt. Ich kann Euch nicht verführen, aber vielleicht kann ich den Herzog verführen und ihn von Eurer Loyalität, Eurem Mut, Eurer Bedeutung für die Stadt überzeugen. Ich könnte Hardiors Lügen widerlegen. Sie schimpfen Euch einen Feigling und behaupten, dass Ihr aus Angst Euer Schwert weggeworfen habt; ich könnte ihm weismachen, dass es aus Barmherzigkeit geschah. Bitte, mein Lord!«

Arlian bedauerte sie allmählich, verachtete sie aber noch immer. Diese Frau wagte es, seine Gäste Huren zu nennen, bot sich aber gleichzeitig Arlian oder dem Herzog an, um das Elixier zu bekommen, das sie begehrte.

»Nein«, sagte er.

»Bitte!«

»Lady Opal, Ihr bringt Euch in eine peinliche Lage«, erklärte er. »Bitte, kehrt heim und überdenkt Eure Situation. Ihr habt ein langes Leben vor Euch ohne diese Verderbnis, die Ihr sucht.«

»Nicht lange genug!«, rief sie. »Bei weitem nicht lange genug!«

»Ich werde Euch nicht helfen.«

Sie starrte ihn einen Moment schweigend an und sagte dann: »Ich werde dies nicht als endgültige Entscheidung akzeptieren. Vielleicht überlegt Ihr es Euch eines Tages anders. Bis dahin werde ich alles tun, was ich kann, um Pulzera und Hardior zu helfen, und vielleicht werden sie eines Tages das Gift finden, das ich brauche. Wenn Ihr Eure Meinung ändert, werde ich Euch alles geben, was Ihr verlangt – aber nur, bis die anderen eine Quelle finden.«

»Ich glaube nicht, dass ich meine Meinung ändern werde«, erklärte Arlian.

»Dann seid Ihr ...« Sie brach ab. »Vielleicht doch«, sagte sie. »Wir werden sehen.«

»Das werden wir in der Tat. Nun, gibt es sonst noch etwas, oder soll ich Euch von Wolt zur Tür führen lassen?«

»Ich werde gehen«, sagte sie und stand auf. Arlian öffnete die Tür für sie.

Als sie über die Schwelle trat, drehte sie den Kopf und sprach über ihre Schulter.

»Ich hoffe, bald von Euch zu hören, mein Lord.«

»Möget Ihr immer Hoffnung haben, meine Lady«, erwiderte er.

18
Ein Besuch bei Lady Reif

Opals Besuch nagte an Arlian; ihm gefiel die Vorstellung nicht, dass sie, Pulzera und Hardior gegen ihn konspirierten. Pulzera und Hardior durften ihn nicht töten, aber Opal unterlag dieser Beschränkung nicht; Arlian wusste, dass ihre einzige Beschränkung die Hoffnung war, dass er eines Tages seine Meinung ändern und ihr einen Tropfen Gift geben würde. Solange er der einzige Mensch in Manfort war, der wusste, wo eine Drachenhöhle lag, würde sie seinen Tod nicht wollen – aber Arlian vermutete, wenn ein anderer dieses Wissen enthüllte oder von irgendwoher Drachengift besorgte, würde Opal mit Freuden einen Meuchelmörder dingen, um den unbequemen Lord Obsidian zu beseitigen.

Und da sie keinen Grund zur Eile hatte und Lord Hardior sie beriet, würde sie wahrscheinliche bessere Arbeit als Drisheen leisten.

Er wünschte, Black wäre zurück, um offen mit jemandem sprechen zu können, aber nichts deutete auf die bevorstehende Rückkehr seines Haushofmeisters hin.

Um sich abzulenken und etwas über die derzeitigen Ansichten der anderen Drachenherzen zu erfahren, begab sich Arlian ein paar Tage nach Opals Besuch zu Lady Reif.

Er hatte gehofft, dass er mit ihr so offen wie mit Black sprechen konnte, aber sie war seltsam distanziert, nicht so frei heraus und freundlich wie sonst, und er hielt sich zurück, während ihm immer unbehaglicher zu Mute wurde.

Schließlich, beim Abendessen, fragte er sie direkt: »Habe ich Euch in irgendeiner Weise gekränkt, meine Lady? Ich dachte, wir wären Freunde, aber Ihr habt heute noch nicht wie eine Freundin zu mir gesprochen.«

Sie sah ihn an, legte dann ihre Gabel beiseite und griff nach ihrem Beinknochen.

»Warum seid Ihr zurückgekehrt?«, fragte sie.

Er blinzelte sie überrascht an. »Wo sollte ich sonst hin?«, erwiderte er.

»Vielleicht nach Arithei. Oder in die Ödnis. Oder in die darunter liegenden Höhlen. Ihr könntet auch durch die Straßen schleichen und hoffen, Hardior oder Toribor aufzulauern. Oder in die Zitadelle, um den Herzog zu beschwatzen, Euch bei Euren Plänen zu helfen.«

»Ich verstehe nicht, was Ihr meint, meine Lady. Würdet Ihr mir den Gefallen tun und es erklären?«

Sie seufzte. »Arlian«, sagte sie, »ich dachte, Ihr hättet Rache geschworen und Euer Leben der endgültigen Vernichtung der Drachen gewidmet. Ihr habt Enziet und Drisheen erschlagen und seid zurückgekehrt, um umfangreiche Vorbereitungen zu treffen; ihr habt den Drachen getötet, der aus Nagel entsprang, und habt uns allen gezeigt, welches Schicksal uns erwartet; Ihr habt nicht nur zugelassen, dass dieses Wissen die Drachen-Gesellschaft zerstört, sondern ihre Zerstörung aktiv betrieben; Ihr habt Withers Selbstmord beobachtet und Euch mit Toribor duelliert und den Herzog aufgesucht, um mit ihm zu sprechen. Und dann habt Ihr Eure Vorbereitungen einfach aufgegeben und seid aus der Stadt geflohen, und ich dachte, es würde Eurer Rache dienen, ich dachte, Ihr würdet Monate oder Jahre fort sein und mit dem Kopf eines Drachen oder an der Spitze einer Armee zurückkehren, um Euren Feldzug fortzusetzen. Aber stattdessen seid Ihr allein zurückgekehrt, viel zu früh, um Arithei erreicht und neue Magie gekauft zu haben, zu früh, um die Drachenhöhle unter der Ödnis erreicht zu haben, zu früh, um irgendetwas Wichtiges vollbracht zu haben, und Ihr habt weder mit dem Herzog noch mit der Gesellschaft gesprochen, obwohl Opal Euch besucht hat, und dem Klatsch zufolge trug sie bei dieser Gelegenheit ihr attraktivstes Kleid. Sicher, Ihr habt sie recht früh nach Hause geschickt, aber Ihr habt nichts getan, um sie an der weiteren Verbreitung ihrer Lügen zu hindern. Stattdessen kommt Ihr hierher und verschwendet den Tag mit höflichem Geplauder, erzählt mir nichts Wichtiges, verliert kein Wort über Rache oder Drachen. Ich sehe Euch aus den Augenwinkeln an und frage mich, ob Ihr vielleicht entschieden habt, dass ich das nächste Drachenherz bin, das sterben soll, um die Geburt eines Drachen zu verhindern; ich frage mich, ob ich bereit bin zu sterben, obwohl ich in meiner derzeitigen Gestalt noch weitere fünfhundert Lebensjahre vor mir habe – und ich frage mich, ob irgendetwas geschehen ist und das Feuer in Eurem Herzen und die Flamme Eurer Rache gelöscht hat. Hat das Gift in Eurem Blut Euch schneller als gewöhnlich erkalten lassen? Oder habt Ihr irgendeinen komplizierten und subtilen Plan geschmiedet, den Ihr mir verheimlicht?«

»Ah«, sagte Arlian. Er lehnte sich auf seinem Stuhl zurück, betrachtete sie und fuhr fort: »Ich habe nicht die

Absicht, Euch in absehbarer Zeit zu töten, meine Lady; Ihr könnt in diesem Punkt beruhigt sein. Ich habe auch meine Pläne, die Drachen zu vernichten, nicht aufgegeben. Ich bin nicht aus der Stadt geflohen; ich hatte einige Dinge in Tiefgraben zu erledigen, und nachdem sie geregelt waren, bin ich in mein Haus zurückgekehrt. Ich war nicht auf dem Weg zu den Höhlen unter der Ödnis. Ich wollte zuerst meine Freunde und Bediensteten nach Arithei begleiten, überlegte es mir dann aber anders. Sie sind jetzt auf dem Weg und sollten im Frühjahr mit Magie zurückkehren, die ich für meine Rachepläne benötige.«

»Ihr habt sie nicht begleitet? Ihr kamt hierher zurück?«

»Das ist richtig.«

»Warum?«

Arlian sah sie eine Sekunde ausdruckslos an und suchte nach den passenden Worten.

»Ihr habt Black und die Aritheier allein nach Süden geschickt? Arlian, Ihr habt in der kurzen Zeit, in der ich Euch kenne, Euch immer selbst um Eure Angelegenheiten gekümmert und sie nicht anderen überlassen. Warum habt Ihr die Karawane nicht nach Arithei begleitet?«

»Ich habe Black nicht nach Süden geschickt«, widersprach Arlian. »Er hat eine völlig andere Aufgabe.«

»Aber Ihr habt Euch nicht selbst darum gekümmert, was immer es auch sein mag?«

»Er meinte, er würde ohne mich besser zurechtkommen«, sagte Arlian. »Und ich dachte, ich könnte hier von größerem Nutzen sein. Ich hatte nicht das Gefühl, dass ich mir zeitlich gesehen die Reise nach Arithei leisten kann.«

»Welchen Nutzen meint Ihr? Warum konntet Ihr Euch die Zeit nicht leisten?«

Arlian zögerte und antwortete dann: »Manchmal habe ich den Eindruck, meine Lady, dass seit Enziets Tod alles, was ich getan habe, um meinen Feldzug gegen die Drachen fortzusetzen, die Lage nur verschlimmert hat. Es scheint fast so, als wäre es am besten, nichts zu tun – doch jetzt, wo ich meine Hände in den Schoß gelegt habe, macht Ihr mir Vorwürfe.«

»Natürlich! Ich will, dass Ihr die Aufgabe zu Ende führt, die Ihr angefangen habt, und den von Euch angerichteten Schlamassel beseitigt.«

Arlian hielt ihrem Blick stand. Sie sprach die Wahrheit, davon war er überzeugt – sie wollte, dass er die Drachen vernichtete, und sie wollte wissen, warum er in dieser Hinsicht nichts unternahm. Sie verdiente, dass er ihr ebenfalls die Wahrheit sagte.

»Der Schlamassel ist schlimmer, als Ihr ahnt«, erklärte er. »Die Drachen haben ihre Höhlen verlassen.«

Reif starrte ihn einen Moment an und rief dann: »Wie, etwa alle?«

»Ich weiß nicht, wie viele«, gestand er. »Aber einige von ihnen gewiss.«

»Woher wisst Ihr das? Warum haben wir nichts gehört?«

»Ich habe von Enziet gelernt, wie man mittels Zauberei mit ihnen sprechen kann, wenn Ihr Euch erinnert ...«

»Das habt Ihr uns erzählt«, unterbrach Reif. »Die Hälfte der Zauberer in der Gesellschaft haben es versucht, aber wenn einer von ihnen Erfolg hatte, so hat er diesen Erfolg für sich behalten.«

»Nichtsdestotrotz habe ich es zweimal erfolgreich getan – und es mehrfach erfolglos versucht. Es funktioniert nur, wenn die Drachen es wollen. Ich habe es in Tiefgraben getan, und einer der Drachen sprach zu mir. Sie zerstören die Dörfer an der Küste und hinterlassen absichtlich vergiftete Überlebende, um die Drachenherzen zu ersetzen, die ich getötet habe. Die Nachricht hat Manfort noch nicht erreicht – aber ich nehme an, sie wird in Kürze eintreffen.«

»Und wenn dies geschieht, wollt Ihr hier sein?«, fragte Reif. »Warum? Wenn die Drachen die Küste verwüsten, solltet Ihr dann nicht dort sein, in Lorigol oder Sarkan-Mendoth, um Euch ihnen entgegenzustellen?«

»Und was könnte ich gegen sie ausrichten, selbst mit einem Obsidianspeer?«, fragte Arlian. »Ein Mann gegen einen Drachen in einer brennenden Stadt? Aber Manfort ist so gebaut, dass es Drachenfeuer widersteht ...«

»Vor siebenhundert Jahren«, unterbrach Reif. »Wie viel von der Stadt kann jetzt brennen? Seht Euch um – bestehen diese Mauern aus Stein?«

Ihr Speisesaal war mit dunklem Edelholz getäfelt, die Decke mit geschnitzten und vergoldeten Querbalken verziert. Durch das hölzerne Stabwerk vor den Fenstern fiel der Blick auf Mäanderbänder und Obstbäume – eine ornamentierte hölzerne Promenade und dahinter der untere Garten.

»Dennoch«, sagte Arlian, »es gibt die Stadtmauer und die Wachen des Herzogs ...«

Reif schnaubte abfällig.

»Besser hier als in jeder anderen Stadt«, beharrte Arlian. »Und wichtiger noch, Lady Reif, ich bin davon überzeugt, dass die Drachen früher oder später hierher kommen werden, während es durchaus sein kann, dass sie Lorigol und Sarkan-Mendoth ignorieren. Wenn ich zur Küste ginge, wie könnte ich sie finden? Wie könnte ich sie bekämpfen? Sie könnten in die Luft fliehen, wenn ich sie bedrohe, als wäre ich ein Hund, der Tauben jagt. Hier werden sie von den Mauern und Türmen behindert und von Männern mit Obsidianspeeren eingekreist. Zumindest hier haben wir eine Chance, ein oder zwei von ihnen zu töten.«

»Dennoch habt Ihr Black zur Küste geschickt ...«

»Um Informationen zu sammeln und nach Überlebenden zu suchen, nicht um gegen die Drachen zu kämpfen.«

Reif dachte sorgfältig darüber nach. Dann erklärte sie: »Ihr sagtet, von Männern mit Obsidianspeeren eingekreist – welche Männer habt Ihr dabei im Sinn? Die Wachen des Herzogs?«

»Eigentlich hatte ich gehofft, die Drachen-Gesellschaft für die Sache zu begeistern – zumindest jene, die sich nicht Pulzeras Theorien oder Hardiors Dummheiten ergeben haben. Wir sind früher Drachen begegnet und haben es überlebt; keiner der Soldaten des Herzogs kann dies von sich behaupten.« Er erwähnte nicht, dass der Herzog gesagt hatte, dass er ihm nicht helfen würde, bis ein Drache getötet worden war.

»Ha!«, rief Reif.

»Meine Lady?«

»Ari, der Großteil der Drachen-Gesellschaft hasst Euch.« Trotz ihrer harschen Worte war Arlian erleichtert, dass sie ihn zum ersten Mal an diesen Tag bei seinem vertrauten Spitznamen nannte. »Selbst Voriam zweifelt inzwischen an

Euch. Pulzera und Opal und Hardior haben ihr Gift gut verbreitet, und Ihr habt ihnen durch Eure letzten Handlungen in die Hände gespielt – habt auf den Befehl des Herzogs hin mit Euren Waffen feige die Stadt verlassen, Euch ohne Begleitung wieder hineingeschlichen ...«

»Geschlichen? Ich bin am helllichten Tag in die Stadt geritten!«

»Ohne Gefolge.«

»Ich brauche kein Gefolge!«

Sie zuckte die Schultern. »Ihr habt Toribor am Leben gelassen.«

»Lord Toribor hat mich mit seinem Mut und Ehrgefühl beeindruckt«, protestierte Arlian. »Und in Wirklichkeit hat er *mich* am Leben gelassen.«

»Ihr habt geschworen, ihn zu töten. Wir dachten, Ihr wollt die gesamte Gesellschaft töten oder bei dem Versuch sterben.«

»Ich suche nach Alternativen; würdet Ihr es vorziehen, dass ich Euch hier und jetzt töte?«

»Nein. Obwohl ich nichts für die Drachen oder Pulzeras Verrat übrig habe, will ich leben – so wie wir alle, denke ich.«

»Die Drachen sind meine Feinde, meine Lady«, sagte Arlian. »Ich habe nichts gegen die Gesellschaft. Ich will nur, dass aus ihrer Mitte keine neuen Drachen entspringen.«

»Und wie könnt Ihr dies erreichen? Und was ist mit den Überlebenden, die Black sucht, wie Ihr sagt? Wenn es welche gibt, werdet Ihr nicht länger das jüngste Drachenherz in den Ländern der Menschen sein – wie wird dies Eure Pläne beeinflussen?«

»Ich weiß es nicht«, gestand Arlian. »Ich werde die weitere Entwicklung abwarten.«

»Das scheint schwerlich Eure Art zu sein.«

»Die Dinge sind in Bewegung, meine Lady, und ich muss sehen, was dabei herauskommt, bevor ich etwas unternehmen kann.«

»Ich hoffe, dass Ihr die Gelegenheit dazu haben werdet«, sagte Reif. »Ihr wisst, dass Ihr menschliche Feinde habt.«

»Und ich werde mich mit ihnen befassen, wenn es notwendig wird.« Arlian hob seinen Becher. »Ich danke Euch für Eure Erklärung, meine Lady, und ich hoffe, dass wir auch weiterhin Freunde bleiben werden.«

»Das hoffe ich auch«, sagte Reif, während sie den Knochen zur Seite legte und ihre Gabel nahm. »Das hoffe ich auch.«

19
Über das Wesen der Sklaverei

Drei Tage nach Arlians Abendessen mit Reif traf in Manfort die Nachricht von der Zerstörung eines Fischerdorfs ein, das ein paar Wegstunden südlich von Benthin lag und den Namen Kirialsfels trug. Augenzeugen berichteten – und zu jedermanns Überraschung gab es überlebende Augenzeugen auf den Bauernhöfen der Umgebung –, dass drei Drachen aus den Wolken aufgetaucht waren, die Fischerboote des Ortes mit ihrem feurigen Gift verbrannt und dann die Docks und Häuser verwüstet hatten.

Zwei Fischer, Vater und Sohn, waren schwer verbrannt, aber lebend an die Klippen gespült worden.

Dies war die ganze Nachricht, aber wie Arlian von Stammel erfuhr, kochte die Gerüchteküche. Einige der Gerüchte beschuldigten ihn der Komplizenschaft mit den Drachen und machten ihn für ihr Wiedererscheinen verantwortlich, obwohl die genaue Verbindung unklar blieb.

Unklar oder nicht, dies war der Auslöser für eine neue Welle von Steinwürfen und Vandalismus; zwei weitere Fenster gingen zu Bruch, und an einen Torpfosten wurde mit Blut die Zauberrune eines Fluchs gemalt. Arlian entschied, dass es unklug wäre, auszugehen oder Gäste einzuladen, und blieb zu Hause, sah die Haushaltsbücher durch und kümmerte sich um die übrigen alltäglichen

Angelegenheiten. Etwa zwei Drittel der Waffen waren aus Westwacht eingeschmuggelt worden; er überlegte, ob er einen Boten mit der Anweisung losschicken sollte, den Transport des Restes zu verschieben, überließ die Entscheidung dann aber Stecher.

Die Lieferung dieses Tages traf spät, aber ohne Zwischenfälle ein.

Am nächsten Morgen wurde bekannt, dass Tiapol zerstört worden war.

Tiapol war eine größere Stadt auf halbem Weg zwischen Kirialsfels und Benthin, aber die Drachen verwüsteten sie so gründlich wie jeden kleineren Ort – und wieder ließen sie im Umland lebende Augenzeugen zurück und erlaubten es den Überlebenden der zertrümmerten Boote, sicher ans Ufer zu schwimmen.

Die Steinwürfe waren jetzt zahlreicher als zuvor; Arlian ließ die Verschläge schließen, damit nicht noch mehr Glasscheiben zerbrachen. Er fragte sich, ob Opal und Pulzera diese Übergriffe angestiftet hatten oder ob die Steinewerfer spontan handelten.

Er glaubte, Horn in der Menge zu erblicken, aber der Mann verschwand, bevor Arlian seine Identität feststellen konnte.

Kurz vor seinem Mittagsmahl hörte Arlian von Stammel weitere grausige Einzelheiten der Zerstörung Tiapols, die ihn zutiefst bedrückten. Er hatte seine Mahlzeit soeben beendet, als Wolt ihm einen Brief brachte. Neugierig öffnete Arlian ihn am Tisch.

Das Schreiben trug Lord Toribors Wappen und lautete: »Ich werde Euch heute Nachmittag in Eurem Haus besuchen. Ich glaube, es gibt einige Dinge, die wir besprechen müssen.«

Arlian eilte in sein Studierzimmer und schrieb hastig eine Antwort mit dem Inhalt: »Ich bedaure, dass ich Eure Sicherheit nicht garantieren kann, aber Ihr seid willkommen. Solltet Ihr Euch dagegen entscheiden, werde ich Euch keine Vorwürfe machen und hoffen, dass ein anderes Arrangement getroffen werden kann.« Er schickte Wolt mit dieser Botschaft durch die Seitenpforte.

Er bekam keine Antwort, aber am frühen Nachmittag rollte Toribors Kutsche vor das Tor.

Arlian empfing ihn in der Galerie, die den Vorteil hatte, zum Garten hin zu liegen, nicht zum Vorhof oder der Straße, so dass von den Steinewerfern keine Störung zu erwarten war. Die Männer gaben sich nicht die Hand, grüßten einander aber höflich und gingen spazieren, während sie miteinander sprachen.

»Obwohl ich mir das Gegenteil wünsche«, erklärte Arlian, »glaube ich, dass Ihr Euch hier unbehaglich fühlt, also lasst uns auf die Artigkeiten verzichten und direkt zu diesen Angelegenheiten kommen, über die Ihr sprechen wollt. Um was geht es?«

Arlians Direktheit schien Toribor zu erleichtern. »Ich nehme an, Euch ist die Zerstörung von Kirialsfels und Tiapol bekannt«, sagte er.

»Natürlich.«

»Wisst Ihr irgendetwas über diese Angriffe, das nicht bereits berichtet wurde? Ihr habt von uns das engste Verhältnis zu den Drachen – wisst Ihr mehr als wir?«

Arlian runzelte die Stirn. »Ich kenne nicht mehr Einzelheiten der Angriffe als Ihr«, sagte er, »aber ich weiß seit einiger Zeit, dass zumindest einige der Drachen aus ihrem langen Exil zurückgekehrt sind.«

Toribor sah ihn verärgert an. »Und woher wisst Ihr das, mein Lord?«

Arlian seufzte. »Vor ein paar Wochen war ich geschäftlich in Tiefgraben und über das Wetter besorgt – damals herrschte so wie jetzt das, was mein Großvater ›Drachenwetter‹ nannte. Ich erinnerte mich, dass beim letzten Mal, als ich ein derartiges Wetter erlebte, die Drachen kamen, mein Heimatdorf zerstörten und meine Familie abschlachteten. Ich fürchtete, dass sie erneut auftauchen würden, und so versuchte ich mit der Schüssel voller Blut und Wasser Verbindung mit ihnen aufzunehmen.«

»Wir alle haben es versucht«, wandte Toribor ein. »Es funktioniert nicht.«

Arlian lächelte sardonisch. »Ich weiß«, sagte er. »Oder vielmehr weiß ich, dass die Entscheidung, ob es funktioniert oder nicht, allein bei den Drachen liegt, nicht bei uns. Ich habe es seitdem mehrfach ohne Erfolg versucht, aber damals in Tiefgraben fanden es die Drachen angebracht, mir zu antworten. Ihr Sprecher erklärte mir, dass sie ihre Höhlen verlassen und ein Fischerdorf zerstört hatten und weitere zerstören würden; ihr Pakt mit Enziet besteht nicht mehr, und sie planen, alle Drachenherzen zu ersetzen, die er und ich erschlagen haben, und Hunderte von Unschuldigen zu töten, um eine Hand voll andere mit ihrem verderbten Gift zu verseuchen.«

»Dann haben sie diese Fischer absichtlich am Leben gelassen?«

»So scheint es.«

»Sie haben zwei Städte niedergebrannt; werden sie weitere niederbrennen?«

»Sie sagten es nicht ausdrücklich, aber ich nehme es an.«

Toribor starrte ihn einen langen Moment an und sagte dann: »Das also ist das Ergebnis Eurer verrückten Rache.«

Arlian starrte zurück. »Vielleicht. Glaubt mir, ich bedaure den Tod dieser Dorfbewohner zutiefst.«

»Und das alles nur wegen ein paar Sklaven!«

Arlian antwortete nicht sofort, aber sie erreichten das Ende der Galerie, und statt umzukehren winkte er Toribor zu. »Hier entlang, mein Lord.« Er führte ihn in einen angrenzenden Gang und dann zu dem Wohnzimmer, in dem sich einige seiner Gäste die Zeit vertrieben.

Unterwegs sagte er: »Ich war einer dieser Sklaven, mein Lord.«

»Ein Fehler, wie ich gerne einräume«, erwiderte Toribor. »Ihr seid zweifellos kein geborener Sklave. Enziet hätte keinen frei geborenen Jungen gefangen nehmen und verkaufen sollen. Aber das hatte nichts mit Drisheen zu tun, der vielleicht Enziets Erbe angetreten und seine Geheimnisse besser gehütet hätte als Ihr, und auch nichts mit Eisen oder Nagel oder Kuruvan.«

»Nein?« Sie betraten das Wohnzimmer; die Frauen blickten überrascht auf. Brooke saß am Fenster, wo sie hinauf zum düsteren Himmel geblickt hatte; Hasty und Lara lagen auf dem Boden und spielten mit Vanniari. Hasty schien Toribors Gegenwart nichts auszumachen, aber Brookes Gesicht war ausdruckslos, und Laras Lächeln verwandelte sich in ein feindseliges Stirnrunzeln.

»Ihr erkennt diese Frauen wieder, mein Lord?«, fragte Arlian.

»Zwei von ihnen«, antwortete Toribor. »Sie gehörten mir schließlich zwei Jahre lang. Die dritte, vermute ich, war ebenfalls eine Bewohnerin des Hauses der Fleischeszunft, obwohl ich sie nicht einordnen kann.«

»Und Ihr glaubt, sie waren geborene Sklavinnen?«

Verblüfft sah Toribor Arlian an. »Waren sie das nicht?«

»Ist Euch in den zwei Jahren, in denen sie in Eurem Besitz waren, nie der Gedanke gekommen, sie zu fragen?«

Toribor blinzelte. »Nein«, gestand er. »Der Gedanke ist mir nie gekommen. Enziet und Drisheen lieferten die Frauen für das Haus, und ich hatte angenommen, dass die Frauen von Geburt an für ihre Rolle bestimmt waren.«

»Fangen wir mit der Fremden an, Hasty«, sagte Arlian. »Die, wie ich hinzufügen möchte, von dem verstorbenen Lord Kuruvan gefangen gehalten und geschwängert wurde. Hasty, warst du eine geborene Sklavin?«

»Nein, natürlich nicht, Triv«, sagte Hasty. »Das weißt du doch. Meine Familie starb an der Pest, als ich neun war, und ich wurde von Sklavenjägern gefangen genommen.«

»Unglücklicherweise ...«, begann Toribor, aber Arlian schnitt ihm das Wort ab.

»Lara?«

Lara blickte von einem zum anderen und erwiderte dann: »Mein Vater starb, als ich zehn war – sein Herz versagte den Dienst. Meine Mutter versuchte uns durchzubringen, aber es waren zu viele Mäuler zu stopfen – ich hatte drei Brüder und eine Schwester –, und so tauschte sie mich gegen Essen ein, als ich elf war. Sie wählte mich aus, weil ich den besten Preis erzielte; ich war älter und hübscher als meine Schwester und gehorsamer als meine Brüder. Aber später musste sie doch noch meine Schwester verkaufen. Ich glaube, sie und meine Brüder blieben frei.«

Toribor starrte sie überrascht an.

»Ich war vierzehn«, sagte Brooke ungefragt am Fenster. »Ich war bis über beide Ohren in einen Jungen namens Sarcheyon verliebt, der ein paar Jahre älter war. Ich wollte ihn heiraten, aber mein Vater wollte nichts davon hören, und so liefen wir zusammen weg. Sarcheyon hatte immer davon gesprochen, zur See zu gehen, und um alle zu narren, wandten wir uns landeinwärts.«

»Landeinwärts?«, fragte Toribor verwirrt.

»Ich komme aus Siribel, mein Lord, eine Wegstunde nördlich von Sarkan-Mendoth.«

»Ihr wusstet das nicht einmal?«, fragte Arlian.

Toribor schüttelte den Kopf. »Ich dachte, sie wären alle aus Manfort«, erwiderte er. »Geborene und gezüchtete Sklaven.«

»Sklaven aufzuziehen ist zu teuer, mein Lord«, erklärte Brooke. »Kaum jemand macht sich die Mühe. Es gibt immer genug Unglückliche, denen man nachstellen kann.«

Toribor sah sie schweigend an, und nach einer Pause fuhr sie fort: »Wir schafften es bis nach Gan Pethrin, bevor uns das Essen und das Geld ausgingen, und wir blieben dort eine Weile, bettelten und nahmen jede Arbeit an, die wir finden konnten, und ich hielt es für ein wundervolles Abenteuer, weil ich jung und mit dem Mann zusammen war, den ich liebte. Aber mein Vater hatte Recht, was Sarcheyon anging; etwa vier Monate nachdem wir weggelaufen waren, wurde er meiner überdrüssig und verkaufte mich an einen Sklavenhändler. Er erzählte dem Händler, dass er weiter nach Kaltstrom wollte, aber ich weiß nicht, ob dies die Wahrheit oder eine weitere Lüge war.«

Toribor starrte sie an und fragte dann: »Warum bist du nicht nach Siribel zurückgekehrt?«

Brooke starrte zurück.

»Warum sollte ich?«, fragte sie. »Sie haben nicht nach mir gesucht. Wir waren Monate in Gan Pethrin, und sie haben nie jemand geschickt, um nach mir zu sehen. Und was sollte ich dort?« Sie wies auf ihre Beinstümpfe. »Ihr und Drisheen und die anderen habt dafür gesorgt, dass ich niemals die Frau eines normalen Mannes sein kann, nie die geeignete Mutter für lebhafte Kinder, und die einzigen Kenntnisse, die ich mir in meiner Jugend angeeignet habe, sind außerhalb eines Bordells ohne Nutzen. Hier habe ich Freunde, und Trivs Bedienstete sorgen für mich, wenn ich nicht selbst für mich sorgen kann.«

»Ich weiß nicht, wo meine Mutter und meine Brüder sind«, warf Lara ein. »Sie sind nicht in Lassir geblieben.«

»Triv und Vanni sind die einzige Familie, die ich habe«, erklärte Hasty, während sie das Baby kitzelte, das begeistert gluckste.

Arlian lächelte und legte eine Hand auf Toribors Arm, um ihm zu bedeuten, den Raum zu verlassen. Als sie auf dem Korridor waren und zur Galerie gingen, sagte Arlian: »Ihr seht, mein Lord, für mich sind sie Menschen, keine Sklaven – vielleicht weil ich, wie Ihr sagt, einer von ihnen war. Als Menschen haben sie es verdient, dass die Missetaten gerächt werden, die an ihnen begangen wurden.«

»Vielleicht haben sie es wirklich verdient«, entgegnete Toribor. »Ich werde diese Entscheidung den Göttern überlassen, sofern irgendein Gott überlebt hat. Ob sie es nun verdient haben oder nicht, Obsidian, Eure Rache hat die Drachen auf uns alle heraufbeschworen.«

»Möglicherweise ist das so«, sagte Arlian, »aber möglicherweise wäre es ohnehin dazu gekommen. Ihr wisst sicherlich, dass Enziet in jedem Fall nicht mehr lange zu leben hatte, und wer hätte seinen Pakt fortgeführt? Hätte uns nicht so oder so dasselbe Schicksal ereilt?«

»Nicht unbedingt«, erwiderte Toribor. »Vielleicht wäre Drisheen Enziets Erbe geworden. Und die Drachen-Gesellschaft wäre im Kampf gegen die Ungeheuer vereint und nicht zerstritten wie jetzt.«

»Wäre sie das? Und würde dies eine Rolle spielen?«

»Oh, ich weiß es nicht«, sagte er unglücklich. »Ihr sollt verdammt sein, Obsidian!«

Sie betraten die Galerie und gingen weiter.

»Mein Lord«, sagte Arlian, »Ihr haltet mich für die Ursache all Eures Leides, aber es mag sein, dass das Schicksal mich geschickt hat, um ihm ein Ende zu machen, nicht um es auszulösen. Ihr würdet es doch vorziehen, die Drachen vernichtet zu sehen, nicht wahr?«

»Natürlich würde ich das! Ich bin kein Verräter wie Pulzera.«

»Und arbeitet außer mir sonst noch jemand an diesem Ziel?«

»Wir versuchen es, verflucht, aber was können wir tun? Voriam und seine kleine Gruppe erwarten, dass Ihr in einem Glorienschein auftaucht und sie zum Sieg führt, und die meisten anderen sind mehr oder weniger stark von Pulzera beeinflusst worden. Sie und Hardior und diese verabscheuungswürdige Lady Opal planen, die Drachen weder zu besiegen noch zu vernichten oder zu verbannen, sondern nur dafür zu sorgen, dass sie nicht Manfort angreifen. Sie würden alle Länder der Menschen opfern, um sich selbst zu schützen – und Opal würde ihr gesamtes Vermögen für ein paar Tropfen Drachengift geben; sie umschmeichelt und umgarnt Pulzera und Hardior in der Hoffnung, von ihnen zu erfahren, wo sie welches bekommen kann.« Er schnaubte. »Zumindest macht sie das, wenn sie es erlauben. Wenn sie sie nicht mehr ertragen können, verbringt sie ihre Zeit damit, Lügen über Euch zu verbreiten.«

»Tatsächlich?« Arlian fand dies seltsam amüsant.

»Lügen, gemischt mit Wahrheiten«, sagte Toribor. »Sie kennt bereits viel zu viele Geheimnisse der Gesellschaft, und ich bin nicht sicher, wie viel sie von Wither erfahren hat und wie viel von Pulzera.« Er warf Arlian einen Seitenblick zu. »Sie sagt, Ihr hättet Euch auf die andere Seite geschlagen und wollt als Vizekönig der Drachen über Manfort herrschen. Zumindest behauptet sie das, wenn sie nicht erzählt, dass Ihr in völlige Verzweiflung gesunken seid und Euch hier mit Euren sechs Huren der Wollust hingebt.«

Arlian runzelte die Stirn. »Sie sind keine Huren mehr, und ich bedränge sie nicht.«

»Wisst Ihr, Obsidian, ich glaube Euch.« Er sah durch den Korridor zurück zum Wohnzimmer.

Einen Moment gingen sie schweigend weiter. Dann erklärte Arlian: »Toribor, ich wünschte, ich könnte Euch sagen, dass es einen Weg gibt, die Drachen zurück in ihre

Höhlen zu treiben und uns alle vor ihrem Feuer zu retten, aber ich kann nicht. Ich weiß kaum mehr als Ihr, was uns erwartet. Ich habe Pläne – ich habe Hoffnung auf eine magische Lösung wenigstens eines unserer Probleme, und ich habe Waffen, die theoretisch Drachen töten können. Wenn die Drachen nach Manfort kommen, dann kommt zu mir, und ich werde Euch einen Speer geben, damit Ihr zumindest im Kampf gegen sie sterben könnt.«

»Das wäre immerhin etwas«, entgegnete Toribor. Er sah Arlian wieder an. »Ihr sagt, Ihr habt Pläne?«

»Eigentlich Hoffnungen. Ich habe die Aritheier gebeten, uns nach Kräften zu helfen. Schließlich haben die Drachen es nie gewagt, die Träumenden Berge zu überqueren; vielleicht kann dort etwas gefunden werden, um sie zu besiegen.«

»Vielleicht.« Toribor dachte darüber nach und sagte dann: »Wisst Ihr, Obsidian, ich bin froh, dass ich Euch nicht getötet habe. Wie Ihr schon sagtet, die Drachen wären ohnehin frei.«

Arlian verzog den Mund zu einem Lächeln.

»Ich bin ebenfalls froh, dass Ihr mich am Leben gelassen habt. Und außerdem bin ich froh, dass ich Euch letztes Jahr in Korkbaum am Leben gelassen habe.«

»Wie es scheint, haben wir am Ende doch eine gemeinsame Basis gefunden.«

Und nach dieser Bemerkung verabschiedete sich Toribor.

20
Das lange Ende des Sommers

In den nächsten Tagen wurden mit deprimierender Regelmäßigkeit Steine und Dreck und Mist auf den Alten Palast geworfen, wobei mehrere Fenster zu Bruch gingen, aber schließlich ließen die Angriffe nach.

Dann traf die Nachricht von der Zerstörung Korkbaums ein, und die Übergriffe begannen erneut, heftiger als zuvor.

Am zweiten Tag dieser Belagerung saß Arlian im kleinen Salon, starrte die geschlossenen Fensterverschläge an und lauschte den Beleidigungen, die draußen gebrüllt wurden und das Klirren des zerbrechenden Glases übertönten. Er hatte erst einen Blick nach draußen geworfen und die zornigen Gesichter des Mobs gesehen und sich gefragt, wer diese Leute waren und warum sie die Zeit und Energie und Wut hatten, ihn heimzusuchen. Er glaubte einige bekannte Gesichter in der Menge entdeckt zu haben – Pfahl und Horn.

Er war sich dessen aber nicht sicher und zog sich außer Sichtweite zurück, bevor sein Anblick einen weiteren Steinhagel auslösen konnte.

Er fragte sich, ob die Drachen Korkbaum absichtlich ausgewählt hatten, um ihn zu reizen – oder um die Karawane nach Arithei abzufangen. Wussten sie, welchen Auftrag die Magier hatten? Hatten sie ihre Gedanken gelesen?

Hatte jemand, der Arlians Pläne kannte, ihnen eine Nachricht geschickt?

Ihm fiel niemand ein, der dafür in Frage kam; er hatte über seine Absichten nicht offen gesprochen. Einige der Bediensteten wussten vielleicht Bescheid, aber er wusste, wie selten die Lords und Ladys der Drachen-Gesellschaft auf ihre Diener hörten.

Er hatte Toribor erzählt, dass die Karawane Magie holen sollte, um die Drachen zu bekämpfen – hatte Toribor es vielleicht der falschen Person weitererzählt?

Es war möglich. Alles war möglich. Er würde wahrscheinlich nie erfahren, ob Korkbaum von den Drachen bewusst als Ziel ausgewählt worden war.

Allerdings würde er früher oder später erfahren, ob die Karawane überlebt hatte.

In diesem Moment klopfte jemand an die Tür des Salons.

»Herein«, rief er.

Die Tür öffnete sich, und Black trat ein.

Arlian sprang von seinem Stuhl auf, seine Niedergeschlagenheit wich, ein breites Grinsen spannte sich von Ohr zu Ohr. »Endlich!«, rief er. »Du bist sicher zurückgekehrt!«

»Ari«, sagte Black etwas weniger begeistert. »Ja, ich bin wieder zu Hause.«

Arlian umarmte ihn, trat zurück und studierte sein Gesicht.

Blacks Miene war düster und ernst, sein Bart nicht gestutzt, ein paar Haarsträhnen hatten sich aus dem festen Knoten in seinem Nacken gelöst.

»War es sehr schlimm?«, fragte Arlian.

»Schlimm genug«, antwortete Black. »Und meine Heimkehr verlief nicht so, wie ich es mir erhofft hatte.«

Arlian sah zu den Verschlägen, als ein schwerer Gegenstand gegen sie prallte – es klang mehr nach einem Schlammklumpen als nach einem Stein.

»Sie machen mich für die Verwüstungen der Drachen verantwortlich«, erklärte Arlian. »Lady Pulzera und Lady Opal und Lord Hardior haben Lügen verbreitet.«

»Hm«, machte Black zurückhaltend.

»Hat man dich angegriffen?«, fragte Arlian besorgt.

»Ich bin durch die Seitenpforte gekommen und wurde für einen Diener gehalten«, erklärte Black. »Niemand belästigt einen Diener – natürlich abgesehen davon, dass irgendjemand die Schäden reparieren und die Flecken wegwischen muss, und es ist nicht der Herr und Meister, der sich die Hände schmutzig macht.«

»Es tut mir Leid, dass ich dir keinen besseren Empfang bieten konnte«, sagte Arlian. »Hast du gegessen? Hattest du etwas zu trinken?« Er griff nach dem Türknauf.

»Ich habe nach meiner Ankunft einen Bissen zu mir genommen«, erwiderte Black. »Und ich ließ meine Mündel in der Küche, wo sie essen.«

»Überlebende? Die beiden Fischer?« Arlian öffnete weit die Tür, und die beiden Männer verließen den Salon und lenkten ihre Schritte zur Küche.

»Fünf Fischer«, sagte Black. »Zwei aus Kirialsfels und drei aus Tiapol.«

»Und sind sie ...«

»Drachenherzen?«, fragte Black. »Drei von den fünf, glaube ich.« Er warf Arlian einen Seitenblick zu. »Hast du vor, sie zu töten? Ich hätte dies mühelos tun können, wenn es das ist, was du im Sinn hast.«

Arlian schüttelte den Kopf. »Nein«, sagte er. »Zunächst will ich wissen, wer und wo sie sind. Ich will mit ihnen reden, ihnen helfen, ein neues Leben zu beginnen – und ihnen erklären, was sie erwartet. Vielleicht wird es am Ende notwendig sein, sie zu töten, aber ich habe keine Eile, meine Hände mit noch mehr unschuldigem Blut zu beflecken, und ich hoffe noch immer, in den nächsten Jahrhunderten eine Alternative zu finden.«

»Jahrhunderte«, wiederholte Black mit einem Anflug von Bitterkeit in der Stimme.

Arlian verbiss sich eine Erwiderung, und die beiden Männer sagten nichts mehr, bis sie die Küche erreichten.

Dort stellte Black Lord Obsidian seinen neuen Gästen vor – Woge und sein Vater Strick aus Kirialsfels und aus Tiapol ein Mann namens Muschel, seine Frau Demdva und ihr Bruder Dinan. Alle waren erschöpft und schmutzig und trugen zerlumpte Kleidung; sie hatten fast ihren gesamten Besitz verloren, als ihre Häuser zerstört worden waren, und Arlian hatte nicht daran gedacht, Black mit genügend Geld auszustatten, um diesen Verlust auszugleichen.

Strick, Demdva und Dinan glaubten, dass sie im Chaos der sinkenden, brennenden Boote Blut und Gift geschluckt hatten; Woge und Muschel hatten es nicht getan. Dieses gewisse Etwas, diese Willenskraft, die das Herz des Drachen war, fehlte ihnen noch, aber schließlich hatten sie das Elixier erst vor ein paar Wochen getrunken, dachte Arlian, und es dauerte einige Zeit, bis das Gift wirkte.

Demdva hatte ihre rechte Hand verloren, als das Boot

ihrer Familie von den Klauen eines Drachen zertrümmert worden war – aber der Stumpf war schnell verheilt, ohne Entzündung. Dieser Verlust hatte das Blut geliefert, das für das Elixier nötig war, und sie und ihren Bruder bespritzt; Muschel hatte am anderen Ende des kleinen Bootes gesessen und versucht, es auf Kurs zu halten, und war unversehrt. Demdva und Dinan hatten halb verheilte Giftverbrennungen an ihren Gesichtern und Armen – Verbrennungen, die, wie Arlian wusste, nie völlig verheilen würden, ebenso wenig wie die Narbe an seiner Wange.

Woge hatte an einer Hand die Haut verloren, als ein Seil seinem Griff entrissen worden war, eine Verletzung, die sauber verheilt wäre, hätten nicht Gifttropfen das wunde Fleisch benetzt. Sein Vater war zu diesem Zeitpunkt bereits über Bord gefallen und so dem Kampf entronnen, und erst, als Woge folgte und einen Arm um Stricks Hals legte, um ihm ans Ufer zu helfen, hatte der ältere Mann das Blut und Gift aus der Wunde seines Sohnes geschluckt.

»Ich habe ihnen gesagt, dass du für ihre Geschichte gut bezahlen wirst«, sagte Black.

»Das werde ich auch tun«, stimmte Arlian sofort zu. »Genug, damit sie von vorn anfangen können, ob nun in Manfort oder an der Küste, wie es ihnen beliebt.«

Seine Gäste waren bei diesen Worten sichtlich erleichtert, und Demdva fasste Mut und fragte: »Mein Lord, warum lungern draußen diese Leute herum und brüllen und werfen Steine?« Sie sprach mit einem starken Akzent, den Arlian noch nie zuvor gehört hatte.

»Sie glauben, dass ich für die Angriffe der Drachen verantwortlich bin«, erklärte Arlian.

Die fünf wechselten Blicke, und Strick fragte: »Seid Ihr es?«

»Ich denke nicht«, erwiderte Arlian. »Und selbst wenn ich es unabsichtlich getan habe – trifft nicht allein die Drachen die Schuld an ihrem Treiben? Sie haben bewusst eure Häuser zerstört; ich habe etwas Derartiges gewiss nicht gewollt.«

»Sind wir hier sicher?«, fragte Muschel. »Was ist, wenn der Mob diesen Palast anzündet?«

Arlian wollte antworten, dass Manfort feuersicher erbaut worden war, aber dann fiel ihm ein, was Reif gesagt hatte, und er sah sich in dem Raum um, in dem sie saßen.

Der große Kamin und die Öfen waren aus Stein und schwarzem Eisen, aber die Türen und Türpfosten waren aus Holz, und der Großteil des Alten Palastes und seine Einrichtung bestanden aus Holz und Gips und Tuch.

»Wenn ihr euch Sorgen macht«, sagte er, »ich habe noch ein anderes Haus, das ihr benutzen könnt, eins aus Stein.«

»Das Graue Haus ist noch immer nicht verkauft worden?«, fragte Black.

Arlian wies zum Fenster. »Ich vermute, die potenziellen Käufer hoffen, es billiger bei einer Versteigerung zu erstehen. Ich hoffe sie zu enttäuschen. Doch in der Zwischenzeit könnt ihr sicherlich riskieren, eine Nacht hier zu verbringen und mir von euren Abenteuern zu erzählen.«

Sie erklärten sich mit einer Nacht einverstanden, und Arlian hörte konzentriert zu, als sie ihm von den Untaten der Drachen erzählten. Er prägte sich ein, dass die Drachen beim Angriff tief geflogen und manchmal gelandet waren und zu Fuß angegriffen hatten, um Wände und Türen zu zerstören, statt die Dächer zu zertrümmern – wenn sie sich zu Fuß ihren Zielen näherten, war zweifellos die günstigste Zeit, um sie zu attackieren.

Er erwähnte dies Black gegenüber, nachdem sich ihre Gäste für die Nacht zurückgezogen hatten. »Genau das wollte ich wissen, als ich dich nach Osten schickte.«

»Einen Drachen mit einem Speer zu töten ist keine einfache Aufgabe«, bemerkte Black. »Man muss ihnen für meinen Geschmack viel zu nahe kommen.«

»Nun, sofern die Aritheier keine geeignete Magie finden, kann ich schwerlich hoffen, sie aus der Ferne zu töten«, sagte Arlian. »Ein Pfeil, selbst einer mit einer Obsidianspitze, würde nie ein Drachenherz erreichen.«

»Sofern es kein sehr großer Pfeil ist«, stimmte Black mit einem trockenen Lächeln zu.

Arlian lachte, brach dann aber ab.

Ein sehr großer Pfeil, so groß wie ein Speer oder vielleicht noch größer ... warum nicht? Ein normaler Bogenschütze konnte keinen Pfeil abschießen, der lang genug war, um einem Drachen bis ins Herz zu dringen, aber vielleicht konnte man etwas bauen. Ein normaler Mensch konnte keinen Behälter von der Größe des Erztrichters in der Mine heben, aber mit Flaschenzügen und Seilen und Maultieren wurde dieser Trichter zweimal am Tag gehoben – oder zumindest war es so gewesen, bis er die Sklaven befreit hatte, die ihn füllten.

Mit einem derart riesigen Pfeilkatapult zu zielen würde natürlich schwierig sein, und er konnte es nicht mit zu den Höhlen der Drachen nehmen, aber dennoch ...

Er fragte sich, warum er nicht schon früher auf diesen Gedanken gekommen war.

Am Morgen begleitete Arlian die Fischer zum Grauen Haus und vergewisserte sich, dass sie in ihrem neuen Quartier gut versorgt wurden. Er ließ einige von Enziets Möbeln an ihre alten Plätze zurückschaffen und nutzte außerdem die Gelegenheit, um mit Ferrezin über ein paar Angelegenheiten zu sprechen.

Es war spät am Abend, als er endlich in den Alten Palast zurückkehrte und feststellte, dass das Haupttor niedergerissen worden war. Die Menge, die seit Wochen die Straße verunsicherte, war fort, das gesamte Anwesen wirkte wie ausgestorben.

Entsetzt rannte er zur Tür und klopfte laut. Als die Tür nicht sofort geöffnet wurde, fürchtete er das Schlimmste, aber einen Moment später ließ ihn Venlin herein, das Gesicht aschgrau – und mit einem Speer in der Hand, dessen lange Obsidianspitze im Lampenlicht funkelte. Die Verschläge waren geschlossen, so dass Arlian von draußen das Licht nicht gesehen hatte, bevor die Tür geöffnet wurde.

Er hatte auch nicht gesehen, dass das Türschloss beschädigt war und Tür und Rahmen an mehreren Stellen gesplittert waren; um sie zu öffnen, hatte Venlin eine hastig errichtete Barrikade wegräumen müssen.

»Mein Lord«, sagte der Lakai. »Seid Ihr unverletzt?«

»Mir geht es gut«, versicherte Arlian. »Was ist passiert?«

»Ein weiteres Dorf wurde zerstört«, antwortete Venlin. »Der Mob geriet in Raserei, als es bekannt wurde, und brach durch das Tor und stürmte das Haus. Ich hatte das

Schlimmste befürchtet und die Bediensteten bewaffnet, so dass wir bereit waren, als sie die Tür aufbrachen. Sie hätten uns vielleicht trotzdem angegriffen, aber wir erklärten ihnen, dass Ihr nicht zu Hause seid, und sie ließen von ihrem Vorhaben ab.«

»Wo sind sie hin?«, fragte Arlian. »Sie sind nicht zum Grauen Haus gekommen.«

»Nein«, sagte Venlin. »Aber ich fürchte, sie haben den Garten gefunden. Ich bin überrascht, dass sie nicht die Fenster dort eingeschlagen haben – wir hätten sie nicht alle davon abhalten können, wenn sie es versucht hätten.«

»Der Garten?« Arlian lenkte seine Schritte zur Galerie.

Ein paar Momente später bahnte er sich vorsichtig seinen Weg durch den verwüsteten Garten, begleitet von Venlin, der eine Laterne hochhielt.

Der Mob hatte die Reben herausgerissen, den Kräutergarten zertrampelt und die Äste von einem Dutzend sorgfältig gepflegter Bäume abgebrochen. Die Blumenbeete waren ebenfalls verwüstet worden, die Wege voller Unrat.

Arlian sah sich in stummer Verwirrung um. Warum sollte jemand so etwas tun?

»Wurde jemand verletzt?«, fragte er.

»Ich glaube nicht«, sagte Venlin.

Arlian erreichte die nebeneinander liegenden, mit weißen Steinen markierten Gräber von Sweet und Möwe. Arlian hatte ihre richtigen Namen nicht gekannt, so dass die Grabsteine leer waren. Nur Sweets Stein wies eine Inschrift auf: »Sie wurde geliebt.«

Dieser Stein war verschwunden, und in der Mitte von Sweets Grab war ein Loch gegraben worden, etwa dreißig

Zentimeter tief und sechzig Zentimeter im Durchmesser. Offenbar hatten die Marodeure die Stätte geschändet.

Das Loch war nicht leer, und das Bild, wie jemand mit heruntergelassener Hose und lachend auf Sweets Grab hockte, drängte sich ungebeten in Arlians Gedanken. Er starrte die stinkende Hinterlassenschaft an und sagte: »Es tut mir Leid, Sweet.«

Dann konnte er nicht mehr sprechen und wandte sich ab.

Auf der positiven Seite war zu vermerken, dass der Mob seine Wut offenbar abreagiert hatte und in den nächsten Wochen keine weiteren Steine mehr warf, keine weiteren Angriffe durchführte.

In dieser Zeit des Friedens ließ Arlian die Schäden am Alten Palast reparieren, schmiedete Pläne und führte Experimente durch, um ein Katapult zu bauen, das einen Speer in ein Drachenherz schleudern konnte.

Und in dieser Zeit endete auch die lange Dürre – kalter Regen durchweichte die Straßen und Häuser von Manfort und wusch die letzten Reste des Schlamms von den Wänden und Wegen. Der Sommer, das Drachenwetter und die Drachenangriffe endeten für dieses Jahr.

Alles in allem hatten die Drachen fünf Orte zerstört – Kirialsfels, Tiapol, Korkbaum, Shardin und Schwarzwasser. Fast eintausend unschuldige Menschen waren ums Leben gekommen.

Doch dies schien zunächst ein Ende zu haben, und Arlian glaubte, dass der Winter eine Zeit des Heilens sein würde, eine Zeit, in der er Manfort vielleicht mit seiner Gegenwart versöhnen konnte, in der die Menschen vielleicht erkannten, dass er nicht für die Taten der Drachen verantwortlich war.

Dann machte er den Fehler, ein zerbrochenes Fenster nicht nur zu ersetzen, sondern die Verschläge offen zu lassen, und wieder flog ein Stein.

Als er und Black den Schaden untersuchten und spürten, wie der kühle Herbstwind durch die zerbrochene Scheibe wehte, sagte Arlian: »Ich wünschte, es gäbe einen einzelnen Feind, den ich niederstrecken könnte, und nicht diesen großen, namenlosen Mob.«

»Es gibt Namen«, widersprach Black.

»Oh, natürlich gibt es die«, meinte Arlian, »aber ich kann mir nicht mehr sicher sein, welcher Name zu welcher Seite gehört. Denk an Lord Toribor, den zu töten ich geschworen habe – wir sind uns jetzt in allen wichtigen Punkten einig. Und Lord Hardior, den ich einst für meinen besten Verbündeten gegen die Drachen hielt, hat sich verschworen, um mich in Misskredit zu bringen oder zu töten. Ich weiß nicht, wer meine Feinde sind.«

»Nun, diese Steine werfenden Narren sind gewiss nicht deine Freunde. Lady Opal hetzt sie auf; du kannst sie zur Rechenschaft ziehen.«

»Und das würde Lord Hardior einen Vorwand liefern, die Wachen des Herzogs zu schicken und mich vor Gericht zu stellen«, erwiderte Arlian. »Und Lady Pulzera würde dies als Beweis für meine Perfidität missbrauchen. Wenn ich gegen einen menschlichen Feind losschlage, stärke ich damit nur die anderen. Ich muss die Wurzeln dieses Baumes zerstören.«

»Und was sind diese Wurzeln?«

»Die Drachen natürlich. Ich muss die Drachen töten. Wenn es mir gelingt, auch nur einen zu töten, habe ich den Großteil der Stadt auf meiner Seite.«

Black sah ihn einen Moment schweigend an und wandte sich dann ohne ein weiteres Wort ab.

21
Die Rückkehr der Aritheier

Der Winter war lang und hart. Die Lager waren wegen der langen Dürre fast leer. Niemand wanderte durch die Straßen, wenn er nicht einen guten Grund hatte.

Dies bewahrte den Alten Palast zweifellos vor weiteren Übergriffen.

Die Fischer lebten im Grauen Haus, waren aber nicht glücklich; die Stadt war ihnen unbekannt, eine raue und fremde Umgebung, wo sie sich trotz Arlians Bemühungen nicht willkommen fühlten. Der erste Schnee war noch nicht gefallen, als Arlian sich widerwillig einverstanden erklärte, sie zur Küste zurückzuschicken und ihnen zwei schöne neue Fischerboote zu kaufen, wobei sie im Gegenzug versprachen, immer dort zu bleiben, wo er sie finden konnte.

Schnee war noch nicht gefallen, aber das Wetter war stürmisch und die Reise nach Osten lang. Es wurde entschieden, dass sie bis zum Frühjahr warten sollten, bevor sie aufbrachen.

Während sie warteten, fand Arlian Arbeit für sie; er nutzte ihr Wissen über Netze und Tauwerk und Bootsbau für die Konstruktion seiner Experimentalwaffen, die Speerkatapulte, die er gegen die Drachen einzusetzen hoffte.

Er ließ sie wissen, dass ihre Begegnung mit den Drachen sie vielleicht für immer verändert hatte, nannte sie aber weder Drachenherzen, noch erzählte er ihnen von der

Drachen-Gesellschaft oder dass sie womöglich als Mitglieder dieser Organisation in Frage kämen.

Arlian für seinen Teil stellte kurz nach der Entscheidung der Gesellschaft fest, dass er in der Halle der Drachen-Gesellschaft nicht mehr willkommen war; als er es schließlich wagte, Einlass zu begehren, wurde er von Pforte abgewiesen.

»Die Regeln wurden geändert«, erklärte Pforte. »Gemäß der Anweisung von Trümmer habt Ihr hier keinen Platz mehr.«

Erstaunt sprach er mit Reif und Toribor – und erfuhr, dass sie ebenfalls ausgeschlossen worden waren. Die Drachen-Gesellschaft hieß nicht mehr jedes Drachenherz willkommen.

Dies schien eine fundamentale Veränderung der Existenzgrundlage der Gesellschaft zu sein. Neugierig versuchte Arlian Kontakt mit Lord Voriam aufzunehmen, um zu erfahren, ob er ebenfalls verbannt worden war, doch stattdessen fand er vier Tage nach dem Zwischenfall heraus, dass Lord Voriam sich erhängt hatte.

Die Drachen-Gesellschaft, so schien es, hatte sich unter der Führung von Trümmer, Hardior und Pulzera neu formiert.

Arlian wusste nicht genau, zu welchem Zweck sie sich neu formiert hatte – aber er befürchtete, dass sie den Drachen dienen statt sich ihnen entgegenstellen wollte.

Er hatte noch immer ein paar Freunde unter den Drachenherzen – Reif und Toribor und seltsamerweise auch Spinne und Scherbe; er hatte Spinne und Scherbe vor dem Bruch mit der Gesellschaft kaum gekannt, doch jetzt traf er sie häufig auf den Straßen oder wenn er Reif besuchte und sprach freundlich mit ihnen.

Als das Wetter wieder wärmer wurde und der Schnee auf dem Palastdach allmählich schmolz, dämmerte Arlian, dass diese neue Freundschaft entstanden war, weil die fünf die einzigen Drachenherzen waren, die die Gesellschaft ausgeschlossen hatte. Voriams Tod hatte die kleine Fraktion zerstört, die geglaubt hatte, dass es Arlians Schicksal war, sie zum Sieg über die Drachen zu führen, und die Überlebenden waren in die Arme der größeren Fraktion zurückgekehrt. Toribors Gruppe, die weiter jeden Frieden mit den Drachen ablehnte, aber Arlian keinen Platz in ihren Reihen anbot, war auf nur drei Mitglieder geschrumpft: Spinne, Scherbe und Toribor.

Alle anderen Drachenherzen, insgesamt zweiunddreißig, hatten sich schließlich Pulzeras Argumenten ergeben, dass ihr eigenes Überleben davon abhing, sich in dem aktuellen Konflikt auf die Seite der Drachen zu schlagen.

Arlian war angewidert, aber er nahm sich wenig Zeit, sich mit der Angelegenheit zu befassen; er verbrachte stattdessen die meiste Zeit mit der Arbeit an seinen Maschinen, wenn er sich nicht mit der Führung des Haushalts und der Geschäfte befassen musste.

Da es die Größe dieser Geräte unmöglich machte, seine Aktivitäten zu verbergen, achtete Arlian sorgsam darauf, bei seinen Tests kein Obsidian zu verwenden; die Obsidianwaffen blieben sicher in ihrem Versteck, und seine diversen Maschinen wurden alle mit schlichten Holzstangen getestet. Der Herzog hatte ihm schließlich nicht grundsätzlich verboten, Waffen anzufertigen – nur Obsidianwaffen.

Wenn Seine Hoheit irgendetwas gegen diese neuen Maschinen einzuwenden hatte, würde Arlian früh genug davon erfahren, und bis er etwas hörte, würde er seine Experimente fortsetzen.

Der vielversprechendste Ansatz schien im Gebrauch schwerer Gegengewichte zu bestehen, die einen langen Holzarm schwangen, der gegen einen gepolsterten Querbalken prallte, wodurch der am Ende des Arms angebrachte Speer abgeschossen wurde – oder mehrere Speere, denn Strick erklärte, dass die Fischer beim Fischen oft mehr als eine Angelschnur benutzten, und Black bemerkte, dass die mangelnde Zielgenauigkeit von Pfeilen über eine größere Distanz traditionell durch den Einsatz einer Salve statt eines einzelnen Geschosses kompensiert wurde. Ein derartiger Mechanismus konnte ein halbes Dutzend zweieinhalb Meter lange Speere mehrere Hundert Meter weit mit zufrieden stellender Wucht schleudern.

Unglücklicherweise war das erste Arbeitsmodell riesig und ragte fast drei Stockwerke hoch. Arlian konnte keine praktikable Methode sehen, wie man es schnell von einem Ort zum anderen transportieren konnte, um einen angreifenden Drachen zu beschießen. Er hatte es mit Rädern ausgerüstet, aber man brauchte eine große Zahl Ochsen, um es von Manfort zu einer bedrohten Stadt zu schaffen, und die Reise würde mehrere Tage dauern.

Selbst wenn die Drachen nach Manfort kamen, mussten sie sich in einem kleinen Gebiet der Oberstadt aufhalten, damit die Waffe wirksam eingesetzt werden konnte, und Arlian bezweifelte, dass es machbar war. Drachen waren schließlich nicht dumm.

Er hatte einst angenommen, dass sie es waren, als er geplant hatte, sie in ihren unterirdischen Höhlen aufzusuchen und im Schlaf zu töten, aber jetzt wusste er es besser. Sie waren keine Menschen und dachten nicht wie Menschen, aber sie waren auch keine bloßen Tiere und sie waren nicht dumm. Es würde nicht leicht sein, sie in die Reichweite des Katapults zu locken.

Er überlegte, ein Dutzend der Maschinen auf der Stadtmauer zu postieren, mit Wachen, die sie bedienen konnten – aber das würde die tatkräftige Mitarbeit der Herzogs erfordern, und Seine Hoheit hörte noch immer auf Hardiors Rat. Vorsichtiges Sondieren hatte ergeben, dass der Herzog nicht daran interessiert war, Arlian eine weitere Audienz zu gewähren; der Herzog musste Rücksicht auf die öffentliche Meinung nehmen, und die Meinung des Mobs über Arlian war klar genug.

Indirekte Antworten aus der Zitadelle besagten, dass der Herzog der Ansicht war, dass sich nichts von Bedeutung geändert hatte. Arlian interpretierte dies so, dass der Herzog ihm nur helfen würde, Drachen zu töten, wenn Arlian bewiesen hatte, dass es möglich war, einen ausgewachsenen Drachen zu erlegen.

Als Arlian näher darüber nachdachte, war er leicht erstaunt, dass Hardior und der Herzog seine Experimente nicht unterbunden hatten; zweifellos musste Hardior bewusst sein, dass der Zweck dieser Maschinen die Tötung von Drachen war, und Hardior würde sicherlich in ihrer Konstruktion einen weitere Provokation sehen, etwas, das die Drachen noch mehr erzürnen musste. Es würde für ihn kein Problem sein, den Herzog davon zu überzeugen, dass diese riesigen Waffen gegen die Zitadelle eingesetzt werden konnten.

Beim Abendessen fragte Arlian Stammel, die seine Verbindung zu den Bediensteten der Zitadelle war, was sie über diese Angelegenheit gehört hatte.

»S ... sie halten Euch für ... für verrückt«, sagte sie. »Lord Har ... Hardior wollte sie zerstören und nannte sie gefährlich, aber der H ... H ... Herzog sagte, dass er sie für harmlos und ... und amüsant hält. Und alle anderen denken ebenso.«

»Ich verstehe«, meinte Arlian.

»Aber der Herzog hat no ... no ... noch etwas gesagt, mein Lord«, fuhr Stammel fort. »Er sagte, wenn sie jemals funktionieren sollten, würden sie sich vielleicht als nützlich erweisen. Nach allem, was die Drachen im letzten Sommer angerichtet haben, wäre er fr ... froh, eine Waffe gegen die Drachen zu haben, und er wollte nicht zulassen, dass Hardior irgendeine Chance zunichte macht, ganz gleich, wie verrückt sie erscheint.«

Das, dachte Arlian, war interessant; vielleicht war der Herzog weder so dumm noch so abhängig von Hardior, wie Arlian angenommen hatte.

Wenn es ihm irgendwie gelang, einen einzigen Drachen zu töten, würde dies vielleicht den Herzog aus Hardiors Bann befreien.

»Danke«, sagte er. Er verzehrte den Rest des Mahls in nachdenklichem Schweigen.

Der Winter hielt an, aber schließlich schmolz der letzte Schnee und die Luft erwärmte sich wieder. Arlian hoffte, bald etwas aus dem Süden zu hören – aus Arithei.

Selbst als das Wetter von warm zu heiß wechselte, blieben die Tage sonnig und klar, kein Drachenwetter, was er als gutes Zeichen ansah. Vielleicht hatten sich die Drachen im vergangenen Sommer erschöpft.

Als kein Zweifel mehr daran bestand, dass der Winter endgültig hinter ihnen lag, schickte er die Fischer widerwillig heim zur Küste – allerdings nicht zu den Dörfern Tiapol und Kirialsfels, die dem Erdboden gleichgemacht worden waren – und gab ihnen Geld für zwei neue Boote mit. Sie schienen überglücklich zu sein, Manfort endlich verlassen zu können.

Danach war das Graue Haus wieder leer, und Arlian erinnerte Münze daran, dass es noch immer zum Verkauf stand.

Die Tage und Wochen vergingen, und es war später Frühling, fast Sommeranfang, als die Karawane endlich in Manfort eintraf. Die Nachricht eilte den Wagen voraus, und als Arlian davon erfuhr, setzte er sich in seine Kutsche und fuhr ihnen so schnell es ging entgegen. Er traf sie knapp hundert Meter hinter dem Tor.

Nur fünf der sechs Wagen waren zurückgekehrt, stellte er fest, und alle waren in keinem besonders guten Zustand, aber Blitzhand lächelte ihn vom Fahrersitz des Führungsgefährts an, und Arlian konnte Isein und Qulu auf den nächsten beiden sehen. Arlian rief Blitzhand zu: »Wie ist es gelaufen?«

»Gut, mein Lord«, antwortete Blitzhand. »Jedenfalls zum größten Teil.«

Arlian grinste.

Zumindest waren die Magier zurückgekehrt und hatten

wahrscheinlich Magie mitgebracht, die er benutzen konnte, um das verseuchte Blut eines Drachenherzen zu ersetzen, und Magie, die ihm helfen würde, einen Speer in das Herz eines echten Drachen zu treiben.

Vielleicht würde es ihm doch gelingen, den Herzog und die Stadt zu überzeugen.

»Wir treffen uns im Alten Palast«, rief er, als er wieder in die Kutsche stieg und dem Kutscher ein Zeichen gab.

Er ließ ihnen Zeit, damit sie essen und trinken, baden und frische Kleidung anziehen konnten, so dass es früher Abend war, als Arlian endlich mit Isein, Qulu und Blitzhand im kleinen Salon zusammentraf.

»Was ist aus dem anderen Wagen geworden?«, fragte Arlian. »Habt ihr ihn in Arithei gelassen?«

»In der Ödnis ist ein Rad gebrochen«, erklärte Blitzhand. »Wir luden, was wir konnten, auf die anderen Wagen und ließen ihn zurück.«

»Ihr hattet keine Ersatzräder?«

»Ein unglückliches Versehen, mein Lord. Ich bin von Beruf Fahrer und Wächter, kein Karawanenmeister ...«

»Natürlich«, sagte Arlian hastig. »Ist schon gut. Nun, wo sind Thirif und Shibiel? Geht es ihnen nicht gut?«

»Sie entschlossen sich in Arithei zu bleiben, mein Lord«, erwiderte Isein. »Wie es ihr Recht war.«

Arlian blinzelte. »Oh«, sagte er. »Natürlich.« Thirif war nicht sein Diener und ihm in keiner Weise verpflichtet; außerdem hatten er und Shibiel schon vor über einem Jahr heimkehren wollen, als sie Lord Enziet in die Ödnis verfolgt hatten.

»Wir haben drei junge Magier mitgebracht«, sagte Qulu,

»dic die nördlichen Länder kennen lernen möchten. Natürlich werden sie froh sein, ihren Lebensunterhalt in Euren Diensten verdienen zu können.«

»Sehr gut«, sagte Arlian. »Und was habt ihr mir sonst noch mitgebracht?«

»Ein feines Sortiment an Zaubertränken und Illusionen«, erwiderte Isein, »und verschiedene Talismane. Wir haben uns gemerkt, was sich gut verkaufen ließ, und entsprechend eingekauft.«

Arlian kam ein schrecklicher Verdacht. »Ich habe um zwei bestimmte Magiesorten gebeten«, erinnerte er. »Habt ihr sie bekommen?«

Isein sah Qulu unbehaglich an, der auf seine Lippe biss und nichts sagte. Schließlich, als die Stille unangenehm wurde, erklärte Isein: »Wir haben es versucht, mein Lord. Wir haben Euch einen Medikus mitgebracht, der vielleicht das tun kann, was Ihr verlangt habt, aber was das andere betrifft – wir konnten nichts finden, das Euren Wünschen entspricht.«

»Aber gewiss war dies die einfachere von beiden Aufgaben!«, protestierte Arlian. »Nur etwas, das einen Speer in ...«

»Es tut mir Leid, mein Lord«, unterbrach Isein mit gesenktem Blick.

Arlian wollte einen weiteren Einwand erheben, doch dann fiel sein Blick durchs Fenster, wo sich auf der anderen Seite des Vorhofs der Schatten seines Speerkatapults abzeichnete. Seine Enttäuschung wich.

Das Speerkatapult wies zweifellos noch immer Mängel auf, aber jetzt, da die Magier zurückgekehrt waren, würden sie bestimmt einen Weg finden, es funktionsfähig zu machen. Das konnte warten.

»Ihr habt einen Medikus gefunden?«, fragte er.

Isein nickte. »Ihr Name ist Oeshir«, sagte sie. »Sie hat viele Jahre an einem Gegenmittel für das Gift der Kreaturen in den Träumenden Bergen gearbeitet, und wir denken, dass ihre Methoden Euch helfen werden.«

»Ausgezeichnet! Das ist ausgezeichnet!«

»Mein Lord, was das andere betrifft ... keine Magie, die wir kennen, würde Euch helfen, und wir konnten niemanden finden ...«

Arlian sah wieder aus dem Fenster zu der Maschine hinüber und hob eine Hand, um sie zum Schweigen zu bringen. »Es spielt keine Rolle«, erklärte er. »Ich denke, ich habe meine eigene Magie gebaut.«

22
Die Reinigung des Blutes

Oeshir war eine dünne alte Frau, die nur ein paar Worte der Menschensprache beherrschte und kein Interesse hatte, sie zu verschwenden. Sie hörte sich Arlians Fragen und Bemerkungen an und beantwortete alle mit: »Spielt keine Rolle.«

Ein paar Worte von Isein konnten andererseits einen zwanzigminütigen Vortrag in schnellem Aritheisch auslösen. Arlian hatte ein paar Worte Aritheisch gelernt – weniger als Oeshir in der Menschensprache kannte –, aber ihr Redeschwall blieb ihm völlig unverständlich.

Als Oeshir mit einer ihrer Tiraden fertig war, wandte sich Isein an Arlian und sagte schlicht: »Sie ist jederzeit bereit. Bringt den Patienten zu ihr.«

Und das brachte Arlian auf eine Frage, über die er lange nachgedacht hatte, ohne eine Entscheidung zu treffen. Wer sollte das Versuchskaninchen bei diesem magischen Experiment spielen?

Er hätte sich am liebsten selbst freiwillig gemeldet, aber Black hatte energisch dagegen protestiert. »Angenommen, du bist nach der Behandlung schwach und krank«, wandte er ein, »und der Mob kommt zurück – oder ein Drache taucht auf –, bevor du dich erholt hast.«

Das hatte ihn sich anders besinnen lassen, und Arlians nächster Schritt war es gewesen, die Fischer zu fragen, die von der Idee nicht begeistert waren – Arlian hatte ihnen nicht im Detail erzählt, was das Drachengift ihnen angetan hatte, so dass seine Bitte notwendigerweise vage bleiben musste. Sie sahen keinen Grund, der es rechtfertigte, sich auf gefährliche Magie einzulassen.

Und außerdem waren sie bereits fort, als die Aritheier eintrafen; sie waren vor einem Monat zur Küste abgereist.

Damit blieben vier andere Möglichkeiten – Toribor, Reif, Spinne und Scherbe.

Irgendwie glaubte Arlian nicht, dass Toribor ihm genug vertraute, um sich einer derartigen Prozedur zu unterziehen. Er kannte Reif weit besser als Spinne oder Scherbe, und allein Reif hatte erklärt, dass sie zum Sterben bereit war, um die Geburt eines weiteren Drachen zu verhindern.

Es musste Reif sein – aber er hatte sie noch nicht ausdrücklich gefragt. Er hatte keine falschen Hoffnungen wecken wollen, falls die Aritheier mit leeren Händen zurückkehrten.

Was nicht der Fall war. Sie hatten Oeshir mitgebracht.

Sobald Oeshir und Isein gegangen waren, schickte er Reif eine Nachricht und bat sie so schnell wie möglich um ein Treffen. Die Antwort traf eine Stunde später ein und informierte ihn, dass Lady Reif am Vormittag zu Hause sein würde.

Er überlegte, ob er Oeshir und ihre magischen Apparate mitbringen sollte, entschied aber schnell, dass dies unklug wäre. Er ging früh zu Bett, um für sein Treffen mit Reif ausgeruht zu sein, aber die Erregung, dass er endlich in der Lage war, etwas gegen die Drachen zu tun, wurde immer stärker und hielt ihn wach, und er starrte fast bis Mitternacht den Baldachin über seinem Bett an.

Natürlich schlief er lange; als er sich früh zurückgezogen hatte, hatte er keine Anweisung hinterlassen, ihn zu wecken. Das bedeutete, dass er später als erhofft aufstand, aber schließlich, in einen schwarzen Samtmantel und ein silbergraues, mit feinster weißer Spitze besetztes Hemd gekleidet, stieg er in seine Kutsche und winkte Black zu, der die Zügel hielt.

Er hatte überlegt, sich als Diener zu verkleiden und aus der Seitenpforte zu schleichen, hatte den Gedanken aber wieder verworfen; für ein Ansinnen von der Tragweite, wie er es heute vorbringen wollte, war eine gewisse Formalität nötig.

Er hatte außerdem überlegt, unverkleidet zu Fuß zu gehen, aber er hatte es seit über einem halben Jahr nicht mehr gewagt, sein Gesicht auf der Straße zu zeigen. Der Mob war vom Schnee vertrieben worden und noch nicht wieder zurückgekehrt, doch Arlian hielt es noch immer nicht für klug, ein zu verlockendes Ziel zu bieten.

Das bedeutete, dass er die Kutsche nehmen musste, obwohl es die Strecke schwerlich rechtfertigte.

Zu Fuß wäre er schneller gewesen, dachte er, als er voller Ungeduld durch die Straßen der Oberstadt fuhr. Als das Gefährt schließlich vor dem Eingang zu Reifs elegantem kleinen Herrenhaus hielt, wartete er nicht, bis Black vom Kutschbock kletterte, sondern öffnete selbst die Tür und sprang zu Boden.

Er überließ es Black, sich um die Kutsche zu kümmern, und eilte zur Tür, wo ihn einer von Reifs Lakaien mit einer tiefen Verbeugung begrüßte. Der Diener führte ihn wortlos in das Wohnzimmer, wo seine Gastgeberin wartete, bequem auf einem rosa Seidendiwan ausgestreckt. Ihr Holzbein war nirgendwo zu sehen, und ihr alter Knochen lag auf einem kleinen Tisch. Sie trug ein lavendelfarbenes Gewand, das gut zu dem Diwan passte, und ihre grau melierten Haare, die sie gewöhnlich zu einem Pferdeschwanz band, hingen offen über ihre Schultern.

»Lord Obsidian«, sagte sie. »Was führt Euch an einem derart schönen Morgen in mein bescheidenes Heim?«

»Meine Lady«, sagte er mit einer Verbeugung. Er konnte es nicht über sich bringen, die Frage direkt zu beantworten; die Angelegenheit musste sorgfältig vorbereitet werden, und ihm waren noch nicht die passenden Worte eingefallen. »Ich hoffe, es geht Euch gut?«

»Sehr gut, mein Lord. Wie Ihr wisst, bin ich gegen Fieber oder Erschöpfung immun.« Der sarkastische Unterton war schwach, aber unüberhörbar.

»Natürlich, aber es gibt auch seelische, nicht nur körperliche Beschwerden ...«

»Arlian«, unterbrach sie, »kommt zum Thema. Ihr habt nicht um dieses überstürzte Treffen gebeten, um mit mir zu plaudern. Ich wollte Euch gestern Abend nicht empfangen, aber den ganzen Morgen schon nagt die Neugier an mir, und jetzt bin ich voller Ungeduld. Warum seid Ihr hier?«

»Meine Karawane ist aus Arithei zurückgekehrt«, erwiderte Arlian.

Sie rekelte sich auf dem Diwan. »Obwohl dies fraglos eine sehr gute Nachricht ist, sehe ich nicht, was ich damit zu tun habe. Hat es vielleicht Drachenangriffe in den Grenzlanden gegeben?«

Arlian schüttelte den Kopf. »Nein, nichts in der Art«,

sagte er. »Hört zu, Reif, Ihr erinnert Euch, dass Enziet seine Verwandlung einige Zeit hinausgeschoben hat – zumindest ein paar Monate, vielleicht Jahre –, und zwar mittels Drogen und Zauberei. Mir ist der Gedanke gekommen, wenn Zauberei, subtil, aber schwach, dies vollbringen konnte, dann könnte andere Magie vielleicht noch mehr erreichen.«

Sie legte den Kopf zur Seite und sah ihn einen Moment schweigend an. »Fahrt fort«, bat sie schließlich.

»Meine Bediensteten haben einen aritheischen Medikus mitgebracht – eine Magierin, die die Heilkunst beherrscht. Sie hat alle Utensilien und Zauber dabei, die sie benutzt, um Entartungen und Verseuchungen des Blutes zu behandeln, wie sie durch magische Gifte hervorgerufen werden.«

»Entartungen und Verseuchungen«, wiederholte Reif bedächtig. »Und warum erzählt Ihr mir das?«

»Vor Monaten sagtet Ihr, dass Ihr Euch nicht wehren würdet, wenn ich je versuchen sollte, Euch zu töten«, erklärte Arlian. »Angenommen, ich versuche stattdessen Euch zu heilen?«

»Habt Ihr es selbst schon versucht?«

»Nein«, räumte Arlian ein. »Ich gestehe, dass ich es vorziehen würde, dass ein anderer den ersten Versuch macht, um die Auswirkungen beobachten zu können, bevor ich mich selbst der Prozedur unterziehe.«

»Und Ihr habt mich als Euer Versuchskaninchen erwählt?«

»Nun, ich kann schwerlich erwarten, dass Lady Pulzera sich freiwillig meldet.«

Reif lächelte trocken.

»Werdet Ihr es tun?«, fragte Arlian.

»Habt Ihr eine Vorstellung von der Methode oder dem genauen Ergebnis der Behandlung?«

»Um ehrlich zu sein, nein«, entgegnete Arlian. »Werdet Ihr Eure verlängerte Lebensspanne behalten? Ich bezweifle es. Aber Ihr werdet wahrscheinlich wieder ein vollwertiger und normaler Mensch sein und den Rest Eures natürlichen Daseins zu Ende leben können.«

»Oder ich werde vielleicht auf schreckliche Art sterben, falls Eure aritheische Hexendoktorin ihre Fähigkeiten überschätzt.«

»Ja«, gab Arlian zu, »vielleicht.«

»Ihr bittet mich also, fünfhundert Jahre Leben und dieses übernatürliche Charisma aufzugeben, das uns allen, die wir das Herz des Drachen besitzen, erlaubt hat, reich und mächtig zu werden – und das nur, um die Jahrhunderte in der Zukunft liegende Geburt eines Drachen zu verhindern.«

»Ja.«

»Glaubt Ihr wirklich, dass ich so närrisch bin, mich darauf einzulassen?«

»Ich hoffe es«, sagte Arlian. »Ich glaube, dass ich es bin, wenn ich erst einmal weiß, wie es funktioniert.«

Sie lächelte wieder, ein freudloses, schiefes Lächeln. »Und wisst Ihr was?«, sagte sie. »Es ist möglich, dass Eure Hoffnung berechtigt ist. Aber nicht heute, Ari. Ich brauche Zeit, um darüber nachzudenken. Sicherlich gibt es keinen Grund zur Eile – schließlich liegen Jahrhunderte vor uns beiden.«

»In der Tat«, bestätigte Arlian, »aber nicht vor unserer aritheischen Magierin. Sie ist eine alte Frau, und ich weiß nicht, ob eine andere ebenfalls dazu in der Lage ist, wenn sie stirbt.«

Reif nickte. »Also keine Jahrhunderte – aber gewiss könnt Ihr mir ein paar Stunden geben.«

»Natürlich.«

»Trotz des etwaigen Preises«, bemerkte Reif, »ist es der Möglichkeit vorzuziehen, dass mir eines Tages die Kehle durchschnitten wird oder ein monströser Wurm sich seinen Weg aus meinem Busen bahnt.«

»Das denke ich auch«, sagte Arlian ermutigt.

»Sollte ich zustimmen, werde ich etwas Zeit brauchen, um meine Angelegenheiten zu regeln für den Fall, dass sich das Experiment als tödlich erweist. Wann wird Eure aritheische Magierin bereit sein?«

»Wann immer Ihr wünscht«, sagte Arlian.

»Dann lasst uns jetzt über andere Dinge reden, und ich werde Euch über meine Entscheidung informieren, sobald ich sie getroffen habe.«

Dagegen konnte Arlian schwerlich etwas einwenden. Den Rest des Besuches verbrachten sie mit müßiger Plauderei über Klatsch und Trivialitäten.

Drei Tage später erhielt Arlian die Nachricht, dass Reif an dem Experiment teilnehmen würde.

Und zwei Tage danach traf Reif im Alten Palast ein, wo Oeshir eine Schlafkammer vorbereitet, mit einer Reihe Talismane ausgestattet und das Bett selbst mit Eisen- und Silberketten umgeben hatte, um jede feindliche Magie auszusperren.

»Die werden wahrscheinlich hier nicht gebraucht«, sagte Isein entschuldigend, als sie die Ketten beiseite räumte, damit Reif das Bett erreichen konnte, ohne dass sich ihr Holzbein verfing, »aber sie braucht sie zu Hause, und sie geben ihr ein Gefühl der Sicherheit.«

»Hmpf«, machte Reif, als sie sich auf das Bett legte.

Oeshir selbst war noch nicht da, aber Arlian – er und Isein waren die einzigen anderen Anwesenden außer Reif. Black war zusammen mit Lily, Kitty und Brooke, die sich bereit erklärt hatten, das reine Blut beizusteuern, das für den Zauber gebraucht wurde, in einem angrenzenden Wohnzimmer.

Arlian konnte natürlich keins spenden, da sein Blut verseucht war; Hasty hatte zögernd ihre Hilfe angeboten, sich dann aber geweigert – als stillende Mutter brauchte sie ihre Kraft. Lara hatte bei dem Gedanken geschaudert und abgelehnt, während Musk beim Anblick der Kristallklinge in Oeshirs Hand die Flucht ergriffen hatte.

»Ihr müsst Eure Kleidung ablegen, meine Lady«, sagte Isein entschuldigend.

»Ich werde gehen«, erklärte Arlian, als Reif die Aritheier anfunkelte.

»Das hättest du früher erwähnen sollen«, meinte Reif, als sie wieder aufstand und nach den Knöpfen ihres Gewandes griff. »Ari, ich möchte, dass Ihr hier bleibt, um diese beiden im Auge zu behalten. Ich vertraue darauf, dass Ihr Eure Augen von mir abwenden werdet.«

»Wie Ihr wünscht«, sagte Arlian und drehte der Tür wieder den Rücken zu.

»Nun, Isein«, sagte Reif, als sie die Knöpfe öffnete, »warum muss ich meine Kleidung ablegen?«

»Damit kein Blut den Stoff beschmutzt, meine Lady«,

antwortete Isein. »Und damit Oeshir Euer Fleisch aufschneiden kann, ohne ihn zu beschädigen.«

»Mein Fleisch aufschneiden? Dann besteht dieser Zauber nicht nur aus Beschwörungen und Tränken?«

Isein warf Arlian einen unbehaglichen Blick zu. »Vielleicht hätten wir es erklären sollen.«

»Ich denke, du solltest es jetzt erklären«, erwiderte Arlian. »Bevor wir fortfahren. Ich wusste, dass dieser Zauber erfordert, anderen reines Blut abzunehmen, um damit das verseuchte Blut zu ersetzen, aber ist noch mehr zu tun?«

»Ich bin ... das heißt ...« Isein kämpfte einen Moment mit der fremden Sprache und sagte dann schlicht: »Ja.«

»Dann erkläre es bitte«, verlangte Reif.

Isein sah Arlian an, dann wieder Reif.

»Vor langer Zeit«, sagte sie, »gab es viele Hexenmeister, die durch die Länder um Arithei streiften.«

»Es gibt noch immer viele Hexenmeister um Arithei«, erinnerte Arlian.

»Früher gab es mehr. Sie waren nicht so friedlich wie heute. Sie kämpften gegeneinander, und natürlich kämpften sie auch gegen die Kreaturen in den Träumenden Bergen und anderswo.«

»Ja?«

»Ja. Es war sehr gefährlich. Viele wurden getötet, und einige griffen zu einem Trick, um nicht so leicht getötet werden zu können. Sie nahmen ihr Herz aus der Brust und versteckten es zu Hause, wenn sie auf Reisen gingen. Es war sehr schwierig, einen Hexenmeister ohne Herz zu töten. Man konnte ihn noch immer verbrennen oder ihm den Kopf abschneiden, aber er konnte nicht an Blutverlust oder einem Stich in die Brust sterben, und Gift konnte sein Herz nicht erreichen und zum Stillstand bringen.«

»Einen Moment ...«, warf Reif ein.

»Aber der Hexenmeister konnte ohne sein Herz nicht lange überleben«, sagte Isein hastig, bevor Reif ihren Satz vollenden konnte. »Das Herz musste nach drei Tagen wieder in die Brust eingesetzt werden, oder der Hexenmeister würde sterben. Wenn ein Hexenmeister vergiftet wurde, musste er das Gift entfernen, bevor er sein Herz wieder einsetzte. Und so wurde dieser Zauber entwickelt, und die Magier von Arithei stahlen das Wissen von den alten Hexenmeistern.«

»Ihr beide wollt mir mein Herz herausschneiden?«, entfuhr es Reif.

»Oeshir wird es tun«, bestätigte Isein.

Reif sah an ihr vorbei zu Arlian. »Ich sagte, Ihr könnt mir die Kehle durchschneiden, aber das hier geht etwas zu weit ...«

»Ihr werdet leben!«, beharrte Isein.

»Verdammt, Frau, hör auf, mich zu unterbrechen!« Reif griff nach ihrem Beinknochen und schlug Isein damit auf die Hand. »Lass mich darüber nachdenken.«

»Sie wird Euer Herz herausnehmen«, erklärte Isein, »und es in Wasser waschen und mit sauberem Blut füllen, um es zu reinigen, und einen Zauber benutzen, um all das Gift in das Loch in Eurer Brust zu konzentrieren, wo es entfernt werden kann. Dann wird sie Euer Herz wieder einsetzen und die Wunde heilen.«

»Und ich werde all das überleben.«

»Ja.« Sie zögerte und gab dann zu: »In Arithei überleben die Menschen es. Hier hat es noch nie jemand versucht.«

»Oh, wie überaus beruhigend«, bemerkte Reif. »Und sag mir, wird es wehtun, wenn meine Brust aufgeschnitten wird?«

Isein blickte unglücklich drein.

»Ja«, gestand sie. »Sehr.«

»Und habt ihr irgendeine Magie, die dagegen hilft?«

»Kräuter«, sagte Isein und wies auf eine Sammlung von Gläsern, die auf dem Nachttisch standen. »Sie werden Euch bewegungsunfähig machen und den Schmerz betäuben.«

»Betäuben.«

»Zum Teil. Es wird wehtun.«

»Reif«, sagte Arlian, »ich wusste all das nicht. Wenn Ihr meinen Namen verfluchen, Euch wieder ankleiden und nach Hause gehen wollt, werde ich es Euch nicht übel nehmen.«

»Die alten Hexenmeister schnitten sich selbst das Herz heraus«, erinnerte Isein. »Sie konnten die Kräuter nicht benutzen, weil sie wach bleiben mussten, aber sie konnten trotz der Schmerzen den Zauber wirken. Er kann so schlimm nicht sein.«

»Ich bin kein Hexenmeister«, meinte Reif.

»Aber Ihr seid eine Zauberin«, sagte Arlian.

»Und ein Drachenherz«, bestätigte Reif. »Ihr sollt verdammt sein, Arlian. Nun gut.« Sie griff wieder nach ihren Knöpfen, und Arlian blickte weg.

Als sie nackt und sogar ihr Holzbein entfernt war, reichte Isein ihr einen Becher mit Kräutersud; Reif trank langsam, aber ohne zu zögern.

»Wie schmeckt es?«, fragte Arlian.

»Eigentlich angenehm«, erwiderte Reif. »Ungefähr wie …« Sie blinzelte, als wäre sie verwirrt. »Wie Minze.« Ihre Stimme klang ein wenig undeutlich.

»Legt Euch hin«, wies Isein sie an.

Reif gehorchte. Isein nahm vorsichtig den Beinknochen aus ihren tauben Fingern und legte ihn auf einen Tisch, um dann aufzublicken.

In diesem Moment kam endlich Oeshir herein.

Sie trug die fremdartige, farbenprächtige Robe der Aritheier und hielt eine blaue Glasschüssel, die etwa die Größe eines Männerkopfes hatte, in den Händen, als sie feierlich den Raum betrat. Sie stellte die Schüssel auf das Fußende des Bettes neben Reifs Fuß.

Reif lag unnatürlich still da; die Kräuter zeigten offenbar Wirkung.

Arlian hatte nicht gesehen, wo Oeshir das Kristallmesser getragen hatte, aber sie hielt es plötzlich in den Händen. Arlians Hand glitt unter seinen Mantel zum Gürtel seiner Hose, wo sein eigenes Messer steckte – eins mit einer Klinge aus glänzendem schwarzem Stein, nur für den Fall, dass dieser Zauber schief ging.

Oeshir hatte kein Wort gesprochen, seit sie den Raum betreten hatte; jetzt stimmte sie einen Singsang an und fuchtelte mit ihrem Kristallmesser. Die Klinge schien weiß aufzuleuchten, aber Arlian war nicht sicher, ob es Einbildung war, der Kristall das Sonnenlicht auffing oder ob die Magie dafür verantwortlich war.

Sie legte das Messer auf Reifs Brust, und trotz der betäubenden Kräuter fuhr Reif bei der Berührung leicht zusammen; ihre Hände und der eine Fuß zuckten kaum merklich. Dann brachte Oeshir zwei Talismane zum Vorschein – wieder konnte Arlian nicht erkennen, woher sie kamen; es war, als würden sie einfach in ihren Händen erscheinen. Einer war rot und ungefähr herzförmig, während der andere ein kleiner weißer, wie eine Frau geformter Stein war. Oeshir machte irgendetwas mit ihren Händen, und Arlian hatte den Eindruck, dass der Herztalisman irgendwie den weißen Stein durchdrang und auf der anderen Seite wieder herauskam.

Und jetzt pulsierte der rote Talisman sacht. Oeshir legte ihn auf Reifs Kehle und griff dann wieder nach dem Kristallmesser.

Dann stieß sie die leuchtende Klinge in Reifs Brust.

Reif verkrampfte sich, Arme und Beine zuckten unkontrolliert; sie riss im Schock Augen und Mund weit auf, aber kein Laut drang über ihre Lippen. Blut spritzte und befleckte das Messer und die Hände der Magierin – aber nur kurz.

Arlian wurde bei dem Anblick schwarz vor Augen; er blinzelte und schluckte, spürte Übelkeit.

Oeshir schenkte dem Blut oder Reifs Bewegungen keine Beachtung, sondern setzte ihren Singsang fort. Mit einer Hand führte sie das Messer und zerschnitt Reifs Fleisch; mit der anderen hielt sie den roten Talisman an Reifs Kehle und drückte die um sich schlagende Frau aufs Bett.

Arlian schluckte wieder und musste sich zwingen, nicht einzugreifen.

Isein stand auf der anderen Seite des Bettes und sah schweigend zu.

Dann zog Oeshir die Klinge heraus, und Reifs Bewegungen erstarben. Die Magierin legte das blutige Messer auf Reifs Unterleib und griff mit einer Hand in die klaffende Brustwunde, während die andere den roten Talisman aufhob.

Arlian wusste, dass Reif eigentlich tot sein musste – eine derartige Wunde musste fast sofort letal sein. Aber sie war nicht tot – ihre Augen waren weit aufgerissen und von Leben erfüllt, ihre Finger schlossen und öffneten sich trotz der Kräuter.

Die Luft um das Bett schien sich zu kräuseln, und die Farben der Bettdecke schimmerten unnatürlich; Arlian erinnerte sich an die Wellen aus wilder Magie, die er in den Ländern südlich der Grenzlande am Himmel gesehen hatte. Er hatte nie erwartet, etwas Derartiges auch hier, in seinem eigenen Haus in Manfort, zu sehen.

Oeshir verspannte sich und zog, und ihre Hand tauchte aus Reifs Brust auf und hielt etwas Rotes und Blutiges umklammert. Sie griff mit der anderen Hand sofort in die Wunde und ersetzte Reifs herausgeschnittenes Herz durch den roten Talisman.

Dann nahm sie das blutige, noch immer schlagende Herz in beide Hände, beließ den Talisman in der Wunde und legte das Organ sanft in die wartende Glasschüssel.

Der Singsang endete. »Wasser«, rief Oeshir.

Isein trat mit einem Krug vor – Arlian hatte nicht gesehen, wie sie ihn ergriffen hatte. Sie goss sauberes Wasser in die Schüssel, während Oeshir ihre Aufmerksamkeit wieder auf Reifs Brust richtete. Der weiße Steintalisman war wieder in ihrer Hand; sie hob ihn zu ihren Lippen und küsste ihn, legte ihn dann auf die klaffende Wunde in Reifs Brust.

Reifs Augen wurden langsam wieder klar, glaubte Arlian. Ihre Finger zuckten noch immer, und ihr ganzer Körper zitterte jetzt.

Oeshir sagte etwas auf Aritheisch. »Der Stein zieht das Gift heraus«, übersetzte Isein.

»Wird es lange dauern?«, fragte Arlian.

»Sie weiß es nicht«, erwiderte Isein. »Mein Lord, wir werden gleich Blut brauchen, um das Herz am Leben zu erhalten.«

»Natürlich.«

Arlian eilte zur Tür und rief: »Black!«

In Wahrheit war er erleichtert, eine Entschuldigung zu haben, nicht weiter zuzusehen. Das Wissen, dass er für diese schreckliche, unnatürliche, schmerzhafte Prozedur verantwortlich war, die seine Freundin quälte, drehte ihm den Magen um und erfüllte ihn mit Übelkeit.

Black kam zu der Tür, die die beiden Räume verband, und Arlian wollte plötzlich nicht, dass sein Haushofmeister Reif dort liegen sah, nackt und verstümmelt.

»Bleib dort«, sagte Arlian und drückte Black sanft aus dem Schlafgemach. »Um des Anstands willen.«

Black nickte. »Was soll ich tun?«, fragte er.

Arlian blickte zum Bett zurück, wo Isein die Hände in die Schüssel gesteckt hatte und Reifs Herz wusch, als wäre es ein Kopfsalat. »Wir werden in Kürze Blut brauchen«, erklärte er. »Ich weiß nicht wie viel.«

»Eine halbe Schüssel voll«, rief Isein.

Arlian schloss die Augen, angewidert von der Vorstellung, seinen Gästen so viel Blut abzunehmen. Dann öffnete er sie wieder.

»Es tut mir Leid«, sagte er. »Ich hätte das niemals tun sollen.«

»Es ist richtig«, widersprach Brooke. »Es wird uns nicht umbringen.«

»Ich werde es tun«, erbot sich Black. »Isein hat uns eine Schüssel gegeben.«

»Mein Lord!«, rief Isein mit plötzlich verzweifelt klingender Stimme. Arlian fuhr herum und sah, wie beide Magierinnen in gelähmtem Entsetzen Reifs Brust anstarrten.

Der weiße Talisman hatte sich dunkelrot verfärbt. Er hatte sich in einen Vorhang aus Blut gewickelt, der jetzt durchscheinende Schwingen und vogelähnliche Krallen herausbildete. Seine Form hatte sich bereits verändert und veränderte sich weiter, während Arlian zusah – von der Gestalt einer Frau in etwas anderes.

Die neue Gestalt war verkümmert und missgebildet, der Kopf war zu groß für den Körper, die Beine waren wie Zweige, aber es war unverkennbar ein roter Miniaturdrache. Er kroch über Reifs Leib und ihre Schulter hinunter auf das blutdurchtränkte Betttuch.

Arlian zog den Obsidiandolch aus seinem Gürtel und stürzte zum Bett. Dort zögerte er, als sich das Drachenwesen zu ihm umdrehte.

»Wird es ihr wehtun, wenn ich es töte?«, fragte er.

Isein sah zuerst ihn, dann Oeshir an; sie war offenbar nicht in der Verfassung, seine Worte zu übersetzen, und Arlian entschied, dass es im Grunde keine Rolle spielte. Wenn Reif starb, wenn er das Wesen tötete, würden zumindest ihre Schmerzen enden.

Er stieß zu und trieb das Messer zwischen die Schulterblätter des Wesens, zwischen seine Schwingen, und nagelte es ans Bett. Es quiekte, ein dünner, schriller Laut wie der Schrei einer verwundeten Ratte, und die blutige Gestalt löste sich auf und enthüllte die Steinfrau – oder vielmehr die Fragmente der Steinfrau; das Obsidianmesser hatte den Talisman in ein Dutzend Stücke zerbrechen lassen.

Die Spitze des Messers war ebenfalls abgebrochen, und ein dreieckiger Splitter aus schwarzem Glas steckte in dem zerwühlten Bettlaken.

Und der weiße Stein war schwarz geworden. Das Bettlaken unter diesen Bruchstücken rauchte, und Arlian roch etwas, das er nicht sofort erkannte, dann aber einordnete.

Drachengift.

Oeshir schrie hysterisch etwas auf Aritheisch, aber Arlian unterbrach sie und deutete mit seinem Messer auf die Schüssel. »Was jetzt?«, fragte er.

Oeshir riss sich zusammen. Sie verstummte, atmete lange und tief ein und stieß die Luft wieder aus. Sie drehte sich zu der Schüssel um und schob ihre Daumen unter den Rand.

Zu Arlians Überraschung nahm sie dann eine durchsichtige Innenschüssel heraus; was er für eine einzige blaue Glasschüssel gehalten hatte, waren in Wirklichkeit zwei Schüsseln, von denen die eine in der anderen steckte. Jetzt hatte Oeshir sie getrennt. Sie stellte die mit Wasser gefüllte innere Schüssel neben die leere äußere, nahm dann Reifs Herz aus dem trüben, blutigen Wasser und legte es in die leere blaue Schüssel.

Es schlug noch immer kräftig. Arlian atmete auf, als er dies sah; Reif war nicht tot.

»Blut«, sagte Oeshir.

Arlian nickte und eilte wieder zur Wohnzimmertür.

»Wir brauchen jetzt das Blut«, sagte er zu Black.

Black kniete vor Lily und hielt ihren Arm über eine Silberschüssel; Blut tropfte von ihrem Handgelenk in die Schüssel. Brooke saß in einem Sessel, sah sehr blass aus und hielt sich den verbundenen Unterarm. Kitty saß auf dem Boden, hatte das Gesicht zur Wand gedreht und war offenbar entschlossen, nichts von dem blutigen Treiben um sie herum mitzubekommen.

Arlian trat näher und musterte die Silberschüssel.

»Das dürfte genügen«, meinte er.

Black nickte und griff nach einem bereitliegenden Verband.

Arlian hob vorsichtig die Silberschüssel hoch und kehrte eilig zum Bett zurück, wo er sie Oeshir übergab.

Sie maß den Inhalt mit einem kritischen Blick, nickte dann und nahm sie entgegen. Sie goss das Blut in die blaue Schüssel und stimmte wieder ihren Singsang an, während ihre Hände Reifs Herz massierten.

Arlian wollte dies nicht mit ansehen und ließ seine Augen durchs Zimmer streifen. Sein Blick fiel auf die durchsichtige Schüssel, die jetzt auf dem Nachttisch stand.

Das Blut in ihr wirbelte unter einer spiegelglatten Oberfläche.

Arlian blinzelte.

Die Bewegung war nicht natürlich – aber er hatte etwas Ähnliches früher schon gesehen. »Bei den toten Göttern«, sagte er, als er zu ihr trat.

Ein Bild schälte sich heraus.

Dies war ein Drache, den er noch nie zuvor gesehen hatte, aber es war nichtsdestotrotz ein Drache, und Arlian konnte seine Gedanken so deutlich verstehen wie die der anderen. Er konnte seinen Zorn und Hass spüren.

Und dann hörte er seine Gedanken.

»Du hast mein Kind getötet!«, sagte er.

23
Der Zorn des Drachen

Isein und Oeshir zuckten zusammen; sie hatten offenbar die Gedanken des Drachen ebenfalls gehört. Oeshirs Singsang schwankte, aber sie setzte ihn fort.

»Du hast mein Kind getötet!«, wiederholte der Drache.

»Wie du Lady Reifs Mann und Kinder getötet hast«, erwiderte Arlian. Er hielt dem durchdringenden Blick des Bildes in der Schüssel stand.

»Wie ich dich töten werde. Ich wurde vom Schmerz des Todesschreis meines Kindes geweckt, und du wirst für diese Pein bezahlen. Ich werde dir nicht erlauben, anderen zu zeigen, wie man dies vollbringt. Mein Kind zu töten und seinen Wirt am Leben zu lassen ist falsch.« Das Maß an Abscheu und Verachtung, das in dem Wort »falsch« lag, war überwältigend. »Es ist obszön.«

Arlian wunderte sich darüber, wie vollständig der Drache seine menschliche Herkunft vergessen hatte und wie wenig er die menschlichen Werte verstand.

Oder vielleicht verstand er die menschlichen Werte, wies sie aber zurück.

»Drachen haben mich früher schon bedroht«, erklärte Arlian. »Ich lebe noch immer.«

»Du hast mich noch nicht zum Feind gehabt«, konterte der Drache. »Was jetzt der Fall ist. Du wirst in deinem brennenden Palast sterben. Diese Missgeburt, die diese Obszönität durchgeführt hat, wird mit dir sterben, zusammen mit all den Außenstehenden, die es wagen, mit ihrer verderbten Hexenkunst in die Länder der Drachen einzudringen. Die Kreaturen, die zuließen, dass dies geschah, werden sterben. Ich bin bereits auf dem Weg, um dich zu vernichten.«

Arlian öffnete trotzig den Mund, aber bevor er etwas sagen konnte, zerbrach das Bild in der Schüssel – und einen Augenblick später zerbrach auch die Schüssel, so dass sich Blut und Wasser und Drachengift über den Tisch und auf den darunter liegenden Boden ergossen.

Er fuhr herum, um zu sehen, was auf dem Bett geschah.

Oeshir hatte Reifs Herz wieder in ihre Brust eingesetzt und arbeitete fieberhaft daran, die Wunde zu schließen und zu heilen; ihre Hände und Stimme zitterten, aber sie fuhr mit den Gesten und Beschwörungen fort.

Isein starrte voller Entsetzen die zerbrochene Schüssel an.

Reif fletschte in einer grausigen Grimasse die Zähne; ihre Hände hielten das Bettlaken unter ihr so fest umklammert, dass ihre Knöchel weiß waren. Ihre Augen waren auf den Baldachin über dem Bett gerichtet.

Arlian drehte sich wieder um und sah Black mit einem Dolch in der Hand in der Wohnzimmertür stehen.

»Was war das?«, fragte Black. »Wer hat gesprochen?«

»Ein Drache«, sagte Arlian. »Jener, dessen Gift in Lady Reifs Adern floss. Wie es scheint, war unser kleines Experiment erfolgreich.«

»Er kommt hierher?«

»Das hat er gesagt.«

»Ich kann die Kutsche in ...«

»Ich werde nicht fliehen«, unterbrach Arlian. »Seit ich

ein Kind war, habe ich nach einem Weg gesucht, diese Ungeheuer zu bekämpfen; jetzt, da endlich eins hierher kommt, um sich mir zu stellen, werde ich nicht davonlaufen!«

Black nickte. Er wollte etwas sagen, aber Arlian unterbrach ihn erneut.

»Aber du solltest die Frauen von hier wegschaffen – mit der Kutsche, den Wagen, was immer du finden kannst. Alarmiere den Haushalt und sag allen, die fliehen wollen, dass sie jetzt verschwinden müssen. Jeder, der bleibt, soll mit Obsidian bewaffnet werden.« Er lächelte gezwungen. »Und sorge dafür, dass jemand die Maschine im Vorhof mit Speeren lädt.«

Der Singsang brach ab. Arlian drehte sich um.

»Es ist vollbracht«, erklärte Oeshir, während sie mit dem roten Talisman in der Hand vom Bett zurücktrat. Dann sprach sie eilig auf Aritheisch auf Isein ein.

»Sie darf einen Tag und eine Nacht nicht bewegt werden«, übersetzte Isein. Sie zögerte und fragte dann: »Wann wird der Drache eintreffen?«

»Ich weiß es nicht«, gestand Arlian. »Ich weiß nicht, wo seine Höhle liegt oder wie schnell ein Drache fliegen kann. Es könnte Tage, vielleicht aber auch nur Minuten dauern.«

Isein sah Reif unglücklich an. »Wenn er weniger als einen Tag und eine Nacht braucht, war unsere Arbeit umsonst.«

»Ich werde dafür sorgen, dass sie nicht umsonst war«, erwiderte Arlian. Er sah Reif ebenfalls an.

Ihr nackter Körper war in Schweiß gebadet und vom Hals bis zum Schoß mit Blut verschmiert; Blut durchtränkte das Laken, auf dem sie lag. Sie zitterte trotz der Kräuter unkontrolliert.

Aber die Wunde in ihrer Brust war geschlossen, und ihre Augen waren klar.

»Tut alles für sie, was ihr könnt«, befahl Arlian. Ihm kam ein Gedanke. »Und kann Oeshir diese beiden Frauen heilen, die das Blut gespendet haben?«

Isein übersetzte die Frage hastig ins Aritheische; Oeshir antwortete nicht, sondern eilte ins Wohnzimmer. Isein griff nach einem Tuch und einem Krug und machte sich daran, Reif zu waschen.

Arlian wollte bleiben und sich vergewissern, dass gut für Reif gesorgt wurde – aber er hatte dringendere Dinge zu erledigen.

Ein Drache war unterwegs, um ihn zu töten.

»Wenn ich überlebe, komme ich zu Euch zurück«, sagte Arlian eilig zu Reif; dann fuhr er herum und lief zur Tür.

Zwei Stunden später stand das Speerkatapult in Arlians Vorhof, geladen mit sechs von Arlians längsten und besten Obsidianspeeren, die durch Umlegen eines einzigen Hebels abgefeuert werden konnten. Arlian wartete daneben, einen weiteren Speer in der Hand und zwei Obsidiandolche in seinem Gürtel, und suchte den Himmel ab.

Kitty, Brooke, Lara, Hasty, Vanniari, Lily, Musk und die meisten Bediensteten hatten hastig ihre Sachen gepackt und waren ins Graue Haus geflohen – Black begleitete sie, um dafür zu sorgen, dass sie sicher ankamen. Boten waren zur Zitadelle und zu Toribor, Spinne und Scherbe geschickt worden, um sie zu warnen, dass ein Drache auf dem Weg nach Manfort war. Alle, die jetzt noch im Palast weilten, waren zumindest mit einem Obsidiandolch bewaffnet.

Alle außer Reif, die ihre Hand noch nicht schließen konnte, um ein Messer zu halten. Isein und Oeshir und Reif waren noch immer in den oberen Räumen; Reif konnte nicht bewegt werden, und die beiden Magierinnen wollten sie nicht allein lassen, akzeptierten aber bereitwillig die Steinmesser.

Arlian wusste nicht, wo Qulu war, der dritte Magier; er hatte den Weg seines Herrn noch nicht gekreuzt. Arlian hoffte, dass der Drache nicht die Fähigkeit besaß, die Aritheier aufzuspüren, und dass Qulu an einem sicheren Ort war.

Arlian hatte überlegt, der Drachen-Gesellschaft eine Nachricht zu schicken, den Gedanken aber verworfen; schließlich konnte es durchaus sein, dass sie sich entschied, dem Drachen zu helfen.

Arlian hatte alle Vorbereitungen getroffen, und dennoch gab es noch keine Spur von dem Drachen.

Das bedeutete, dass Arlian Zeit zum Nachdenken hatte, und ihm dämmerte, wie kläglich seine Vorbereitungen im Grunde waren. Ja, er hatte seinen Speerwerfer – aber die Maschine war zu groß, und selbst vier Männer konnten sie nicht schnell genug drehen, um irgendeine Hoffnung zu haben, ein bewegliches Ziel zu treffen. Arlian konnte nur hoffen, dass der Drache direkt in die Schusslinie marschierte oder flog.

Natürlich konnte es sein, dass er Glück hatte. Vielleicht würde der Drache genau das tun. Arlian war wieder eingefallen, dass Reif aus dem Nordwesten stammte, und er hatte vermutet, dass die Drachenhöhle unter den westlichen Bergen lag; deshalb hatte er, bevor Venlin und die anderen Lakaien geflohen waren, den Speerwerfer nach Westen drehen lassen, so dass er fast direkt auf das Vordertor zielte.

Wenn der Drache aus dem Osten oder Süden oder Norden kam, würde der Speerwerfer nutzlos sein – aber dagegen konnte Arlian nichts mehr tun.

Der Aufruhr im Alten Palast war dem Rest Manforts nicht verborgen geblieben; eine neugierige Menge hatte sich am Zaun eingefunden und starrte den Speerwerfer und Arlian an, der mit seinem seltsamen Steinspeer daneben stand. Leute aus allen Schichten, in grobe Wolle oder Samt gekleidet, kamen vorbei, gafften eine Weile und schrien ein oder zwei Beleidigungen, bevor sie sich langweilten und ihren Weg fortsetzten.

Horn tauchte auf, beobachtete Arlian einen Moment und verschwand wieder.

Arlian ignorierte sie alle und behielt den Himmel im Auge, der sich allmählich verdunkelte. Die Sonne schien noch immer, aber dichte Wolken ballten sich und sperrten das Licht aus. Der Tag, der warm begonnen hatte, schien unnatürlich heiß zu werden.

Es war noch kein richtiges Drachenwetter, aber es war zweifellos im Anzug.

Seit dem letzten Sommer hatte Arlian geglaubt, dass die Drachen das Drachenwetter irgendwie erzeugten, statt darauf zu warten, dass es auf natürliche Weise einsetzte – jene lange Zeitspanne, in der sie frei umhergestreift waren, war ihnen zu sehr gelegen gekommen, um ein bloßer Zufall zu sein –, aber er hatte sich nicht vorstellen können, dass ein einzelner Drache es so schnell heraufbeschwören konnte.

Die Drachen waren mächtige magische Wesen, daran bestand kein Zweifel – wie die Kreaturen jenseits der Grenze, die Hexenmeister und Dämonen und Ungeheuer, konnten sie ihre Umgebung auf unnatürliche Weise manipulieren.

Aber sie unterlagen Beschränkungen. Vielleicht zogen sie heißes, düsteres Wetter nicht nur vor, sondern brauchten es. Er suchte den Himmel von Westen nach Süden und weiter nach Osten und Norden ab.

Dann wurde er aus seinen Gedanken gerissen, als eine Stimme vom Tor rief: »Obsidian! Was hat das alles zu bedeuten?«

Arlian drehte sich um, löste seinen Blick von den Wolken und erkannte die kahlköpfige Gestalt mit der Augenklappe, die hinter dem Zaun stand. Er lächelte. »Toribor!«, rief er. »Kommt herein, kommt herein, das Tor ist offen.«

Es war vielleicht seltsam, dass er sich derart freute, einen Mann zu sehen, den zu töten er einst geschworen hatte, einen Mann, mit dem er sich zweimal duelliert hatte, aber nichtsdestotrotz war er erleichtert, dass Toribor gekommen war. Dies war zumindest ein Mann, der seinen Hass auf die Drachen teilte.

Toribor betrat den Vorhof und betrachtete nachdenklich den Speerwerfer. »Ich wusste, dass Ihr an Maschinen arbeitet, aber ich hatte noch keine Gelegenheit, eine davon zu sehen. Soll dieses Ding einen Drachen töten?«, fragte er.

»Ich hoffe es«, sagte Arlian. »Sofern ich es in Position bringen kann.«

»Ihr könnt damit nicht zielen?«

»Nein.«

»Ihr könntet es wahrscheinlich mit Seilen und Rollen ausrüsten und so in jede Richtung zielen.«

»Wenn ich mehr Zeit hätte, vielleicht«, erwiderte Arlian – obwohl er in Wirklichkeit nicht daran gedacht hatte, den Speerwerfer mit Seilen und Rollen zu drehen, und jetzt dämmerte ihm, dass er es hätte tun sollen. »Leider ist ein Drache unterwegs, während wir hier sprechen.«

»Das habt Ihr schon in Eurer Nachricht behauptet. Ihr habt allerdings nicht erklärt, woher Ihr dies wisst.«

»Der Drache hat es mir gesagt«, antwortete Arlian. »In einer Schüssel mit blutigem Wasser.«

Toribor richtete sein gesundes Auge auf Arlian. »Ich dachte, sie sprechen nicht mehr mit Euch.«

»Dieser wurde provoziert«, sagte Arlian. »Ich glaube, wir haben einen Weg gefunden, das Herz eines Drachen zu entfernen, ohne die Person zu töten.« Diese Beschreibung war wörtlich zu verstehen, was Toribor allerdings nicht wusste.

»Ich nehme an, Ihr habt diese Methode getestet?«

Arlian nickte. »An Lady Reif. Der Drache, der mit uns sprach, hat vor vier oder fünf Jahrhunderten ihre Familie getötet; er hat den Tod seines ungeborenen Kindes nicht gut aufgenommen.«

»Ah«, sagte Toribor. »Aber Ihr habt ihn nicht absichtlich hierher gelockt?«

»Nein, natürlich nicht. Wenn ich einen Drachen absichtlich anlocken wollte, würde ich es nicht mitten in Manfort tun.«

Toribor zuckte die Schultern. »Es gibt wahrscheinlich schlechtere Orte.« Er blickte wieder zu dem Speerwerfer auf. »Ihr habt also keine Möglichkeit, den Drachen in die Schusslinie dieses Dings zu lenken?«

»Vorschläge sind willkommen.«

»Kommt er nur, um Euch zu töten?«

»Und Reif und die aritheischen Magier, ja.«

»Ihr müsst mir irgendwann von dieser Methode erzählen.«

»Natürlich; ich hatte gewiss nicht vor, sie geheim zu halten. Doch im Moment habe ich andere Sorgen.«

»Wisst Ihr, wann der Drache eintreffen wird?«

»Nein.«

»Wenn Ihr dort stehen bleibt, führt ihn der direkteste Weg zu Euch vor diese höllische Maschine.«

»Wenn er von Westen kommt, ja. Wenn er von Norden oder Süden kommt, nein. Und ich muss sein Herz treffen, nicht sein Gesicht, was die Sache verkompliziert.«

»In der Tat.« Toribor überdachte sorgfältig die Lage. »Können Eure Magier irgendetwas tun? Vielleicht die Speere lenken? Illusionen einsetzen, um den Drachen in Schussweite zu locken?«

»Ich weiß es nicht«, gestand Arlian. »Zwei von ihnen sind oben bei Reif; der dritte ...« Er brach ab. Qulu würde ihm vielleicht doch helfen können; vielleicht gelang es ihm, den Drachen mit Illusionen in die richtige Position zu locken.

Dann hörte er die ersten Schreie. Überrascht sah er an

Toribor vorbei zu der kleinen Menge auf der Straße hinter dem Zaun.

Einige von ihnen starrten zum Himmel hinauf und deuteten nach oben – nach Norden. Arlian fuhr herum und starrte.

Vor den überhängenden grauen Wolken war eine dünne schwarze Gestalt zu erkennen, eine Gestalt wie eine geflügelte Schlange, lang und schmal, mit hin und her peitschendem Schwanz und breiten Schwingen. Sie wurde mit alarmierender Geschwindigkeit größer.

Es war zweifellos ein Drache.

»Bei meinem Blut«, entfuhr es Arlian. »Er ist schnell!«

»Gebt mir einen Speer«, sagte Toribor, während er sich zu dem näher kommenden Untier umdrehte.

»Ich habe keinen ...« Arlian zögerte und gab seinen Speer dann Toribor. »Hier.«

Toribor nahm die Waffe an sich.

Die Menge hinter dem Zaun schrie und lief wild durcheinander; einige der Leute waren entsetzt geflohen, aber die anderen schienen zu fasziniert zu sein, um sich zu bewegen, und wiederum andere drängten sich, um einen besseren Blick auf das Ungeheuer zu erhaschen. Horn war wieder aufgetaucht, diesmal in Begleitung von Opal und Pfahl; die drei standen auf der anderen Seite der Straße und beobachteten den Himmel im Norden.

»Der Herzog!«, schrie jemand laut genug, um den Lärm zu übertönen. Mehrere Gesichter drehten sich nach Süden zur Zitadelle.

Wenn der Herzog wirklich kam, wusste Arlian nicht, was ihm das nutzen sollte. Was konnten der Herzog und seine

Wachen schon gegen die Kreatur ausrichten? Sie hatten nur Stahlklingen, keine Obsidianwaffen.

Und, dämmerte Arlian, er hatte nur seinen Speerwerfer und zwei Messer – er hatte seinen Speer soeben Toribor gegeben.

Toribor war offenbar fest entschlossen, ihn zu benutzen; er war auf das Gestell des Speerwerfers geklettert, um dem Drachen näher zu sein, und stand jetzt auf der Ladeplattform, fast drei Meter über dem Boden.

»Toribor!«, rief Arlian. »Er ist nicht hinter Euch her!«

Toribor blickte zu ihm hinunter. »Das muss er auch nicht«, erwiderte er. »Ein Drache hat mir mein Auge genommen, und es ist Zeit, dass ich es ihnen heimzahle. Ich habe geschworen, die Drachen zu bekämpfen, und bei allen toten Göttern, ich werde es tun!«

Arlian war klug genug, dem nicht zu widersprechen. Er wünschte, Black wäre hier, aber sein Haushofmeister – sein Freund – war noch nicht vom Grauen Haus zurückgekehrt.

Und dann, so plötzlich wie ein sommerlicher Wolkenbruch, war der Drache über ihnen.

24
Die Rache des Drachen

Als der große schwarze Schatten auf Arlian fiel, zog er einen seiner Dolche, aber ein Blick zum Bauch des Drachen verriet ihm, wie absurd die Geste war. Die Kreatur war riesig; der Dolch war gegen dieses Ungeheuer so nutzlos wie eine Stecknadel.

Die Kühnheit, auch nur zu versuchen, eine derartige Kreatur zu töten, überwältigte ihn plötzlich. Wer war er denn, dass er es wagte? Er war erst zweiundzwanzig, während das Untier seit Jahrtausenden lebte; er war nur ein einzelner Mann, bewaffnet mit einem Steinmesser, gegen eine Kreatur, die so groß war wie ein Flügel des Palastes, eine Bestie, die brennendes Gift spuckte, eine Bestie, deren Krallen länger und schärfer waren als die Obsidianklinge in Arlians Hand.

Er würde sterben. Er wusste es.

Sobald ihn die Kreatur entdeckte, würde er in einem Schwall brennenden Giftes verkohlen oder vielleicht von diesen schrecklichen Kiefern gepackt und verschlungen werden.

Aber der Drache griff ihn nicht sofort an; stattdessen stieß er mit ausgestreckten Klauen auf das Dach des Alten Palastes hinunter. Eine Giftwolke schoss aus dem Maul des Drachen und entzündete sich.

Feuer wusch über das Dach des Palastes; selbst über die verhallenden Schreie der fliehenden Gaffer konnte Arlian hören, wie in der Hitze und unter dem Druck Ziegel zerplatzten.

Dann trafen die Vorderläufe des Drachen das Dach mit einem ohrenbetäubenden Krachen. Arlian konnte nicht erkennen, was passierte, aber er hörte, wie Balken brachen, Gips herunterpolterte, Glas zersplitterte. Eine Wolke aus Staub und Trümmern erhob sich, mischte sich mit dem Rauch des Drachenfeuers, trieb über die Dachvorsprünge. Hin und wieder erhaschte er einen Blick auf einen Flügel, aber der Großteil der Kreatur blieb seinem Blick verborgen.

»Was macht er?«, rief Toribor.

»Er muss hinter Lady Reif und den Aritheiern her sein«, rief Arlian zurück – obwohl der Drache in Wirklichkeit das Zentrum des Palastes angegriffen hatte, während sich die drei Frauen im Südflügel befanden.

»Eure Maschine zeigt in die falsche Richtung.«

»Das habe ich schon bemerkt«, versicherte Arlian. Der Speerwerfer zeigte weg vom Palast, was zuvor vernünftig erschienen war – er sollte den Drachen stoppen, bevor er sein Ziel erreichte.

Nur dass er nie eine Chance gehabt hatte, es zu versuchen. Der Drache war aus einer unerwarteten Richtung gekommen, und dies schneller als vermutet.

Er stieg wieder in die Höhe, und Arlian konnte das Prasseln der Flammen hören – der Palast brannte, und das Feuer breitete sich rasend schnell aus. Das Prasseln wurde zu einem Brüllen.

Das machte Sinn; warum sollte der Drache seine Beute nacheinander aufspüren und ausgraben, wenn er sie einfach alle verbrennen konnte? Arlian dachte an das Dorf

Obsidian auf dem Rauchenden Berg – jedes Haus war niedergebrannt worden, und die Leute, die dem Feuer entkamen, wurden auf der Flucht getötet. Die Drachen hatten sich nicht die Mühe gemacht, irgendjemanden auszugraben.

Arlian erinnerte sich, wie ein Drache seinen Großvater getötet hatte. Er hatte weder Klauen noch Zähne eingesetzt; als er den alten Mann in dem brennenden Haus entdeckt hatte, hatte er einfach brennendes Gift auf ihn gespuckt und war weitergezogen.

Dieser Drache würde den Palast zertrümmern und verbrennen und jeden töten, der aus ihm floh. Er würde sich nicht die Mühe machen, irgendjemanden auszugraben.

Wenn es den Aritheiern gelang, Reif oder sich selbst in Sicherheit zu bringen – etwa in den Weinkeller –, würden sie vielleicht überleben.

Wenn der Drache vom Palast weggelockt werden konnte …

Aber alles, was ihn weglocken würde, war eins seiner bevorzugten Opfer, und das einzige, das greifbar war, das einzige, das sich außerhalb des Palastes befand, war Arlian.

Arlian eilte zum Rand der Ladeplattform. »Toribor«, rief er laut, um das Brüllen des Feuers und die Schreie von der Straße zu übertönen, »ich werde versuchen, ihn vom Palast wegzulocken, weg von den Frauen, Wenn er mir folgt, könnt Ihr auf ihn schießen …«

Toribor blickte zu ihm hinunter und musterte dann den Abschussmechanismus.

»Ich habe noch nie gesehen, wie dieses Ding schießt«,

wandte er ein. »Ich weiß nicht, wie es funktioniert oder wie groß seine Reichweite ist.«

»Aber es ist einfach«, schrie Arlian verzweifelt. Der Drache hatte in großer Höhe den Palast umkreist und setzte jetzt wieder zum Sturzflug an. »Ihr müsst nur ...«

»*Ich* werde ihn weglocken«, brüllte Toribor. »Ihr schießt auf ihn. Ihr wisst, wie.« Er sprang von der Plattform, den Speer in der Hand, und landete neben Arlian.

»Aber er wird nicht ...«, begann Arlian.

Diesmal unterbrach ihn Toribor nicht mit Worten, sondern mit einem harten Stoß gegen die Brust, der Arlian unter die Ladeplattform beförderte.

»Ihr versteckt Euch, bis er mich verfolgt«, befahl Toribor. Dann, bevor Arlian sein Gleichgewicht wiedererlangen oder etwas entgegnen konnte, rannte er zur Vorderseite des Speerwerfers und schrie so laut er konnte.

»He! Drache! Du stinkender Wurm, du Ungeheuer! Komm und hol mich!«

Der Drache stieß auf den Palast hinunter, aber er entdeckte die rennende Gestalt und stürzte sich auf sie.

Er hatte den Köder geschluckt. Arlian verstand zuerst nicht, warum – Toribor war nicht auf der Liste der Feinde, die er während der Vision in der Schüssel aufgezählt hatte, und er war ein Drachenherz und trug einen ungeborenen Drachen in seinem Blut.

Aber dann, während er nach dem Auslösehebel griff, dämmerte ihm, dass der Drache wahrscheinlich nicht so klar dachte. Er sah, wie jemand rannte und zu fliehen versuchte, und nahm ohne zu überlegen die Verfolgung auf. Er war kein Mensch; er war ein Raubtier, ein Zerstörer, und seine Instinkte zwangen ihn, alles anzugreifen, was floh.

Das Untier stieß mit ausgebreiteten Schwingen in die Tiefe; es schlug mit den Flügeln, und Staub und Rauch umwirbelten Arlian und die Maschine, blendeten ihn halb. Der Windstoß eines weiteren Flügelschlags warf Arlian fast von den Beinen.

Toribor hatte das Tor erreicht und war langsamer geworden; er warf einen Blick zurück zu Arlian, und Arlian erkannte, dass er sich vergewissern wollte, dass er noch immer in Reichweite der Maschine war.

Das Katapult konnte einen Speer mühelos noch hundert Meter weiter schleudern, und der Drache kam schnell näher. Sein Schatten verdeckte den Himmel, und der Wind seiner Schwingen zerrte an Arlian und wehte seinen Hut davon.

»Weg da!«, schrie Arlian. »Rennt!«

Toribor rannte – aber nicht weit genug, nicht schnell genug. Der Drache war plötzlich dort im Vorhof, hatte seine Flanke Arlian zugedreht, den Hals ausgestreckt, den Kopf auf Toribor gerichtet. Sein Maul öffnete sich.

Er war in perfekter Position; seine rechte Flanke war dem Speerwerfer schutzlos ausgeliefert.

Arlian legte den Hebel um, aber die Wolke aus brennendem Gift quoll aus dem Drachenmaul und hüllte Toribor ein. Funken stiegen vom Eisentor auf, Staub und Rauch wallten über den Vorhof, und die grellen gelben Flammen blendeten Arlian fast. Er schützte sein Gesicht mit einem Arm, während die Gewichte fielen und der mächtige Holzarm nach vorn schwang und rasend schnell an Geschwindigkeit gewann.

Dann prallte er mit einem erderschütternden Krachen gegen den Querbalken, und ein halbes Dutzend Obsidianspeere flogen auf den Drachen zu, als er wieder in die Höhe stieg.

Vier von ihnen trafen – auf diese Entfernung wäre es auch schwierig gewesen, ihn ganz zu verfehlen. Ein fünfter schabte über den Rücken des Drachen und verschwand sich überschlagend in der wallenden Wolke aus Rauch und Flammen, die das Tor verschluckt hatte; der sechste flog davon, ohne das Untier zu berühren.

Einer der vier Speere hatte den rechten Flügel des Drachen fast ganz durchdrungen. Ein weiterer steckte in seiner Schulter dicht über dem Vorderlauf.

Und zwei hatten sich in die Flanke der Kreatur gebohrt – aber offenbar hatte keiner von ihnen das Herz getroffen.

Der Drache brüllte, ein Laut, wie ihn Arlian noch nie zuvor gehört hatte – der Schrei eines ausgewachsenen Drachen war unendlich tiefer und lauter als der eines neugeborenen. Fenster zersprangen in dem Lärm, und er glaubte, dass ihm die Trommelfelle platzen würden.

Zweifellos hatte er das Ungeheuer verletzt – aber er hatte es nicht getötet, nur noch wütender gemacht. Als der Drache zu der Quelle dieser Schmach herumwirbelte, wirkte er so schrecklich und einschüchternd wie zuvor.

Der Übelkeit erregende Gestank des Giftes erreichte Arlian, vermischt mit dem Geruch von Staub und Rauch und verbranntem Fleisch.

Du, sagte er – obwohl er lautlos sprach wie sein magisches Abbild.

»Ich«, schrie Arlian zurück, während er seine nutzlosen

Steindolche zog. Er wusste, dass er sterben würde, und er beabsichtigte, ehrenvoll zu sterben.

Die Speere hatten sein Herz nicht erreicht. Einer von ihnen hatte die schwarze Schuppenhaut der Kreatur hinter ihrem Vorderlauf durchbohrt und war etwa einen halben Meter in das Fleisch eingedrungen – er musste das Herz nur knapp verfehlt haben, dachte Arlian.

Aber andererseits, wie groß konnte das Herz eines Drachen sein, wo es doch so kalt und gnadenlos war?

Wenn dieser Speer etwas tiefer eingedrungen wäre, hätte er vielleicht ...

Arlian hatte keine Zeit, den Gedanken zu Ende zu führen; der Drachenkopf drehte sich in seine Richtung. Er rannte – und teils weil der Speerwerfer ihn blockierte, teils weil die Wand des Palastes ihn blockierte und teils aus verrückter Eingabe heraus, rannte er auf den Drachen zu, auf seine Flanke, in der die Speere steckten.

Der Drache würde kein brennendes Gift auf sich selbst spucken, davon war er überzeugt – schließlich war Drachengift das Einzige, das einem Drachenherz Narben zufügen konnte, und warum sollte es dann einen Drachen nicht verletzen können? Und das Gift wurde erst entzündet, wenn es das Maul der Kreatur verlassen hatte, so dass die Flamme sie vielleicht verbrennen konnte, selbst wenn sie immun gegen das Gift war.

Der Hals drehte sich, der Kopf folgte, und er rannte, wie er noch nie zuvor gerannt war, und dann sprang er, beide Arme ausgestreckt, die beiden Obsidianmesser noch immer in den Händen. Er wollte das Untier verletzen, ihm weitere Schmerzen zufügen, bevor er starb.

Er prallte gegen die Seite des Ungeheuers, zwischen den beiden herausragenden Speeren; seine Dolche bohrten sich in die Schuppen und gaben ihm Halt, während der Drache um sich schlug, vergeblich nach ihm griff, ihn abzuschütteln versuchte.

Er hing dort, mit baumelnden Füßen, den Bauch an die riesigen glatten Schuppen gepresst, und stieß beide Dolche so tief er konnte in die Bestie.

Er umklammerte die Dolchgriffe, während der Drache erneut brüllte und mit den Schwingen schlug. Der rechte Flügel traf ihn und drückte ihn wie eine große schwarze Lederdecke gegen die Seite der Kreatur, und er riss im letzten Augenblick den Kopf zur Seite, so dass seine Nase nicht an den Schuppen brach.

Der Speer, der diesen Flügel durchbohrt hatte, verdrehte sich beim Aufprall und zerfetzte das ledrige Fleisch der Schwinge; dickflüssiges schwarzes Blut bespritzte eine Seite von Arlians Gesicht. Und Arlian sah, dass die Wucht des Flügelschlags die beiden Speere in der Seite des Drachen tiefer ins Fleisch trieb, obwohl einer der Schäfte in der Mitte durchbrach.

Das musste wehgetan haben, denn der Drache hob sofort den Flügel so hoch er konnte, schrie vor Schmerz und Wut und schlug nicht wieder mit den Schwingen.

Das bedeutete, dass er nicht fliegen konnte, dämmerte Arlian. Das hatte er zumindest erreicht. Wenn die anderen mit den Obsidianwaffen angriffen, konnten sie ihn vielleicht erschöpfen ...

Wenn dieser Drache hier starb, würde der Herzog vielleicht überzeugt sein. Die Menschheit würde kämpfen.

Das wäre ein lohnenswertes Vermächtnis, dachte Arlian. Er konnte mit den Dolchen nicht tiefer schneiden, denn beide steckten bis zum Griff im Fleisch, aber die Speere in der Flanke und Schulter des Drachen waren in Reichweite. Er ließ den linken Dolch los und griff nach dem Schaft des nächsten Speeres.

Der Drache hatte endlich den Kopf gedreht und starrte ihn an.

Du hast Mut, sagte er, *aber du bist ein Narr. Glaubst du etwa, du kannst mich verletzen?*

»Ich denke, ich habe dich verletzt«, keuchte Arlian, als er den Speerschaft packte und drückte.

Der Schaft bohrte sich in das Fleisch des Drachen, aber es war nicht so, als würde er irgendein normales Fleisch durchdringen, sondern es war wie ein Stock, der in den Boden getrieben wurde, wie eine Schaufel, die die Erde eines Gartens aufwühlte.

Der Drache riss das Maul auf, und seine Augen weiteten sich in einer Grimasse, die zweifellos Schmerz ausdrückte.

Ja, es tut weh!, sagte der Drache.

»Gut«, knurrte Arlian und stieß den Speer tiefer hinein.

Hör auf!

»Sei nicht albern.«

Wenn du mich tötest, werden die anderen euch alle vernichten.

»Sie können es versuchen«, sagte Arlian grimmig. Die Speerspitze war verschwunden, und der Schaft steckte jetzt einen Meter tief im schwarzen Fleisch der Kreatur – fast die Hälfte der Schaftlänge. Er hatte keine Ahnung, ob er das

Herz des Wesens erreichte, aber ihm blieb nichts anderes übrig, als ihn weiter hineinzutreiben.

Und dann, als er den Speer ein paar Zentimeter tiefer hineingebohrt hatte, spürte er, wie der Speerschaft unter dem langsamen Schlag eines monströsen Herzens vibrierte. Wilder Triumph stieg in ihm hoch.

Endlich, nachdem er sich ein halbes Leben lang danach gesehnt hatte, Rache zu nehmen, würde er einen Drachen töten – keinen unbeholfenen neugeborenen, der kaum mehr war als eine Erscheinung aus Blut und Magie, sondern ein ausgewachsenes Ungeheuer mit dem Blut von Hunderten Unschuldigen an seinen Klauen.

Es war nicht einer der drei Drachen, die Obsidian zerstört hatten, aber sie würden auch noch an die Reihe kommen. Selbst wenn dieser ihn im Todeskampf tötete, würde er der Welt gezeigt haben, dass die Drachen erschlagen werden konnten, und er war überzeugt, dass die anderen Menschen eines Tages dieses Wissen nutzen und ihre alten Feinde ausrotten würden.

Er trieb den Speer tiefer hinein, und ein Schwall aus schwarzem Blut ergoss sich aus der Wunde, spritzte am Schaft entlang auf seine Hände und durchtränkte den schwarzen Samt und die weiße Spitze seines Ärmels.

Und der Drache stürzte. Seine Beine gaben unter ihm nach, sein erhobener Flügel brach wie ein fallendes Zelt zusammen. Ein letzter Stoß aus brennendem Gift und öligem schwarzem Rauch fauchte aus seinem Maul, als sein Kopf zu Boden sank; Arlian spürte die Hitze, aber der Feuerball erreichte ihn nicht.

Es gab keine plötzlichen Krämpfe, kein verzweifeltes

Zucken, kein letztes Umsichschlagen mit den Klauen. Die Kreatur rührte sich nicht mehr. Die harten Schuppen unter ihm waren plötzlich weich und nachgiebig; der Dolch in seiner rechten Hand schnitt durch das Drachenfleisch, als wäre es schimmeliger Käse. Arlian rutschte an der Seite des Ungeheuers hinunter, bis seine Füße den Boden berührten; er wankte, stand dann aufrecht da und benutzte den Dolch, um den Flügel aufzuschneiden, so dass er sich teilte und um ihn herum zu Boden fiel.

Der Drache war nicht in Blut und Luft explodiert, wie es die neugeborenen getan hatten, aber er war auch nicht wie eine natürliche Kreatur gestorben. Arlian erinnerte sich, wie schnell Nagels Leiche verwest war; der Drache schien dasselbe zu tun, nur viel schneller. Während er zusah, verschrumpelte das Fleisch und enthüllte die ersten Knochen.

Und er stank nach Verwesung und Tod. Arlian schnitt sich den Weg frei und trat in saubere Luft.

Und dann hörte er den Jubel.

25
Knochen und Asche

Wo Toribor gestanden hatte, gab es nur noch Knochen und Asche; eine Gestalt kniete an der Stelle, trug aber den Rock einer Frau und war viel zu schlank, um Lord Toribor zu sein. Arlian war einen Moment zu benommen, um diese Person durch den wallenden Rauch und die Aschewolken zu erkennen, aber dann blickte sie zu ihm auf, bevor sie aufsprang und sich zur Flucht wandte.

Lady Opal.

Trotz seiner Benommenheit wusste Arlian, was sie, über Toribors Überreste gebeugt, getan hatte – sie hatte nach Gift gesucht und es vielleicht sogar gefunden.

Auf der Straße hinter dem Tor, die einen Moment zuvor noch menschenleer gewesen war, schienen tausend Leute aus dem Nichts aufgetaucht zu sein und jubelten und klatschten.

»Obsidian! Obsidian!«, riefen sie.

Arlian starrte sie verblüfft durch den Zaun an. Er war benommen und brauchte einen Moment, um Black zu erkennen, der sich seinen Weg durch die Menge bahnte.

Und am Ende der Straße schrien Männer Befehle – Wachen, die den Weg frei machten.

Und er konnte hinter sich ein Brüllen hören; er fuhr herum und erkannte, dass der Tod des Drachen nicht bedeutete, dass die Schlacht vorbei war.

Flammen und Rauch stiegen vom Alten Palast auf; er

beobachtete, wie im Obergeschoss ein Teil der Wand nachgab und polternd in sich zusammenstürzte.

»Reif«, sagte er.

»Ari!« Black schrie so laut er konnte, um den Jubel und das Feuer zu übertönen. »Ari!«

Arlian wirbelte herum. »Wasser!«, rief er. »Holt Wasser! Es sind noch Leute im Palast, und eine von ihnen kann sich nicht von ihrem Bett erheben!«

Black hatte sich endlich durch das Tor gezwängt.

»Vergiss es, Ari!«, sagte er. »Du kannst es nicht löschen – sieh es dir doch an!«

»Mir ist es egal, ob wir es löschen können oder nicht«, entgegnete Arlian, »aber wir müssen Reif herausholen!«

Black zögerte und drehte sich dann um.

Ein Trupp Wachen in der Livree des Herzogs machte den Weg frei und räumte die Straße vor dem Tor, und durch die Schneise schritt der Herzog von Manfort, ein breites Grinsen im Gesicht, in einem puderblauen Mantel mit silbernen und weißen Aufschlägen.

»Obsidian!«, rief er. »Großartig! Einfach großartig.«

»Eure Hoheit«, rief Black, »wir brauchen Männer, um unsere Kameraden aus dem Haus zu holen – könntet Ihr uns ein paar überlassen?«

»Natürlich, natürlich!«, sagte der Herzog. »Und der Rest wird Eimer holen – ich fürchte, für den Alten Palast gibt es keine Hoffnung mehr, aber wir können verhindern, dass sich das Feuer ausbreitet, eh?« Sein Grinsen wurde sogar noch breiter. »Großartig, Obsidian! Einfach fantastisch!«

»Vielen Dank, Eure Hoheit«, sagte Arlian. »Ihr Männer, folgt mir!«

Später konnte er sich nicht mehr an alle Einzelheiten erinnern, aber er wusste, dass er die Wachen durch die Küche, dann die Dienstbotentreppe hinauf zum Schlafgemach im Südflügel geführt haben musste.

Dort hatte Isein erklärt, dass Reif noch immer unter keinen Umständen ihr Bett verlassen konnte – daran erinnerte sich Arlian, und er erinnerte sich auch, was er gesagt hatte, obwohl ihm kein klarer Gedanke durch den Kopf gegangen war, bevor die Worte von seinen Lippen kamen.

»Dann nehmt das Bett«, befahl er. »Ein Mann an jeder Ecke, ein weiterer an jeder Seite, und zerschlagt alles, was im Weg ist.«

Als das Bett endlich die sichere Straße erreicht hatte, fehlten die Bettpfosten und der Baldachin, aber Reif und Isein und Oeshir waren außer Gefahr und vor den Flammen gerettet.

Das Feuer brüllte noch immer, die Wände stürzten ein, trotz der Dutzenden von Helfern, Wachen und Diener und einfachen Leute, die sich in der Nähe aufgehalten hatten und mit Wassereimern zu löschen versuchten. Black befehligte sie – er hatte die Sache offenbar in die Hand genommen, als Arlian losgerannt war, um Reif zu holen. Erst dann dämmerte Arlian, dass ihn sein Erinnerungsvermögen im Stich ließ; er konnte nicht sagen, wann er und Black sich getrennt hatten.

Aber Reif war draußen und in Sicherheit, und es war höchste Zeit, sich an die Seite seines Freundes zu begeben. Arlian machte einen Schritt, um sich in die Eimerkette einzureihen.

Und dann schlug der Herzog Arlian auf den Rücken und

erklärte, wie großartig, wundervoll und unvergleichlich er doch war, und die Straße war wieder voller Menschen, die laut »Obsidian!« riefen.

»Eure Hoheit«, sagte Arlian. Er sah sich um und bemerkte, dass den Herzog zwar ein paar Höflinge begleiteten, Lord Hardior aber nicht unter ihnen war – und auch keine anderen Drachenherzen. »Ist Lord Hardior denn nicht bei Euch?«

»Dieser Narr? Nein, er ist nicht hier! Er nannte Euch einen Verrückten und sagte, Ihr würdet Unheil auf uns alle herabbeschwören, dabei habt Ihr einen Drachen getötet! Bei den toten Göttern, Mann, ist Euch das klar? Ihr habt einen Drachen getötet, der erste Mensch in der Geschichte, der so etwas vollbracht hat! Hardior sagte, es wäre unmöglich, aber Ihr habt es getan!«

»Ja«, sagte Arlian und drehte sich zu dem toten Ungeheuer um.

Das schwarze Fleisch verweste rasend schnell und fiel von den Knochen – die Rippen, der obere Teil des Schädels und die langen, dünnen Knochen der Schwingen lagen bereits frei und leuchteten weiß in der Nachmittagssonne.

Und die Sonne war herausgekommen; die Wolken waren aufgerissen und lösten sich auf. Das Drachenwetter endete mit dem Tod des Drachen.

Toribors Knochen lagen vor dem Torpfosten, ebenfalls vom Fleisch befreit. Arlian schluckte. Der letzte der sechs Lords war tot.

Das Speerkatapult war von den Todeszuckungen des Drachen zerstört worden und in sich zusammengebrochen; es schwelte, als Funken und brennende Trümmer auf es fielen.

»Ich sollte beim Löschen des Feuers helfen«, sagte Arlian.

»Vergesst das Feuer, Obsidian – Ihr habt genug getan! Ihr seht erschöpft aus, Mann.«

»Das bin ich auch«, bestätigte Arlian.

Und dann wurde er ohnmächtig, und der Herzog selbst fing den neuen Helden der Stadt auf, als er in seine Arme sank.

26
Nachspiel

Es war gut, dachte Arlian, als er in einem fremden Bett aufwachte, dass er keinen Käufer für das Graue Haus gefunden hatte. So hatte er zumindest noch immer ein Heim.

Er sah sich um und versuchte festzustellen, in welches Zimmer des Grauen Hauses man ihn gebracht hatte, aber nichts lieferte ihm irgendeinen Hinweis.

Als er zum breiten Fenster hinübersah, wurde ihm klar, dass er sich gar nicht im Grauen Haus befand.

Vage erinnerte er sich, dass man ihn in die Kutsche des Herzogs geladen, irgendwohin gefahren und halb in ein Bett getragen hatte, und er hatte angenommen, dass es im Grauen Haus stand – aber dies war nicht das Graue Haus, denn dort sahen die Fenster anders aus als jenes, das er von seinem Platz im Schlafgemach aus erkennen konnte.

Er setzte sich verwirrt auf und bemerkte, dass er nicht allein im Raum war; zwei Diener hatten an der Tür gestanden, von denen einer jetzt auf dem Absatz kehrt machte und hinauseilte – wahrscheinlich um mitzuteilen, dass Lord Obsidian erwacht war.

Beide trugen die Livree des Herzogs. Arlian drehte den Kopf, blickte durch dieses Fenster mit den vielen kleinen Scheiben und wusste, wo er war.

Er war in der Zitadelle.

»Gibt es irgendetwas, das Ihr wünscht, mein Lord?«, fragte der Diener, der im Zimmer geblieben war.

»Neuigkeiten«, antwortete Arlian. »Erklärungen. Und etwas zu essen.«

»Ich kann Euch etwas zu essen bringen lassen«, erwiderte der Diener. »Was wollt Ihr haben?«

Momente später traf ein Tablett mit Brot, Fleisch und Wein ein, zusammen mit der Nachricht, dass sich Seine Hoheit, der Herzog von Manfort, geehrt fühlen würde, wenn ihm Lord Obsidian eine Audienz gewährte.

Arlian wunderte sich darüber, während er aß.

»Ich werde gleich mit ihm sprechen«, informierte er den Boten zwischen zwei Bissen.

Das Gespräch, das folgte, war seltsam, fast traumähnlich – der Herzog war dermaßen hilfsbereit, so begierig, ihm zu gefallen, dass jede Frage, die Arlian stellte, sofort und direkt beantwortet und jeder Wunsch erfüllt wurde. Der alternde Edelmann, der der Erbherrscher über alle Länder der Menschen war, und ein entflohener Sklave, kaum mehr als ein Junge, der ein Vermögen gemacht hatte, indem er gestohlenes Gold in ausländische Illusionen investiert hatte, schienen die Plätze getauscht zu haben.

Das Feuer war gelöscht, erzählte ihm der Herzog, aber vom Alten Palast war nur wenig übrig geblieben – ein paar Mauern hier und dort, die Öfen und der Kamin in der Küche, ein Teil des Nordflügels.

Der Speerwerfer war zerstört, aber eine Reihe Obsidianwaffen waren geborgen worden, und die Männer des Herzogs durchkämmten die Ruine und suchten nach weiteren. Die Knochen des Drachen lagen noch immer dort, wo das

Ungeheuer gestorben war; die meisten von Toribors Knochen ruhten noch immer vor dem Torpfosten, doch irgendjemand hatte seinen Schädel gestohlen.

Arlian wusste, wer dies getan hatte – nicht welche Person, aber welche Gruppe. Toribors Schädel würde zu den anderen auf das Regal in der Halle der Drachen-Gesellschaft gestellt werden.

Keine weiteren Drachen waren entdeckt worden; das Wetter blieb klar und war etwas kühler geworden.

»Dann haben wir Zeit für unsere Vorbereitungen«, sagte Arlian.

»Und wir werden uns vorbereiten«, stimmte der Herzog zu. »Wir werden hundert, tausend von Euren Maschinen bauen! Wir werden sie überall auf der Stadtmauer postieren und in jeder größeren Stadt in den Ländern der Menschen. Wenn sich ein Drache nähert, werden wir ihn mit einem Hagel aus Obsidianklingen empfangen! Endlich werden wir vollbringen, was keiner meiner Vorfahren geschafft hat! Wir werden Drachen töten! Wir werden die Welt ein für alle Mal von ihrem Bösen befreien!«

Seine Begeisterung war fast zu viel, aber Arlian lächelte trotzdem glücklich. Sein ganzes Leben lang hatte man ihm nachgesagt, dass er verrückt, dass seine Rache undurchführbar war, und jetzt hatte er endlich jemanden davon überzeugt, dass die Drachen vernichtet werden konnten.

Und er war jemand, der etwas gegen sie tun konnte.

»Wenn wir ihre Höhlen finden«, sagte er, »können wir sie vielleicht im Winter aufspüren und im Schlaf töten.«

»Ausgezeichneter Vorschlag! Großartig!«

Arlian sah sich im Audienzraum um und bemerkte

erneut, dass er das einzige anwesende Drachenherz war. »Hat Lord Hardior ...«, begann er.

Das Lächeln des Herzogs verschwand, und sein Gesicht wurde härter, als es Arlian für möglich gehalten hätte.

»Lord Hardior ist informiert worden, dass seine Dienste nicht länger benötigt werden«, sagte der Herzog kalt. »Wisst Ihr, dass er und einige seiner Freunde versucht haben, mittels Zauberei mit den Drachen zu sprechen, um mit ihnen zu verhandeln? Sie wollten sich ergeben. Er vertraute es mir an, als die Nachricht vom Erscheinen des Ungeheuers eintraf – er wollte der Bestie alles geben, was sie verlangte, wenn sie nur die Zitadelle verschonen würde.«

»Oh«, sagte Arlian.

»Aber Ihr seid vorbereitet gewesen! Ein Speer ins Herz!« Das Grinsen war wieder zurückgekehrt.

»Ins Herz«, wiederholte Arlian. Das erinnerte ihn an eine andere Sorge. »Dürfte ich fragen, Eure Hoheit, wohin Lady Reif gebracht wurde?«

»In ihr Haus. Es schien das Beste zu sein.«

»Und ging es ihr gut?«

»Ich fürchte, ich habe sie nicht selbst gesehen, mein Lord – diese beiden Fremden in Euren Diensten haben sie abgeschirmt.«

»Ich möchte sie besuchen.«

»Ich kann sie hierher bringen lassen, wenn Ihr wollt ...«

»Nein.« Arlian schüttelte den Kopf. »Sie muss sich erholen – sie wurde mit starker Magie behandelt. Ich habe nur ...« Er blinzelte, als ihm dämmerte, was er sagen wollte, dann schnitt er eine Grimasse und beendete seinen Satz mit einem trockenen Lächeln.

»Ich habe nur gegen einen Drachen gekämpft«, sagte er.

Black, Brooke, Hasty und Vanniari, Lily und Musk, Kitty und Lara waren alle sicher im Grauen Haus untergebracht; Qulu, Stammel, Venlin, Ferrezin, Wolt und Chiril und der Rest waren ebenfalls dort. Wundersamerweise war niemand im Alten Palast ums Leben gekommen und nur Toribor war draußen gestorben.

Aber Isein und Oeshir hatten Reif begleitet, statt sich zum Rest von Arlians Haushalt zu gesellen.

Bei seiner Rückkehr ins Graue Haus zog ihn Black beiseite.

»Ari«, sagte er, »es gibt einige Dinge zwischen uns zu klären.«

Arlian blinzelte ihn an. »Tatsächlich?«, fragte er sanft.

»Ich denke schon.«

»Dann heraus damit, lieber Beren, und ich werde mein Bestes tun.«

Black zögerte, als er seinen richtigen Namen hörte, und sagte dann: »Ich muss mich bei dir entschuldigen. Du hast dich auf meine Treue verlassen und in mir einen Freund gesehen, und ich habe nicht das Gefühl, dass ich diesen Erwartungen gerecht geworden bin.«

Arlian sah ihn erstaunt an, zunächst zu verblüfft, um etwas sagen zu können. Schließlich fragte er: »In welcher Hinsicht? Du hast alles getan, worum ich dich gebeten habe, und noch mehr!«

»Aber ich war nicht mit dem Herzen dabei. Als wir uns

begegneten, half ich dir, weil du jung und charmant warst und einen Freund brauchtest, weil du das Herz des Drachen hattest und eine erstaunliche Entschlossenheit zeigtest und weil du mich gut bezahltest. Ich fand, du hattest das Potenzial, große Taten zu vollbringen, und dein Rachedurst faszinierte mich, und so trat ich als Haushofmeister in deine Dienste und lehrte dich die Fechtkunst. Ich dachte, ich würde es zusammen mit dir in der Welt weit bringen.«

»Richtig«, sagte Arlian.

»Dies dauerte bis Enziets Tod. Auf der Rückreise nach Manfort begann ich mich zu fragen, ob ich die richtige Wahl getroffen hatte. Du hattest deinen Rachedurst so weit gestillt, wie man es vernünftigerweise tun konnte, und dennoch wolltest du mehr. Du wolltest Drachen töten.«

»Das wollte ich immer.«

»Und ich habe immer gesagt, dass du verrückt bist. Nun, ich begann es zu glauben.«

»Ich bin wahrscheinlich verrückt, Black.«

»Aber die Art deines Wahnsinns kam mir nach Enziets Tod unheilvoller, ungesunder vor. Du sprachst von deiner Verdammnis, und ich erkannte, dass du es ernst meintest – aber wenn du verdammt warst, was war dann mit mir? Du hattest Macht und Geld und ein jahrhundertelanges Leben vor dir, das wegzuwerfen du entschlossen schienst, und was hatte ich? Das Leben eines Dieners.«

»Eines Haushofmeisters«, berichtigte Arlian. »Und eines Lords, wenn ich sterben sollte.«

»Dennoch ein Leben in deinem Schatten, im Schatten eines Verrückten.«

Arlian breitete die Hände aus. »Was hätte ich sagen können?«

»Du hättest sagen können, als wir über deine Pläne sprachen, dass du zur Vernunft gekommen bist. Du hättest sagen können, dass der Sieg über die Drachen ein zu verwegenes Unterfangen ist. Du hättest sagen können, dass du mich länger als nur eine normale Lebenszeit in deinen Diensten haben willst, und du hättest mir eine Mischung aus Blut und Gift anbieten können. Du hättest von einer hoffnungsvollen Zukunft sprechen können statt von einem jahrhundertelangen Feldzug gegen die Drachen, ein Feldzug, der mit meinem Tod nicht enden wird. Du hättest die Möglichkeit des Lebens statt des Todes in Erwägung ziehen können.«

Einen Moment sah Arlian seinen Freund schweigend an.

»Hättest du es denn akzeptiert, wenn ich es getan hätte?«, fragte er schließlich. »Hättest du das Elixier getrunken?«

»Ja«, sagte Black unglücklich. »Ich würde es sogar jetzt tun. Vor allem jetzt, da du einen Weg gefunden hast, die Verwandlung rückgängig zu machen!«

»Ich denke, ich würde dies als Verrat ansehen«, erwiderte Arlian bedächtig.

»Ich weiß«, sagte Black.

»Warum bist du bei mir geblieben?«, fragte Arlian. »Wenn du nicht an mich geglaubt hast, warum bist du dann geblieben?«

»Ich mag dich noch immer, Ari. Und du bezahlst mich gut. Und du meinst es gut. Und vor allem, weil Brooke in deinem Haus wohnt.«

»Ah.« Ihm wurde vieles klar.

»Wir erwarten in wenigen Monaten ein Kind.«

»Ihr steht es so frei wie dir, mich zu verlassen«, erklärte Arlian.

»Aber ihre Freunde leben bei dir, und die anderen Gründe kommen noch hinzu. Woanders könnten wir nicht so gut leben.«

»Deshalb seid ihr geblieben.«

»Wir werden gehen, wenn du es wünschst.«

»Nein, ich wünsche es nicht!« Arlian runzelte die Stirn. »Warum erzählst du mir das jetzt?«

»Weil du das Unmögliche vollbracht hast. Du hast einen schwarzen Drachen getötet. Du hast bewiesen, dass ich mich geirrt habe. Du brauchst mich nicht mehr – dir stehen jetzt alle Männer des Herzogs zur Verfügung. Und du hast jetzt nur noch dieses Haus, nicht mehr diesen weitläufigen Palast, so dass du die Größe deines Haushalts vielleicht reduzieren willst. Die Zeit ist gekommen, meinen Irrtum einzuräumen und für klare Verhältnisse zu sorgen, und du musst entscheiden, ob Brooke und ich gehen oder bleiben sollen.«

»Diese Entscheidung liegt nicht bei mir«, widersprach Arlian. »Es ist deine Wahl, Beren. Ich würde mich freuen, wenn du weiter mein Haushofmeister und mein Erbe bleiben würdest. Ich wäre entzückt zu sehen, wie Brooke ihr Kind unter meinem Dach zur Welt bringt. Aber du verstehst, dass mein Leben noch immer der Vernichtung der Drachen gewidmet ist.«

»Natürlich«, sagte Black. »Und du verstehst, dass ich noch immer versucht bin, das Elixier anzunehmen, sollte es mir angeboten werden.«

»Ich denke, Männer können ein paar Meinungsverschiedenheiten haben und dennoch Freunde bleiben«, erklärte Arlian. Er schlug Black auf die Schulter. »Dann komm und lass uns dieses Haus in Ordnung bringen.«

Erst drei Tage nach dem Tod des Drachen gelang es Arlian, sich vom Herzog und den Pflichten seines eigenen Haushalts freizumachen und mit der Kutsche des Herzogs zu Reifs Haus zu fahren.

Er wagte nicht zu Fuß zu gehen – jedes Mal, wenn er sich jetzt in der Öffentlichkeit zeigte, war er von Bewunderern umringt. Und obwohl seine eigene Kutsche nicht verbrannt war, war sie voller Ruß, und die Hitze hatte die Farbe und die Vergoldungen abplatzen lassen.

Die Kutsche fuhr soeben durchs Tor, als er eine Stimme rufen hörte: »Mein Lord! Lord Obsidian!«

Derartige Rufe waren jetzt häufig, aber diese Stimme war vertraut, und Arlian lehnte sich aus dem Fenster, um zu sehen, wer sprach. Er sah, dass zwei Wachen des Herzogs, die die Kutsche eskortierten, einen Mann zurückhielten, der einen Stoß Papiere über seinen Kopf schwenkte und Arlians Aufmerksamkeit auf sich zu lenken versuchte.

Arlian erkannte ihn – Shuffler, Lord Withers Bevollmächtigter.

»Lasst ihn durch«, rief Arlian.

Die Wachen zögerten, aber ihr Hauptmann wiederholte Arlians Befehl, und sie traten zur Seite.

Shuffler eilte zur Kutsche und reichte die Papiere durch das Fenster.

»Mein Lord«, erklärte er, »dies ist Euer Erbe von Lord

Wither. Lady Opal verbat mir, Euch die Papiere auszuhändigen, wenn ich es ihr nicht erlaubte, sie vorher zu lesen, und Lord Wither hat dies untersagt, und ich wusste, ich sollte sie Euch dennoch bringen, aber ich ... sie sagte ...«

»Sie sagte, ich wäre ein Verräter«, vollendete Arlian den Satz.

»Ja«, bestätigte Shuffler. »Das sagte sie. Aber als Ihr den Drachen getötet habt ... nun, ich stahl diese Papiere, um sie Euch zu geben. Wither wollte, dass Ihr sie bekommt.«

»Vielen Dank«, sagte Arlian und nahm die Papiere an sich.

»Ich danke Euch, mein Lord – Ihr habt den Drachen getötet!«

»Mein Lord ...«, sagte der Hauptmann.

»Ja, Hauptmann«, meinte Arlian. »Wir sollten fahren; ich will dich und deine Männer nicht länger als nötig beanspruchen. Vielen Dank, Shuffler, und mögen die toten Götter Euch schützen.« Er zog seinen Kopf, den Arm und die Papiere zurück in die Kutsche.

Als die Pferde lostrabten und die Kutsche anfuhr, warf er einen Blick auf die erste Seite, wo Wither deutlich geschrieben hatte: »Enziet, Rehirian und ich haben dies vor langer Zeit benutzt. Als Enziets Erbe, dachte ich, solltet Ihr es haben.«

Darunter und auf den drei nächsten Seiten stand in alter, verblasster Tintenschrift die Erklärung eines Systems zur Ver- und Entschlüsselung von Nachrichten. Arlian starrte es einen Moment an und nickte dann.

Jetzt konnte er diese Notizbücher entschlüsseln, die Enziet ihm hinterlassen hatte.

Aber es gab noch mehr Seiten; er blätterte sie eilig durch, hielt dann inne und las genauer.

Diese Aufzeichnungen beschrieben exakt, wann und wo in den letzten Jahrhunderten Drachen gesichtet worden waren. Sie enthielten zwar nicht die exakten Positionen der Drachenhöhlen, lieferten aber einige Informationen, wo sich die Suche lohnen konnte.

Arlian faltete die Blätter sorgfältig zusammen, steckte sie in seinen Mantel und starrte dann die gegenüberliegende leere Bank an.

Er war es, der als Held geehrt wurde, und er würde es sein, der die Menschen in den Krieg gegen die Drachen führen würde, zumindest anfänglich, aber es gab noch andere, die eine Ehrung verdient hatten. Lord Enziet hatte, obwohl er ein herzloses Ungeheuer gewesen war, die Waffen zur Verfügung gestellt; Lord Toribor hatte den ersten großen Sieg möglich gemacht und dafür mit seinem Leben bezahlt; und Lord Wither hatte wichtige Informationen hinterlassen. Arlian stand in ihrer Schuld, einer Schuld, die er niemals zurückzahlen konnte.

Und Reif natürlich – Reif hatte vielleicht Hunderte von Jahren Lebenszeit geopfert und unerträgliche Qualen erduldet, um den Drachen in ihrem Blut zu zerstören, was schließlich zum Tod des älteren Drachen geführt hatte. Zumindest sie lebte noch, so dass er ihr danken konnte. Er freute sich darauf, sie zu sehen und ihr die Neuigkeiten zu erzählen; er blickte aus dem Fenster, als die Kutsche vor ihrem Tor hielt.

Reif lag noch immer im Bett, als Arlian in ihr Gemach geführt wurde, aber sie war hellwach und munter und trug einen züchtigen Morgenrock. Sie setzte sich auf, als er eintrat.

Sie war noch immer Reif, trug die grau melierten Haare zu einem Pferdeschwanz gebunden und sah ihn mit klaren Augen an, aber etwas schien ihr zu fehlen. Sie wirkte kleiner und schwächer als zuvor.

Aber dies war kaum überraschend – das Herz war ihr aus der Brust geschnitten worden. Sie würde sicherlich länger als drei Tage brauchen, um sich davon zu erholen, selbst mit magischer Hilfe.

»Der Auftritt des siegreichen Helden«, sagte sie mit matter Stimme.

»Mir scheint, dass Ihr der Held seid«, erwiderte Arlian, als er ans Bett trat. »Worte können meine Dankbarkeit nicht ausdrücken. Glaubt mir, meine Lady, ich hatte keine Ahnung, welche Magie eingesetzt werden würde, als ich Euch bat, es zu versuchen.«

Sie lächelte. »Arlian, habt Ihr denn jemals gewusst, worauf Ihr Euch einlasst?«

Arlian erwiderte das Lächeln. »Weiß es einer von uns?«, fragte er.

»Vermutlich nicht, aber Ihr scheint ein extremer Fall zu sein. Ich hörte, dass Ihr der neue erste Ratgeber des Herzogs seid?«

Arlian schüttelte den Kopf. »Nein«, sagte er. »Ihr seid es – auf meine Empfehlung hin. Ich weiß nicht, wie ich ihn beraten soll, die Länder der Menschen zu regieren; ich habe nicht die nötige Erfahrung und Reife. Ich bin lediglich sein Kriegsherr.«

»Kriegsherr?«

Arlian nickte. »Wir befinden uns im Krieg, meine Lady – der Herzog hat ihn erklärt.«

»Mit den Drachen.« Reif sprach es nicht wie eine Frage aus.

»Natürlich. In Wirklichkeit haben wir uns immer im Krieg mit den Drachen befunden, aber Lord Enziet hat uns einen siebenhundertjährigen Waffenstillstand aufgezwungen – und uns dann das Wissen geschenkt, das wir brauchen, um eines Tages zu siegen.«

»Demnach denkt Ihr, dass wir siegen werden?«

»Reif, es gibt Millionen von uns und im Höchstfall vielleicht ein paar Hundert von ihnen, und sie brauchen ein Jahrtausend, um sich fortzupflanzen. Jetzt, da wir wissen, dass eine ins Herz gestoßene Obsidianklinge sie töten kann, haben sie eigentlich keine Chance.«

»Aber sie werden im Zuge der Kampfhandlungen wahrscheinlich Tausende Unschuldige töten.«

»Ich weiß.«

Reif sah den Ausdruck auf Arlians Gesicht und sagte nichts mehr dazu.

»Ihr wisst, dass es einige neue Drachen geben wird«, erinnerte sie. »Rund drei Dutzend Drachenherzen sind noch am Leben.«

»Nach dem letzten Sommer sogar noch mehr – aber Ihr, meine Lady, seid nicht länger eine von ihnen, und der Rest wird vor die Wahl gestellt, sich demselben Prozess zu unterziehen oder zu sterben. Der Herzog wird darauf bestehen. Im Lauf der letzten Tage habe ich ihm einiges über die Natur der Drachenherzen erzählt – nicht alles, aber das meiste. Einiges hatte er schon vermutet, und ich füllte einige Lücken, und er hat zugestimmt, dass sich die Drachenherzen der Prozedur unterziehen müssen – oder sterben werden. Wir können es uns nicht leisten, unter uns welche zu haben, deren Loyalität zweifelhaft ist. Wir können unseren Feinden nicht erlauben, sich fortzupflanzen.«

Reif schwieg einen Moment und sagte dann: »Wisst Ihr, es war unglaublich schmerzhaft. Ich dachte, ich würde den Verstand verlieren. Der Tod wäre eine Erleichterung gewesen.«

»Ich weiß.«

»Und ich glaube, ich werde jetzt wie jede normale Frau krank werden und altern.«

»Das nehme ich an, ja.«

»Glaubt Ihr wirklich, die anderen werden damit einverstanden sein?«

»Wahrscheinlich nicht – und man wird sie töten. Der Herzog hat es verfügt, und ich werde es durchsetzen.«

»Ihr werdet also die Drachen-Gesellschaft vollständig vernichten.«

»Ja.«

»Enziet, Drisheen, Eisen, Nagel, Wither, Toribor, Voriam, ich – Ihr habt einen guten Start hingelegt.«

»Ja.«

»Und Ihr – werdet Ihr Euch so wie ich das Herz herausschneiden lassen?«

»Am Ende schon. Wenn der Krieg gewonnen ist. Vorher kann ich es mir nicht leisten.«

Sie lächelte trocken. »Dann sehe ich einen langen Krieg voraus«, sagte sie.

Arlian sah sie humorlos an, und ihr Lächeln wurde schwächer, um dann zu verschwinden.

Ihr kleiner Scherz war nicht komisch, dämmerte ihr. Diesen Krieg zu gewinnen war Arlians Rache, die Rache, die er verfolgte, seit er ein Junge gewesen war, und sie war ihm wichtiger als sein eigenes Leben – viel wichtiger.

Außerdem sah Arlian in dem langen Leben, das die meisten Drachenherzen priesen und nach dem sich Lady Opal so verzehrte, ein Symptom seiner Verderbtheit, seiner Verseuchung mit dem Drachengift.

Und je länger der Krieg dauerte, desto mehr Unschuldige würden im Drachenfeuer sterben, so wie Arlians Familie – wie ihre eigene Familie. Arlian wusste dies. Sie hatte es einen Moment vergessen.

Ihr Scherz war ganz und gar nicht komisch.

»Ich hoffe, Ihr irrt Euch«, erklärte er. »Ich hoffe es wirklich.«

»Ich auch«, sagte sie.

Dennis L. McKiernan

Die Legende vom eisernen Turm

Eine großartige Hommage an J. R. R. Tolkiens
Der Herr der Ringe!

Wie ein kalter Schatten kriecht die böse Macht des Magiers Modru langsam über das Land Mithgar, breitet sich aus wie ein fauliger Gestank. Es ist eine schwarze Zeit, in der nur noch wahre Helden in der Lage sind, das scheinbar unvermeidliche Schicksal abzuwenden – und so tritt eine kleine Armee aus Elfen, Menschen, Wurrlingen und Zwergen dem Bösen unerschrocken entgegen!

Die Legende vom eisernen Turm 1: Die dunkle Flut
Die Legende vom eisernen Turm 2: Die kalten Schatten
Die Legende vom eisernen Turm 3: Der längste Tag

Knaur

J. V. Jones

Das Schwert der Schatten 1

Das dunkle Herz der Nacht

Das Schwert der Schatten 2

Im Schatten von Spire Vanis

»Lassen Sie es mich klar und deutlich,
für heute und immer sagen: *Das Schwert der Schatten*
ist die beste Sage, die ich jemals gelesen habe.«
Betsy Mitchell

»Eine exzellente Autorin.
Besser kann man nicht schreiben.«
Robert Jordan

K. J. Parker

Die Farben des Stahls 1

Stadt der Schwerter

Die Farben des Stahls 2

Die Bogenmeister

Die Farben des Stahls 3

Die Steppenreiter

In der Tradition von Michael Moorcock
und Fritz Leiber.
»Schillernde, atmende Fantasy, an Dramatik
und Intensität kaum zu übertreffen.«
Fantasy Worlds

Knaur

Juliette Marillier

Die Tochter der Wälder

Ein epischer Roman in der Tradition von
Die Nebel von Avalon!

Im 9. Jahrhundert nach Christus müssen die keltischen Fürsten ihr Land gegen den Ansturm der Briten verteidigen. Fern der Schlachtfelder wächst die junge Sorcha gemeinsam mit ihren sechs Brüdern auf, doch ihr behütetes Leben findet ein jähes Ende, als ein Fluch die Familie trifft. Allein auf sich gestellt, muss das Mädchen nach einem Gegenzauber suchen und mehr als einmal sein Leben riskieren!